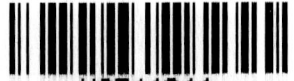

国家出版基金项目
NATIONAL PUBLICATION FOUNDATION

高校主题出版
GAOXIAO ZHUTI CHUBAN

多元一体视域下的中国多民族文学研究丛书
The Series on Minority Literature: Perspectives from A Pluralistic and United Chinese Nation
丛书主编：姚新勇　副主编：邱 婧

科尔沁蒙古族说唱文学研究

Multifarious Horcin Speaking-Singing Literature of Mongolia Minority

何红艳 著

暨南大学出版社
JINAN UNIVERSITY PRESS

中国 · 广州

图书在版编目（CIP）数据

科尔沁蒙古族说唱文学研究 / 何红艳著. —广州：暨南大学出版社，2017. 12
（多元一体视域下的中国多民族文学研究丛书）
ISBN 978－7－5668－2231－4

Ⅰ. ①科…　Ⅱ. ①何…　Ⅲ. ①蒙古族—说唱文学—文学研究—中国
Ⅳ. ①I207. 39

中国版本图书馆 CIP 数据核字（2017）第 259739 号

科尔沁蒙古族说唱文学研究
KEERQIN MENGGUZU SHUOCHANG WENXUE YANJIU
著　者：何红艳

……………………………………………………………………………

出 版 人：徐义雄
策划编辑：武艳飞
责任编辑：武艳飞
责任校对：邓丽藤
责任印制：汤慧君　周一丹

出版发行：暨南大学出版社（510630）
电　　话：总编室（8620）85221601
营销部（8620）85225284　85228291　85228292（邮购）
传　　真：（8620）85221583（办公室）　85223774（营销部）
网　　址：http：//www. jnupress. com
排　　版：广州良弓广告有限公司
印　　刷：广东广州日报传媒股份有限公司印务分公司
开　　本：787mm×960mm　1/16
印　　张：13. 5
字　　数：250 千
版　　次：2017 年 12 月第 1 版
印　　次：2017 年 12 月第 1 次
定　　价：48. 00 元

总　序

本套丛书中刘大先先生的著作题名为“千灯互照”，本是形容中华多民族文学丰富多彩、交相辉映之态，现借以形容这套总数不过十本的丛书，自然太过夸张，但若以点出本套丛书之于中华多民族文学研究的多样性、丰富性，虽仍夸张，却并非漫无边际。至少我们的确可以罗列出本丛书相关的三五特点。第一，以主题、研究专题、研究领域为集结的文学研究丛书自然很多，但征诸不同地方的少数民族文学的研究者，将其成果集结起来，组成一套研究品质较为纯粹的丛书，且由国家出版基金资助，这样的情况恐怕还不多见。第二，本丛书的作者为中青年学者，有的已从事少数民族文学研究多年，成果丰硕；有的虽然才博士毕业几年，但已经显示出强劲的发展势头，其中更有几位已跻身于少数民族文学相关研究领域的前列。本丛书收录的十本著作中，或是博士论文、博士后出站报告，或是国家社科基金结项成果。这都保证了丛书的新锐性、前沿性、专业性与可靠性。第三，丛书的主题、领域、视角多样丰富，所涉族裔文学现象多样，时代纬度参差交错。有神话与史诗研究，民间口头文学及说唱文学研究，族裔文学个案剖析与多民族文学现象的互动分析，当下少数民族文学及少数民族文艺创作、表演现象的宏观扫描及理论概括，某一族裔文学、文化经典传统个案的诗学理论之内在结构、文本肌质、表演仪式、叙述模式的深度剖析与细致型构，某一族裔当代文学创作的文化转型、民族心理与时代张力的考察，族裔母语文学的考察或母语、汉语双语互动的分析，等等。第四，丛书名为“多元一体视域下的中国多民族文学研究”，这并非政治正确的口号，而是本套丛书研究特点的自然呈现，更是丛书作者之于中国多民族文学发展态势的敏锐观察与理论回应。而具体落实于本丛书上，则呈现为一个重要的共性——互文性。第五，互文性。中国多民族文学、文化的互文性，某一具体族裔文学、文化现象中的互文性，也为本丛书多数著作的特点之一。这既是研究者的理论自觉，更是中国多民族历史、文化、文学互动的自然结晶。比如神话研究，自新时期以来重新恢复生机，国外各种神话学理论渐次被介绍到中国，积三十多年的努力，中国神话研究取得了很大的发展。但是与此同时，神话所表征的民族或族群关系之“分”的趋势却日益明显，研究者、研究对象、接受群体的民族身份的“同一性”也似乎愈益强化。而《中国多民族同源神话研究》的作者王宪昭先生，在多年材料与研究积累的深厚基础上，有力地考辨了我国多民族神话“同源母题的作品占有相当高的比例”这一现象，不仅进行了数量可观的神话文本的互文性解读，也为中华民族多元一体关系增添了丰富多彩而又切实有力的论证。再如《锡伯族当代母语诗歌研究》一书，从书名上看，此书似乎只涉某一具体族裔的母语诗歌创作，但实际上，锡伯族的形成，它从祖国的大东北迁徙到大西北的历史本身就是一部波澜壮阔的宏伟史诗。因此在锡伯族的诗歌中，故土的大兴安岭、白山黑水，新家园的乌孙山脉、伊犁河畔，交相辉映；“大西迁”的刻骨铭心与“喀什噶尔”的深情咏叹，互为参照；族裔情感与国家情怀，水乳交融。满、汉、蒙、哈、维等语言因素都不同程度地结构或渗透于锡伯语中，因此，本书相当关注锡伯族母语诗歌创作与汉语之间的关系，也就再自然不过了。

《东巴叙事传统研究》一书，以更为纯正的理论品质，更为肌理性的文化、文本研读，从多角度、多层面探究了东巴叙事传统的成因、传承、流布、特征，并通过深描东巴叙事文本在祭祀仪式中的演述，揭示了口头文本、书面文本、仪式文本、表演文本在民众的生活与精神空间中的互文互构关系。作者还把东巴叙事传统与彝族、壮族、国外的史诗作了横向的比较研究，对当下的民间叙事学、史诗概念及类型作了深入的反思，表现出与国内、国际同行进行高水平对话的努力。

说到研究之间的互文性，对有心的读者来说，其实从本丛书的不同著作中也不难发现。比如说，丛书中有的研究主题相对比较封闭、形式化，所说、所论也容易被归为某一民族的特点，这尤其表现在那些神话或史诗研究中。而另一些有关当代少数民族文学创作的研究，则相对更注意“民族”“民族文化”“民族文学”“民族意识”“民族认同”的相对性、建构性。对其进行有意识的对照性阅读，或可互为弥补、相互启发。

比如《彝族史诗的诗学研究——以〈梅葛〉〈查姆〉为中心》和《凉山内外：转型期彝族汉语诗歌论》，所论文学现象皆属彝族，而前者着重于通过细读《梅葛》《查姆》揭示彝族史诗的诗学特征，后者则更敏感于新中国民族识别、少数民族文学工程的实施，之于整体性的彝族诗歌、彝族意识的生成、流变与转型的促动。这样，后者之于前者可能就对“彝族”“彝族文学”的天然性、自在性多了质疑性价值，而前者则又可能提醒后者，彝族、彝族意识、彝族认同的建构，并非权力、他者的随心所欲。这样的互文性阅读，有可能突破本丛书有限的数量，更为宽广、丰富、深入地去理解、把握中国文学、中华民族的多元一体之复杂性。

当然，不管本丛书的认识价值与问题视野的可能性究竟有多大，其视域肯定是有限的，况且收录其中的著作质量并非齐一，也自然存在这样那样的缺陷。个中缺憾不知有无机会弥补。

感谢王佑夫、关纪新两位先生对本丛书的大力推荐，感谢丛书作者惠供大作，也感谢暨南大学出版社徐义雄社长的鼎力支持。

姚新勇

2017 年 7 月

于广州暨南园

序

我一向不喜欢给别人（包括自己的学生）写序，当然学生一再请求，顾及师生之谊，有时也会写，但不会按学生所希望的那样写上一些表扬的话。学生称恩师，导师呼贤契，我觉得这有些庸俗。好的书稿，自然会以其质量取信于学术界。

王鍾陵教授

何红艳为她这部在博士论文基础上扩展而成的书稿请我写序时，我对她说，我不喜欢写序，但愿意为你这部书写一篇序。之所以愿意为此书写序，是因为我想就少数民族文学研究说一说。

我一直认为，中国文学史应该是一部以汉族文学为主体，融合多民族文学的文学史。但是，国内学界不仅对汉族文学的研究鲜少有内在逻辑通贯的理解，更重要的是对少数民族文学的研究也存在大片的空白。完成中国文学史的研究是文学史革新的重要目标之一，它的完成还有待时日。

为了培养研究少数民族的人才，我于2000年开始，便每年在招收汉族古代文学博士生的同时，也招收少数民族文学博士生。对于少数民族文学，我特别关心三个区域：新疆、西藏与内蒙古。当年招收何红艳，有两个原因：一是觉得她是蒙古人，蒙古语是她的母语；二是她学的专业是古代文学，汉语的说、写都很流利，也有一定英语基础。于是在已经决定为新疆师范大学培养一名博士生的同时，又额外多要了一个名额，也就是说，那一年，我招收了两个少数民族文学方向的博士生。前后相承的几个从新疆招来的博士生，从事于我所提出的“丝绸之路文学”的研究，而何红艳则从事科尔沁蒙古族说唱文学的研究。

少数民族文学的研究必须注意两个要点：一是注意它的原生状态，二是注意它与其他民族的文化交汇状态。我以为，这两点是少数民族文学研究的特点与价值之所在。

早在1986年，我即提出过革新文学史研究的四项原则，其中有一项便是整体性原则，这一原则致力于对历史材料做整体把握，要求一种对文学和其他种种社会文化因素的伴生关系、因果关系、相互激荡融合等种种关系的认识。我在《文学史新方法论》中说过：“原生态式的把握方式，要求还原回去，从文学与众多其他因素的伴生关系中，从其特定的块团形式中把握那一种浑沦的勃动。”① 少数民族文学活动的研究，更是必须贯彻整体性原则与原生态式的把握方式。我们从何红艳的书中可以看出，科尔沁蒙古族的民歌是如何与当地人民的生活息息相关的。

特别重要的是，少数民族文学活动具有原始性与未分化性的特征，因而它构成了文学发展的胚胎，有着日后诸种文艺形式分化的胚芽。何红艳的研究表明，科尔沁蒙古族说唱文学，已经是戏剧与小说的综合。准确地说，它已经内含了发展为戏剧与小说的胚芽。说唱文学在汉族文化的初始形成过程中并没有起到太大的作用。例如分为风、雅、颂三个部分的《诗经》，我们知道它可唱，可伴奏也可舞蹈。但从总体上说，它的叙事性不强，估计在当时它并非说唱文学。汉族文学史已经表明，《诗经》的后续发展是抒情诗与赋。虽然汉族日后产生了众多地域性、宗教性的说唱文学，它们对汉族小说和戏剧的产生仍然有其重要的作用；但这些说唱文学，都已经是在汉族书面文学高度发展以后产生的。所以，我们如要研究原始的说唱文学，就必须到少数民族中去。这正如现代残留的原始部落成为人类学研究的重点一样。何红艳正是按照我所强调的把田野调查作为研究之基础的要求，深入她过去生活的地区，做了广泛的调查，写成了这本书。这些仍然带有一定原始性的说唱文学的材料无疑是可贵的，为我们提供了观察文学发展的种种胚芽如何从其母体的胚胎中渐次生长的情状。

我颇怀疑，史诗便是一种大型的说唱文学，是古歌与传说的连缀与改造。随着它的表演成分愈益加重，原始的戏剧日渐成形，希腊戏剧发展得早，应该与此有相当的关系。当然，说唱文学也能成为长篇叙事文学产生的温床。

无论新疆还是内蒙古，都并非处于与世隔绝的状态。新疆地区由于丝绸

---

① 王鍾陵：《文学史新方法论》，苏州：苏州大学出版社1993年版，第84－85页。

之路的存在，多种文化汇流的现象特别突出。内蒙古地区蒙古族与汉族、满族的交往也十分密切，因此这两个地区的少数民族文学活动，不可能按其原生路径缓慢发展，而必然是在文化渗透、融合乃至文化跃迁中发展。这也是世界各地区文学乃至文明发展的一条规律。我们在何红艳的书中，便可以清楚地看到这方面的具体情况。

2013 年 6 月，我在南昌大学开会时遇到杨增树大校，他当年参加过 20 世纪 90 年代初在辽宁师范大学召开的文学史理论研讨会。我在会上将我于 1990 年在拙著《中国前期文化：心理研究》中提出的“原生态式的把握方式”再次讲了出来，引起了一场大辩论。以《文学遗产》原主编徐公持为首的相当多的人不同意我的意见。徐公持作为中国的第一个文学博士，还对我说：“王鍾陵，你写了《中国中古诗歌史》，我们认为你建立了一座完美的宫殿，你现在又提出新概念，倒让我们认为你还存在不足了。”我回答说：“我宁可打碎你们认为我建立了一座完美宫殿的印象，也要提出新概念。”杨增树大校在从三青山返回南昌的途中对我说：“实践证明你是对的，20 年来，‘原生态’概念大行其道。”

何红艳此书正是贯彻“原生态式的把握方式”，努力去靠近文学活动原始的发生与生长状态，从而取得独特的价值。虽然 20 世纪 50 年代，国家曾组织过采集少数民族民歌的工作，也取得了很大的成绩，但这与何红艳所从事的工作不同，那只是一个以记录作品为目的的工作，而何红艳则是依据“原生态式的把握方式”立体地研究整体形态的文学艺术活动。因此，我以为，这样的书目前还是太少了。

当然，我并非认为何红艳此书十分成熟。正如她自己所清醒地认识到的那样，该书还存在需要改进之处，尤其对科尔沁蒙古族叙事民歌在表演、民俗和审美三个层面上的解读，需要深入和加强，还需要对各地表演的差异性进行比较说明。另外，对艺人的研究也有待深入挖掘。

值得提到的是，何红艳在其写作博士论文时就已付出了艰苦的努力，她有如下回忆：“为研究科尔沁蒙古族说唱文学，我做了大量田野调查，先后采访了 62 位民间艺人，为论文的书写准备了第一手资料，翻译整理了相关艺人的资料和相关笔记有 30 多万字。这些采访调研为我今后的研究拓展了空间。文学进程从来都是和民族心理、民族思维和民族发展过程相一致的。受此启发，我把研究的方向调整为贯彻导师提出的‘原生态式的把握方式’，并接受美国人类学家怀特的文化分层观点和方法。在论文第二稿对整个文章布局做了大调整。我利用一周时间写了四万多字，在 2004 年 4 月 25 日交上，三天后收到王先生的反馈信息：修改意见 7 条。我立刻按照修改意见认真查阅并修改，5 月 15 日上交第三稿，5 月 20 日收到反馈意见：此稿可以，通过。但先生还是给我写下了 5 条修改意见。在从论文初稿到三稿的修订过程中，我真切感受到了先生治学的严谨以及对研究问题整体把握的深刻性、新颖性与独创性。这些我将受益终身，也是我未来治学的目标。也正是在先生的指导下，我一直延续我的博士论文研究。”除了就论文的修改提意见外，我也对每个学生进行了次数不等的指导谈话。在我的电脑中，还留存着一段名为“与何红艳谈叙事诗研究”的录音文件。这些准备工作为她进一步拓展民歌研究领域打开了一扇窗，为此她也一直走在科尔沁民族文化艺术研究的道路上。今天看到她沉淀的新作摆在面前，在为她的坚持而感动的同时，也预祝她在今后的科尔沁文化艺术研究上取得更大成绩。

如今，何红艳已是硕士研究生导师，她的科研成绩在同年龄段的高校教师中是比较突出的。我也希望她以已经贯彻于她的书稿中的新的思路继续从事科尔沁蒙古族文学、文化活动的研究，并逐步拓展到对整个蒙古族文学、文化艺术活动的研究中，这样，她的研究才能够取得独特的价值。在她的专著《科尔沁蒙古族说唱文学研究》出版之际，我谨以这篇序作为对她的勉励，并送上我对以“原生态式的把握方式”及新逻辑学思维方式写成的新中国文学史终将问世的深深的祝福！

王鍾陵

2017 年 1 月 20 日于苏州

目 录
CONTENTS

绪 论

说唱，又叫曲艺，是用来讲唱历史、传说、故事及文学作品的艺术体裁，可用乐器伴奏，也可无伴奏，是音乐、文学和表演相结合的综合艺术形式。这种艺术形式以叙述功能为主，兼有抒情功能，具有说唱音乐与语言音调密切结合的特征。科尔沁蒙古族的说唱艺术种类主要有陶力（古代英雄史诗）、好来宝和乌力格尔（蒙古说书）等，它们的历史源远流长，至今仍流传在蒙古族聚居区和蒙汉杂居地区，深受广大蒙古、汉族群众的喜爱。

科尔沁蒙古族说唱文学，从广义的角度来看，主要流传在科尔沁草原上，是亦说亦唱、说唱结合的艺术形式。例如，歌谣、民歌、英雄史诗、祝词、赞词、民间故事、史话、叙事诗、好来宝和乌力格尔等。从狭义的角度来看，科尔沁蒙古族说唱文学主要是指朝仁乌力格尔、胡仁乌力格尔和叙事民歌，现在主要指的就是胡仁乌力格尔和叙事民歌。从根本意义上讲，文学是文化的派生物。任何地域、任何民族的文学，都与本地域、本民族丰厚的文化土壤，特有的文化形态，以及群体性的人文价值取向有着密切的关系。

“科尔沁”既是一个部落名称，也是一个军事名称，之后在其历史发展进程中逐渐衍化为一个地域名称，并形成具有鲜明特色的区域文化。在这个区域中，民族语言、艺术形式、宗教信仰、审美情趣、生活方式等都具有多元一体化的特性，是蒙古文化的重要组成部分。

“科尔沁”一词原系鲜卑语，最早见于《南齐书·魏虏》。书中在记述北魏拓跋鲜卑时写道：“国中呼内左右为‘直真’，外左右为‘乌矮真’，曹局文书吏为‘比德真’，檐衣人为‘朴大真’，带仗人为‘胡洛真’，通事人为‘乞万真’，守门人为‘可薄真’，伪台乘驿贱人为‘拂竹真’……”[①] 鲜卑语属阿尔泰语系蒙古语族，清末著名蒙古史学者沈曾植认为“蒙古语与鲜卑语

---

① 萧子显：《南齐书》（卷五十七），北京：中华书局 1992 年版，第 884 页。

相去无几”[①]。带仗人“胡洛真”为北魏军事组织中的宫廷侍卫军，12 世纪蒙古社会也存在着同样的军事组织。据《蒙古秘史》记载，1189 年，成吉思汗与乃蛮部的塔阳汗在进行决战的前夕组建怯薜军，令带弓箭人“豁儿臣”与散班、护卫等侍卫军轮流入班执勤。鲜卑带仗人“胡洛真”与蒙古带弓箭人“豁儿臣”均为现代蒙古语“Horcin”之词源，汉语写成“科尔沁”，意为弓箭手。新中国成立后，把通辽命名为会盟（哲里木盟）所在地。1999 年，撤盟改为通辽市。“科尔沁”一词是包含历史、部族和地域三重含义的名称。科尔沁蒙古族的文化经历了传承、积淀、演变和整合的过程之后，形成了复合、多元、开放的区域文化体系，这些为科尔沁的历史文化发展提供了丰腴的土壤和广阔的背景。

科尔沁草原是蒙汉杂居的地方。草原文化和中原文化的相互交融是蒙古族说唱文化赖以成长成熟的温床。一种艺术门类的产生，一种艺术形式的形成和发展，有其民族和文化的根基以及一定历史阶段的主客观条件。科尔沁蒙古族说唱文学在发展和流变中，在与存在于同一时空的其他民族文化的交流渗透中，形成并保持了它的传统性。在接受中原文化、佛教文化等外来文化的影响时，科尔沁蒙古族说唱文学并没有失去“自我”。

蒙古族说唱文学兼有小说和戏剧的综合特色，是有声有色、能听能看的小说，同时也是有情节、可读可看的戏剧。它吸取了两种文学艺术形式的营养，吸收了小说渐进式的叙述技巧，加强了戏剧表演中的戏剧冲突效果。它没有小说的拖沓而具有戏剧的紧凑凝练，没有戏剧的跳跃而具有小说的细腻委婉。它刻画人物的心理活动已到了出神入化的地步，是一种亦说亦唱的文学艺术形式。小说和戏剧已经成为独立的文学样式，被中外学者研究探讨，也有了相当完备的理论作为创作指导和批评依据，而作为具备两者之长的蒙古族说唱文学，还没有形成自己的理论体系，也没有被更多的学者所注意，至今还淹没在“民间文艺”“地方小曲”的行列中，实属可惜。导致这种现象的主要原因是没有可供研究的“文本”。完整详细的蒙古族说唱文学的底本相当难找。其一，因为它是口头文学，是一次性的表演艺术，随说随散，同时艺人因生活所需，一般说唱底本是秘而不传的；其二，口头文学的随意性强，艺人和听众是直接接触，为了演出效果的需求，有时会即性发挥，几乎每次表演都不一样，所以艺人只有内容提要，没有细节，以便增删情节；其三，它是用当地方言表演的，所以蒙古族说唱文学的普遍性受到了限制，只要离开它的母体——科尔沁大草原，它就无法生存，这使它欠缺学术认可度，

---

① 沈曾植：《海日楼札丛》（卷二），上海：中华书局上海编辑所 1962 年版，第 236 页。

也限制了它的研究范围。

蒙古族作为一个统一民族出现于中国及世界上是在成吉思汗统一蒙古部落的1206年。这之前的蒙古族民间说唱文学的发展状况基本无史可查。但成书于1240年的《蒙古秘史》已经是一部成熟的散韵结合的著作。在这部书中，韵文达1700多行。其中第195节，散文共655个字，韵文却有6段，64诗行。其音韵格律方面有一定规律性，以节为单位，押头韵或腰韵、尾韵，惯用对仗，形式复沓。时至今日，它也是颇令人赞赏的。虽然它不是说唱文学，但它可以说明，在《蒙古秘史》成书时，散韵结合已成为较通行的文体，且已经达到相当成熟的程度。它表明在这之前，蒙古先民在以散韵结合的方式叙事、说唱已有很长的历史了。

在整理科尔沁蒙古族说唱文学的研究资料时，笔者被其中复杂而精妙的文学技巧所吸引，同时也为这种技巧得不到学者的重视而感到惋惜。蒙古族说唱文学研究是一块有待开发的园地，胡仁乌力格尔、好来宝两者都有一定的文学文本做基础，以灵活的说唱叙事方式为手段，是我们研究的无尽宝藏。

一、文献回顾

1. 国外收集、整理、研究情况

科尔沁蒙古族说唱文学是蒙古族民间文学的一个分支，具有悠久的传唱历史和传播基础。国外对科尔沁蒙古族说唱文学的研究开始于20世纪50年代。蒙古人民共和国（以下简称蒙古国）的策·达木丁苏荣（Ts·Damdinsuren）于1943年出版的《民间乌力格尔奇、胡尔奇、伊如哥尔奇们》一书，全面介绍了科尔沁说书艺人们的表演风格和流派。之后蒙古国学者宾·仁钦（B·Rentcen）《论蒙古民间文学中书本故事体裁》（1959），蒙古国的德·策伦索（D·Charunsdam）《本森民间故事的特点》（1968）、《汉族文学作品在蒙古地区口头流传情况》（1969），从体裁、内容两方面介绍了说唱文学的来源、分类，为以后的研究领域打开了思路。其中，宾·仁钦在他的书中介绍了琶杰《武松打虎》的片段，这是蒙古国学界对科尔沁说唱文学研究的开始。匈牙利的蒙古学家德·卡拉（G·Kara）1970年出版的长达351页的法文专著《一个蒙古民间艺人的诗歌》（*Chants Dun Barde Mongol*）的单行本，专门研究了琶杰演唱的好来宝和史诗《格斯尔》的片段。苏联著名汉学家波·李福清（B·Riftin）写的《书本故事与口头文学的联系》，从不同的文本上对说唱文学进行比较研究，有一定的史料价值。德国著名蒙古学者瓦尔特·海希西（Walther · Heissig）1979年出版了德文著作《蒙古英雄史卷》（第八卷)，他在这本书里把科尔沁蒙古族民间艺人的演唱翻译成拉丁文和德文，还发表了相关的研究论文。最早开始研究英雄史诗的蒙古族学者是松巴堪布·益西班觉（1704—1788）、察哈尔勃什·罗布桑楚勤图木（1740—1810）。从20世纪开始，著名学者扎姆察拉诺·策旺（1880—1939）毕生研究史诗，对此做了大量工作，他搜集的史诗和民间文学作品数量特别多，为研究工作提供了第一手资料。苏联科学院院士鲍·雅·符拉基米尔佐夫（1884—1931）的著作为蒙古族史诗研究提供了资料。达·策仁苏德那木院士从事蒙古语说唱故事和本子故事的搜集、整理研究。德国著名蒙古研究学者、波恩大学教授瓦尔特·海希西，多次来科尔沁搜集、整理史诗和胡仁乌力格尔，发表了多种文字的作品、专著。苏联著名学者尼·波佩详细地从各方面探讨、分析蒙古史诗产生的社会历史背景。蒙古国著名学者波·任多从1929开始研究、调查科尔沁蒙古语说书及英雄史诗，并撰写了大量学术论文。蒙古国教授策·达木丁苏荣从1943年开始研究蒙古族民间文学，在他于1959年出版的《蒙古古代文学一百篇》中就有琶杰演唱的《水浒传》选段。蒙古国教授达·策仁苏德那木在1961年搜集、整理、出版了毛依罕作品《呼日乐巴特尔》，同时发表了大量研究文章。美国密苏里大学教授约翰·波理在1997年到科尔沁做田野考察，去扎鲁特旗采访了著名说唱艺人劳斯尔。约翰·波理的一部研究说唱艺术的著作的最后一篇，就是在内蒙古扎鲁特旗完成的。

2. 国内学者的研究情况

1955年10月25日，白浩洁和钱民在《内蒙古日报》上发表了《内蒙古民间艺人——琶杰》，这可以说是第一篇介绍科尔沁民间文学的文章。不久，嘉其在《内蒙古文艺》刊物上发表了《民间演唱家——毛依罕》。1956年1月14日，李家兴在《光明日报》上发表了《草原上的说唱诗人毛依罕》等文。从此，国内学者开始对琶杰、毛依罕等民间艺人的作品进行研究，前后共发表研究文章数篇。国内学者系统地收集、整理科尔沁说唱文学还是从20世纪80年代开始的，其研究成果如下：

(1)“陶力”研究。

史诗研究在蒙古族民间文学研究中是比较成熟的。中国社会科学院民族学与人类学研究所仁钦道尔吉的《中国少数民族英雄史诗〈江格尔〉》一书，由“草原勇士的故事”“社会生活的一面镜子”“独特的情节结构”“丰富深刻的蕴涵”“生动的艺术形象”“精湛的诗歌艺术”“传统史诗的继承和发展”“天才的口头诗人江格尔奇”“流传和演唱”“搜集、出版和研究”十章组成。[1] 1994 年，他又发表《〈江格尔〉论》，从理论上分别就史诗的形成、文化的渊源、社会原型、发展和变异、人物形象、语言艺术等方面做了全面的分析，同时阐述了自己的观点，此书在学术界影响很大。

科尔沁蒙古族史诗的研究，大多是根据艺人演唱整理、编辑的资料。这包括金扎木苏演唱的《宝格德格斯尔汗传》、琶杰说唱的《英雄格斯尔》，还有其他艺人演唱的《阿斯尔吉干海青》《宝迪嘎拉布汗》《莽古斯的故事》等。陈岗龙博士出版了《蒙古英雄史诗锡林嘎拉珠巴图尔——比较研究与文本汇编》。他用近 10 年时间通过各种渠道收集了全部 17 种异文中的 16 种，并全面、忠实地将各种异文集中发表出来。在书中，他着重强调了在记录口头文学的过程中采用语言学方法的重要性。他指出：研究史诗，要有全面的观点，不能只是研究长篇，而忽视或忽略中小型史诗，我们只有对所有的史诗进行个案研究，弄清围绕它们的所有方面的问题，史诗研究才能真正获得整体提高。陈博士在比较《锡林嘎拉珠巴图尔》史诗的 16 种异文时，采用母题比较研究法，将其中的母题归纳为史诗“原始母题”“后增母题”和“借用母题”三种，用大量例证令人信服地展现了这部史诗是如何在社会现实基础上以蒙古英雄史诗传统范例被创作出来的。他的研究虽然是史诗个案研究，但已经延伸到了民间文学相关作品以及一些相关样式的研究。此书的研究方法、视角、论述结构等对研究民间文学是一种很好的借鉴。

（2）好来宝研究。

这方面的研究主要还停留在一些创作曲目的收集上。如《琶杰和毛依罕好来宝选》《蒙古族传统好来宝》和《蒙古现代好来宝》等。萨·阿拉玛斯的《好来宝研究》，可以说是一部系统全面收集、整理、研究好来宝的文献参考书。它通过六个章节来论述好来宝的源流、发展、分类及特征：①好来宝收集整理研究的概况；②好来宝的范围与概念；③好来宝的起源；④好来宝的发展；⑤好来宝的分类；⑥好来宝的特征。

（3）胡仁乌力格尔研究。

胡仁乌力格尔也叫蒙古说书，是在明末清初形成的文体，是蒙汉文化交流的产物。1959 年，在蒙古国首都乌兰巴托召开的首届国际蒙古学大会上，蒙古国学者宾·仁钦做了题为“蒙古族民间文学中的本子故事《胡仁乌力格尔》”[2] 的学术报告，不仅谈到了说唱本子故事的特点及其音乐曲调，而且叙

---

① 仁钦道尔吉：《中国少数民族英雄史诗〈江格尔〉》，杭州：浙江教育出版社 1990 年版。

② Studi Amongolic a Instituti Linguae Etlitterarum Comitti Scentiarum et Educationis Altae Reipublicae Populi Mongoli ЖАНР dengsen——uuliger В МоНТОЛ6С.

述了书面文学以民间口译形式在蒙古族人民当中广泛流传的现象。他指出："口译流传的书面文学有时比笔译流传的还要美。"他呼吁学者要关注民间文学中的这一新奇现象。达·策仁苏德那木教授在1961年搜集、整理、出版了毛依罕创作演唱的《呼日乐巴特尔》，在书中还附加了故事曲调、鞴马熟语，并在序言中详细介绍了毛依罕的生平及说唱特点。1968年，他又发表了《汉文书面文学在蒙古地区的口头传唱》论文，对胡仁乌力格尔的内容、形式、传播范围、传播情况等进行了比较深入的研究。他认为胡仁乌力格尔是一种具有两三百年历史的民间艺术形式。1989年，李福清在其《"本子·乌力格尔"演唱者生平研究》一文中比较研究了却音霍尔胡尔齐与鲁布桑、琶杰等胡尔齐的演唱技巧，指出却音霍尔是一位严格遵守本子故事的胡尔齐，此外，李福清教授还对将军征战母题进行了详细的研究。C·Ю·涅克留道夫在《东蒙叙事传统中的格萨尔故事》[①] 等论文中，也探讨了有关胡仁乌力格尔的一些问题。他论述道："胡仁乌力格尔是在近代产生的一种民间文学体裁。它的根基在于蒙古叙事传统和汉族历史小说的（故事）情节及蒙译本和中国多种口头故事等，此体裁是近代史诗的历史形式。"

国内学者在这方面的研究主要是朝克图的博士论文《胡仁乌力格尔研究》[②]。此书探讨了胡仁乌力格尔的起源、传播地域及衰落原因。他指出胡仁乌力格尔是在莽古斯故事的基础上逐渐孕育产生的，其发展和变化是与社会、经济、文化交流密切相关的。胡仁乌力格尔是17世纪到18世纪初在卓索图盟土默特左旗（现阜新蒙古族自治县）产生并不断向北传唱，流传到广袤的东部蒙古族各地，甚至传唱到蒙古国东方省和中央省。他指出：胡仁乌力格尔不仅是语言的艺术，而且具有较强的艺术表现力和感染力，不仅是蒙古族民间文学的精华，还是多种体裁的集大成者。书中用大量事实论证了胡仁乌力格尔演唱在蒙古族民俗中的表现。

（4）艺人研究。

由叁布·拉诺日布、王欣收集撰写的《蒙古族说书艺人小传》[③]，可以说是蒙古族民间文学研究史上的一件大事，为民间艺人著书立传，在少数民族文学史上是少见的。该书以翔实的考证、朴实的语言记载了308位蒙古族"胡尔齐"民间艺人的生平和说唱的曲目，为科尔沁蒙古族民间文化遗产积累

---

① C·Ю·涅克留道夫：《蒙古民间史诗与民间口头创作之间的关系》，《民族文学译丛》1983年第1期，第337页。

② 朝克图：《胡仁乌力格尔研究》（蒙古文），北京：民族出版社2002年版。

③ 叁布·拉诺日布、王欣：《蒙古族说书艺人小传》，沈阳：辽沈书社1990年版。

了十分珍贵的资料，同时也为蒙古族民间文学研究填补了一项空白。蒙古族说书的历史源远流长，它是何时在科尔沁草原兴起，并形成一门独立的艺术曲种的，至今学术界说法不一。但从这本书中可以看出，在18世纪中叶，蒙古族的说书艺术已经很盛行了。

朝克图、陈岗龙的《琶杰研究》，使科尔沁说唱文学研究迈上了一个新的台阶。他们运用英雄史诗的研究方法和口传文学理论，详细深入地研究了琶杰演唱的英雄史诗，对琶杰演唱《格斯尔》史诗的过程进行了历史考察，并探讨了琶杰演唱的艺术特色和口头特征，从新的角度、新的理论全面系统地分析研究了琶杰的生平思想和艺术创造。①

（5）叙事民歌研究。

科尔沁叙事民歌研究在二十世纪八九十年代主要是收集整理工作，研究论文比较少，论文主要有：内蒙古民族大学民间文化研究学者诺敏的《略论科尔沁民间叙事诗》[《内蒙古民族师院学报》（社会科学汉文版）1986年第2期]；材音博彦的《科尔沁民歌探微》（《阴山学刊》1992年第4期）；乌云巴图的《论蒙古族叙事民歌》[《内蒙古社会科学》（文史哲版）1993年第4期]；罗雪松的《家族叙事·社会分析·风俗图：端木蕻良〈科尔沁旗草原〉研究》（《玉林师专学报》1999年第1期）。

二、研究论文与专著

1. 收集整理专著

《科尔沁民歌》，哲里木盟文化处、内蒙古民族师院中文系编，1985年7月，内蒙古人民出版社出版；《科尔沁民歌人物传说与传》，呼日勒沙、斯日古冷编，1999年1月，内蒙古文化出版社出版；《蒙古族民歌选》，诺敏编译，1991年9月，内蒙古教育出版社出版；《蒙古民歌一千首》（共五册），仁钦道尔吉、道尼日布扎木苏、丁守璞编，内蒙古人民出版社出版；《蒙古族民歌集成》（共五册），中国民间文学集成内蒙古分卷编委会编，1991年10月至1995年7月，内蒙古文化出版社出版；《内蒙古民歌五百首》，乌·那仁巴图、达·仁沁收集整理、编辑，1979年11月，内蒙古人民出版社出版；《民歌：民间歌手查干巴拉演唱集》（上、下），乌力吉昌、白·色音巴雅尔收集整理、编辑，1984年5月，内蒙古人民出版社出版；《科尔沁民歌》（上），斯琴高娃、乌日根、乌力吉昌等收集整理，1987年4月，内蒙古文化

① 朝克图、陈岗龙：《琶杰研究》，海拉尔：内蒙古文化出版社2002年版。

出版社出版；《扎鲁特民歌》，拉西敖斯尔收集，赛芳苑配曲，1997 年 6 月，内蒙古少年儿童出版社出版；《库伦民歌集》，纳钦双和尔、特日根巴雅尔收集整理、编辑，1990 年 5 月，内蒙古人民出版社出版；《阿鲁科尔沁民歌》，阿鲁科尔沁旗文化馆编印，1984 年 8 月，内部发行；《嘎达梅林》（民歌专辑），哲里木盟蒙文图书编译室编，道尼日布扎木苏等收集整理，1999 年 6 月，吉林人民出版社出版；《吉林蒙古族民歌及其研究》（蒙汉对照），徐国清、苏和巴鲁、乌云格日勒编著，1990 年 10 月，内蒙古少年儿童出版社出版；《吉林蒙古民歌》，前郭蒙古族自治县草原文化馆、孟和巴雅尔、宝音楚古拉、阿尔斯楞收集整理，1993 年 4 月，内蒙古少年儿童出版社出版。

2. 专著

（1）科尔沁地区民歌：《科尔沁蒙古族民歌 100 首》，阎淑兰主编，“科尔沁右翼前旗历史文化”丛书，2006 年 8 月，内蒙古文化出版社出版；《科尔沁叙事民歌》，诺敏编译，“科尔沁文化”丛书，2004 年 7 月，内蒙古人民出版社出版；《科尔沁民歌选》，诺敏编译，“科尔沁文化”丛书，2004 年 7 月，内蒙古人民出版社出版；《科尔沁蒙古族民歌 200 首》，阿拉担仓译词，清河配曲，“科尔沁文化”丛书，2009 年 10 月，北京华文出版社出版；《科尔沁民歌研究》，包色音白乙拉著，2009 年 10 月，内蒙古少年儿童出版社出版；《科尔沁民歌研究论文集》，博·照日格图编，2010 年 4 月，内蒙古文化出版社出版；《科尔沁长调民歌》，乌兰杰编，2006 年 12 月，内蒙古人民出版社出版；《嘎达梅林之歌研究》，代兴安著，2009 年 12 月，内蒙古文化出版社出版；《扎赉特民歌》，乌兰杰主编，2006 年 12 月，北京民族出版社出版；《科左中旗民歌》，诺敏编译，2000 年 1 月，内蒙古人民出版社出版；《奈曼民歌》，杭土德·乌顺包都噶等编著，2008 年 12 月，内蒙古少年儿童出版社出版；《奈曼民歌研究》，包色音白乙拉、王高娃、策·布和德力格尔、苏义勒著，2010 年 12 月，内蒙古文化出版社出版。《科尔沁叙事民歌》（蒙文版 1 ~6 卷、汉文版 1 ~4 卷），通辽市文学艺术研究所编，2012 年 7 月，内蒙古人民出版社出版。

（2）内蒙古民歌：《草原民歌》，陈玉芝、金昌化等编，2006 年 8 月，内蒙古文化出版社出版；《蒙古族叙事民歌》（上、下），乌力吉昌、迪申加卜、海红汇编，2003 年 5 月，内蒙古人民出版社出版；《蒙古民歌研究》，额尔德木图著，2010 年 1 月，内蒙古人民出版社出版；《蒙古族民歌》（上、下），乌思宝音主编，2007 年 10 月，内蒙古少年儿童出版社出版。

3. 论文

主要论文有 46 篇（包括期刊论文，硕士、博士学位论文）：这些论文主要是在中国知网等相关文献中收集整理的，从收集的数量上看，都是在2000—2013年，共有期刊论文20篇，博士论文7篇，硕士论文19篇。期刊论文：这些论文从诸多方面分析叙事民歌。叙事民歌的艺术特色分析主要有：贾忠的《科尔沁叙事民歌〈达那巴拉〉艺术特色探析》，《艺术探索》2010年第5期；胡晓燕的《科尔沁叙事民歌的艺术特点及风格特征》，《内蒙古民族大学学报》（社会科学版）2011年第5期；姜国平的《科尔沁蒙古族民歌旋法浅论》，《中国音乐学》2007年第2期；马丽娜的《浅谈科尔沁叙事民歌的戏剧性价值》，《前沿》2009年第10期；郭延闯的《浅析科尔沁叙事民歌〈达那巴拉〉中的调式与结构》，《才智》2010年第20期；邓媛、崔智慧合著的《科尔沁民歌中的民族性格初探》，《现代语文》（文学研究）2010年第9期；赵立波的《叙事民歌的民俗性》，《剧作家》2006年第4期。叙事民歌的地域性特征分析主要有：额尔敦的《试论科尔沁叙事民歌中的“风水”之说》，《内蒙古民族大学学报》（社会科学版）2013年第1期；小梅的《科尔沁叙事情歌的史料价值》，《青春岁月》2012年第12期；乌兰其其格的《近现代科尔沁标志性文化：长篇叙事民歌》，《内蒙古大学艺术学院学报》2006年第3期；布仁套格套的《论科尔沁叙事民歌生成发展的历史渊源》，《内蒙古艺术》2012年第2期；佟占文的《“人声”与“器声”的互动：以科尔沁叙事民歌的口头表演为例》，《内蒙古艺术》2011年第2期；萨仁图雅的《蒙古族叙事民歌〈韩秀英〉故事角色》，《内蒙古大学艺术学院学报》2012年第4期；赵伟晶的《蒙古族长篇叙事民歌〈嘎达梅林〉的传承与保护》，《语文学刊》2010年第23期；照日格图的《胡仁乌力格尔与科尔沁长篇叙事民歌之比较》，《内蒙古民族大学学报》2010年第1期；王海梅的《试论科尔沁民歌中的母女对立现象》，《北京大学学报》2000年第1期；祁凤清的《科尔沁蒙古语地名与科尔沁生态环境》，《湖南医科大学学报》（社会科学版）2008年第6期；照日格图的《论汉文化对科尔沁蒙古族音乐文化的影响》，《文教资料》2010年第10期；刘静的《美学角度探微科尔沁民歌原生态艺术形式的现代演绎：〈嘎达梅林〉从民歌到影视的文化建构》，《传奇·传记文学选刊》（理论研究）2011年第4期；诺敏的《略论科尔沁民间叙事诗》，《内蒙古艺术》2000年第1期。

博士论文主要有7篇：内蒙古大学的有斯琴托雅的《叙事民歌口头叙事研究》，2007年；包玉荣的《蒙古叙事民歌的悲剧性研究》，2009年；代兴安的《嘎达梅林之歌研究》，2009年；赛吉拉胡的《叙事民歌表演研究》，2012年。中央民族大学的有姜迎春《长篇叙事民歌〈嘎达梅林〉文本和历史记忆研究》，2010年；色音套格特的《科尔沁民歌外来文化影响研究》，2012年。

苏州大学的有何红艳的《科尔沁蒙古族说唱文学研究》，2004 年。

硕士论文主要有 19 篇：内蒙古大学的有智红的《科尔沁民歌的审美三形态》，2007 年；钱齐乐莫格的《叙事民歌〈宾图王官其克色楞〉研究》，2011 年；刘宝花的《叙事民歌〈达那巴拉〉研究》，2010 年；巴特尔的《叙事民歌〈扎那的有巴拉吉尼玛〉研究》，2010 年；桂晓英的《文学叙事中的嘎达梅林》，2011 年。中央民族大学的有春红的《科尔沁叙事民歌中的汉文化研究》，2006 年；赵伟晶的《蒙古族长篇叙事民歌〈嘎达梅林〉及其音乐文化研究》，2010 年；王兴斌的《科尔沁地区蒙古族长调民歌保护与传承研究》，2009 年。内蒙古师范大学的有萨仁图雅的《故事、音乐、文本——科尔沁叙事民歌〈韩秀英〉研究》，2011 年；王秀兰的《论近现代科尔沁叙事民歌的审美特征》，2009 年；胡日查巴图的《近现代科尔沁叙事民歌研究》，2011 年；哈申格日乐的《近现代科尔沁叙事民歌中女性形象研究》，2010 年；武晓兰的《试论科尔沁短调民歌的原生演唱韵味》，2012 年；齐艳艳的《蒙古贞传统音乐及其叙事民歌研究》，2012 年；韩木兰的《科尔沁民歌润腔的研究》，2011 年。内蒙古民族大学的有财泉的《科尔沁左翼后旗蒙古民歌研究》，2012 年；谢贺喜格图的《科尔沁民歌语言特征研究》，2009 年。其他院校：天津师范大学照日格图的《科尔沁蒙古族说唱艺术：胡仁乌力格尔与叙事民歌之比较》，2008 年；首都师范大学陈颖的《科尔沁蒙古族长篇叙事歌研究》，2007 年。

三、研究方法

科尔沁草原水草丰美，人杰地灵。这里不仅山川秀美，更以其悠久的民族文化、众多的文化艺术名人和浓郁的地域特色而享誉中外。这里是著名的契丹文化和鲜卑文化的发源地之一，是清代孝庄文皇后、清代名将僧格林沁、民族英雄嘎达梅林的故乡，以科尔沁民歌、安代舞、蒙古族说唱艺术、乌力格尔、好来宝等为代表的科尔沁优秀民族文化，使科尔沁草原被国家文化部、中国文学艺术联合会、中国曲艺家协会命名为“民族歌舞之乡”“民族曲艺之乡”“民族版画之乡”“安代之乡”。丰厚的民族文化底蕴，大大提高了科尔沁草原在全国乃至世界的知名度。许多国内著名文艺工作者甚至国际友人对科尔沁草原都未见其地而早闻其名。挖掘、整理丰富相关资料，发展科尔沁特色的民族文化艺术研究，使其研究范围系统化、规范化是目前从事相关研究领域人员的重心。这也为民族文化研究者提供了广阔的空间。

从目前研究的整体看，确实有一批热爱民间文化的工作者，但是目前他们的研究还主要停留在收集、整理资料的工作上。田野研究只是一种方法，虽然在田野研究的背后，包含了现代人类学与社会学特有的研究路径，但是方法并不能替代研究。笔者的体会是，既要接受田野研究方法，又要注意所从事领域的理论研究。蒙古民间文学研究有些分支有自己的概念体系，例如史诗研究就有母题、情节、异文、原型等概念，学者通过母题的分析把握情节，进而把各种有关的文体确认为同一情节的多种异文，再通过比较各异文的母体和情节，辨识出或拟构出故事的原型。但是，蒙古族民间文学研究还没有在总体上建立自己的概念体系。在近百年的研究中，大家都忙于收集资料，热衷于个案研究，忽略了这个问题。

田野调查方法是研究的目标之一，就是考察艺术活动在特定文化环境中自然生成、发展的性状。当然，对象的性状总是会在与外界的不断互动过程中变化，然而这样的变化仍然可能在很大程度上是自然的演化，与受巨大的、不可抗拒的外力影响而发生的变化，有质的区别。以叙事民歌的变化为例，虽然它在本土文化、民众审美趣味的背景下持续发生着各种各样的变化，但是正由于这样的变化是在创作表演的主体与观众的互动之中缓慢而自然地发生的，因此无论如何变化都不会出现背离它所生成的文化土壤的结果。但很多研究工作者是在不同的文化背景中收集资料，研究者与被研究者在社会身份、知识背景与生活环境等多方面的差异，尤其是趣味的差异，很容易被处于弱势地位的民间艺人理解为知识与艺术见解的优劣，研究者在从事田野工作时，很容易被研究对象视为强势文化的代表。因此，研究者的言行和趣味，很容易对被研究者产生不可预计的影响，而这样的影响足以改变研究对象的原生态。我认为研究者应该尽可能做一个客观和外在的观察者，尽可能克制影响对象的冲动，因为保持本土艺术原生态的意义，可能比改变它要重要一百倍。当然，研究者对研究对象的影响是不可避免的，只不过能清醒地意识到这种影响可能导致的负面效果，自觉地将自己的影响尽可能减少到最小，这无疑是文学艺术工作者在田野研究时必须遵守的职业操守。

前述研究成果为本书的研究提供了很有价值的史料和参考资料。但这时期的研究还是停留在资料的收集、整理，对文化现象的深层观照不够，大多停留在浅层的论述。当然，学无止境，研究中存在不足是必然的，这也是促使笔者要全面观照蒙古族叙事民歌的动力。文献的相对缺乏，导致了对科尔沁叙事民歌的研究必须更多地依靠田野调查中直接获取的资料。由于有一定影响力的民间艺人大多已去世，尤其是现代传播方式的多元化，使得很多地方民间说唱的方式很单一，笔者调查到的也是一些残肢碎片，面对这种现实，不得不调整自己的方案，思索如何解读蒙古族叙事民歌这一文化现象，这种想法成为笔者研究时思考的重要问题。在资料的分析、整理中，在蒙古族说唱文学的诸多特征中，引起笔者注意的是它所包含的“多元性质”，虽然它是民间文学中普遍存在的文化现象，但在蒙古族说唱艺术中显得尤为突出，即在普遍矛盾中发现它的独特性，这也正是本书的指导思想和写作意图。

四、术语解释

科尔沁：“好尔沁”，成吉思汗时期，护卫皇帝的近卫队里专门挂箭背弓的人。

哲里木：得名于兴安盟科尔沁左翼中旗北部的哲里木山。“哲里木”在古文献中写作“者林木”，即马鞍肚带。此山形同马鞍肚带，所以蒙古人称为哲里木山。此地背靠峻山野林，面临一马平川，是会盟、出征、围猎的好地方。清代，扎萨克会盟，原定科尔沁六旗：左翼中旗（达尔汗旗）、左翼前旗（宾图王旗）、左翼后旗（博王旗）、右翼中旗（图什叶图旗）、右翼前旗（扎萨克图旗）、右翼后旗（苏鄂公旗）；郭尔罗斯两旗：郭尔罗斯前旗（南郭尔罗斯旗或齐公旗）、郭尔罗斯后旗（北郭尔罗斯旗）；扎赉特一旗，杜尔伯特一旗，共十旗在哲里木山会盟，故称哲里木盟。1999 年，撤盟变为通辽市。

霍林河：蒙古语为“好林高勒”，意思是这个河的水如同饭茶。一个传说是，很早以前有位王爷狩猎来到这条河附近时，又渴又饿，几乎到了绝望的地步，但喝了这条河的水之后恢复了元气，于是王爷就把这条河名为“好林高勒”。还有一个传说是，早先由于这条河的水清澈见底，岸边的草质鲜嫩、丰茂，牧民们只要把牛、羊赶到这里饮水、吃草，牲畜就会膘肥体壮，因此把这条河水比喻为饭茶。

胡尔奇：用胡琴（四胡）伴奏演唱好来宝和说书的说唱艺人。

潮尔奇：用马头琴伴奏演唱英雄史诗的民间艺人。

博：蒙古语就是萨满教，也指科尔沁部男萨满。

扎萨克：也写作“札萨克”，清朝所设蒙古旗行政长官的称号。

那达慕：蒙古语意为娱乐或游戏。

陶力：蒙古语意为史诗。

乌力格尔：蒙古语意为说书，与汉语的评书相似。

本森乌力格尔：本子故事。

诺颜：蒙古语意为王爷。

苏木：蒙古语意为乡。

嘎查：蒙古语意为镇。

罕山：“罕”，皇帝、王爷、首领、头目的意思，这里主要指高大雄伟的山脉。

第一章　科尔沁蒙古族说唱文学的地缘因素

“蒙古”这一名称最早见于《旧唐书》，称其为“蒙兀儿室韦”；《新唐书》则称为“蒙瓦部”；《辽史》称为“萌古”。最初是一个部落名。840 年，这个部落的大部分人向东迁移，逐渐与蒙古高原上其他部落的居民融合。在 12 世纪末 13 世纪初，蒙古孛儿只斤部落的杰出人物铁木真（1162—1227）把蒙古各部落统一起来，1206 年他被推为蒙古大汗，称为“成吉思汗”，蒙古作为一个稳定的民族共同体形成了。在蒙古人的历史上，曾发生过两件大事：其一是西征中亚、东欧；其二是南下入侵中原。这两件事对蒙古民族的传统文化产生了不可估量的意义。西征和南下，尤其是与突厥民族和中原文化的接触，使蒙古人开阔了眼界，广泛吸收了各民族的文化。在西征中，蒙古军队俘获了大批中亚工匠，并将他们带回蒙古，随着这些人的到来，一些中亚伊斯兰文明也相继传入蒙古地区，使蒙古文化增添了新的内容。元朝的建立，使蒙古人与当时高度发达的中原文化产生了密切的关系。元朝的地域“北逾阴山，西极流沙，东尽辽左，南越海表”[①]。元朝，实为游牧民族文化与农业民族文化冲突与融合的结果。一时间在蒙古高原出现了佛教、道教、基督教、伊斯兰教和萨满教五教并存的局面，彼此相互影响。蒙古民族游牧生产方式与中原农业生产方式冲突与融合，使蒙古民族的文化发生了飞跃性的变化，显示出新的更强的活力。成吉思汗的伟大体现在他对异族文化的学习、借鉴和兼收并蓄上。正因为如此，蒙古民族传统文化才在中世纪世界文化史上显示出顽强的生命力，并占有一定的地位。然而“我们在历史上听得太多的是关于蒙古人的战役和屠杀，而听得不够的是他们对学问的好奇和渴望”[②]。蒙古民族之所以能够在快速的民族变迁和社会变革中自强不息，得以存在和发

---

① 宋濂：《元史》卷四十八·志第十（地理一），北京：中华书局 1992 年版，第 1345 页。

② 赫·乔·韦斯尔：《世界史纲》，上海：上海人民出版社 1999 年版，第 736 页。

展，是因为它是一个从不排斥任何外来文化的民族，并且能够在此基础上始终继承和发展丰富多彩、光辉灿烂的本民族游牧文化。

第一节 蒙古民族形成的源流

据史学界研究，一般认为蒙古族属东胡系统。东胡之名，并非自称。《史记·匈奴列传》的“索隐”中引东汉学者服虔之曰：“东胡，乌丸之先……在匈奴东，故曰东胡。”因匈奴人自称为“胡”，如《汉书》卷九四《匈奴传》上载孤鹿姑单于致汉武帝书有云：“南有大汉，北有强胡。胡者，天之骄子也。”故所谓“东胡”是指活动在匈奴东面的部落，其民族的本名，无文献可考。

公元前209年，秦朝末年“冒顿杀父自立”，建立了我国北方草原上的第一个奴隶制政权。之后冒顿“击东胡，东胡初轻冒顿，不为备。及冒顿兵至，击，大破灭东胡王，而虏其民人及畜产”①。自此以后，在中国的历史上不复有东胡族活动了。继而起之的是在蒙古高原游牧的东胡族后裔——鲜卑族和一部分乌桓族。鲜卑族和乌桓族都是东胡族的一部分，当东胡被匈奴击溃时，东胡的一支，以乌桓为号，退居辽河上游乌桓山一带；另一支以鲜卑为号，退居大鲜卑山一带，大鲜卑山是古代鲜卑族的发祥地。1980年7月，在内蒙古自治区呼伦贝尔市鄂伦春族自治旗阿里河镇西北嘎仙洞内，文物工作者发现了鲜卑人拓跋部落祖先的“石室”，证明了大鲜卑山就是现在的大兴安岭中段。鲜卑族和乌桓族一样，“俗善骑射，弋猎禽兽为事。随水草放牧，居无常处，以穹庐为舍，东开向日，食肉饮酪，以毛毳为衣”②。清代历史学家张穆所撰写的《蒙古游牧记》中“科尔沁右翼中旗”条目下记载：“旗西三十里有鲜卑山，土名蒙格。”湖南大学历史系编纂少数民族历史教材时，曾到科右中旗内考察鲜卑山。鲜卑山在鲜卑语中是“带钩”的意思，古鲜卑族因居于此山而得名，此山为鲜卑人发祥地之一，也是汉晋时期鲜卑民族繁衍生息的地方。吉林省考古学家从科右中旗境内发现和挖掘的部分古墓群中认定，这些古墓群为汉代鲜卑墓群，从而证明科尔沁右翼中旗为古鲜卑民族繁衍生息之地。上海辞书出版社出版的1979年缩印本《辞海》中记载：“鲜卑，古族

① 《文史知识》编辑部编：《中国古代民族志》，北京：中华书局1993年版。

② 范晔：《后汉书·乌桓鲜卑列传》，斐松之注引王沈《魏书》（卷九〇），北京：中华书局1993年版，第2979页。

名，东胡族一支，秦汉时游牧于今西拉木伦河与洮儿河之间。”鲜卑山，古山名，今在内蒙古科尔沁右翼中旗西，相传古鲜卑族因居此山而得名。近几年，在内蒙古通辽扎鲁特旗发现了一类鲜卑人的文物，即雕有马鹿等动物形象的铜饰片。在扎鲁特境内还发现了摩崖人面刻像，证明是鲜卑人祭祀祖先和部落头领的遗迹。

西汉初年，匈奴人逐渐强盛起来，乌桓、鲜卑都受到匈奴的控制并定期向匈奴贡献牛、马、羊。公元前2世纪中叶（东汉桓帝年间），渐渐强大起来的鲜卑族在首领檀石槐的领导下，统一诸部，建立了鲜卑慕容部、鲜卑宇文部、鲜卑拓跋部等部落，兵马甚强，疆域辽阔。檀石槐将其地域分为三部分：“从右北平以东至辽东为东部；从右北平以西上谷十余邑为中部；从上谷以西至敦煌、乌孙二十余邑为西部。”① 科尔沁草原属于东部管属。“东西万四千余里，南北七千余里，网罗山川、水泽、盐池。”②

三国至西晋的大约100年中，鲜卑慕容部在其首领莫拓跋的带领下南迁，由游牧转为农耕。337年（东晋咸康三年），慕容鲜卑部强大，成为“五胡十六国”的重要组成部分。南北朝时期（420—589），宇文鲜卑族分化出两个小部落：契丹族和库莫奚族。库莫奚，《魏书》卷一〇〇《库莫奚传》说它是“东部宇文之别种”；《通典》卷二〇〇《边防·北狄·库莫奚》也说它是“东部鲜卑宇文之别种”；《新唐书》卷二一九《北狄·奚传》则更明确地说：“奚亦东胡种，为匈奴听破，保乌丸山……居鲜卑故地。”鲜卑故地，即弱洛水一带（今为西辽河上游西拉木伦河）。公元5世纪末，奚族人不断南迁，与汉人杂处，往来贸易，相安无事。

南北朝之际，“柔然游牧于蒙古高原，它主要是由拓跋鲜卑族中分离出来的”③。柔然在不断同北魏的交战中强大起来，402年（北魏天兴五年），柔然部落中的社仑自号丘豆伐可汗，统一大漠南北，建立政权。后来“可汗”之称被突厥、回鹘、蒙古等部落沿袭。史载柔然有二十几个部落，其中包括契丹和室韦。契丹也是鲜卑族的一支，近几年来，考古学者在内蒙古通辽市发现被定名为“舍根文化”的东部鲜卑文化遗迹，其后又在通辽市等地发现了几座契丹墓，其出土文物证明契丹与鲜卑的民族渊源关系。

公元6世纪之后，室韦人即留在原地的鲜卑人，组成了由“南室韦、北

① 范晔：《后汉书·乌桓传》（卷九〇），北京：中华书局1959年版，第2889－2990页。

② 范晔：《后汉书·乌桓传》（卷九〇），北京：中华书局1959年版，第2889页。

③ 张久和：《东胡系各族族名研究及其存在问题——兼谈译名研究的可行性条件》，《内蒙古大学学报》（社会科学版）1996年第1期。另《科尔沁左翼前旗志》也认为柔然是东胡族后裔。

室韦、钵室韦、大室韦、蒙兀室韦”① 构成的部落。其中各个部落又分为若干分支，遍布呼伦贝尔草原地区。其中较大的部落有乞颜部、塔塔儿部、翁吉剌、汪古、茂儿乞、斡亦剌惕、克烈、乃蛮等十几个部落。而其中由蒙兀室韦构成蒙古族的原始部落，拉施特的《史集》证实了这一点，《蒙古秘史》中所描写的蒙古部落与中外文献也切合。

室韦居于呼伦贝尔一带，与契丹同属一个民族，语言相同，以兴安岭为界，南者为契丹，北者号室韦。公元6世纪之后，东部的契丹和室韦都得到很大的发展，契丹最初仅有两个部落——白马、青牛，后来逐渐发展成为八个部落，至公元6世纪末公元7世纪初，已经发展为十个部落。在公元7世纪初契丹曾臣服于突厥政权，后归顺隋唐。武则天（684—704）时，它起来反唐，后又臣服于唐。契丹和唐朝关系错综复杂，既有朝贡、入仕和贸易，又有战争和掳掠，契丹和唐朝的胶着期被称为“遥辇时代”。907年，阿保机利用旧的部落选举仪式，取代遥辇成了契丹族的首领。916年，他建立奴隶制国家，自立为皇帝，号为辽太祖，国号“契丹”（后改为辽），实行“因俗而制”的政策，1125年被金王朝所灭。11世纪末，女真人完颜部逐渐强大，统一各部。女真的先民是周秦时的肃慎，汉魏时称悒类，南北朝称“铁勿吉”②。两年后灭北宋，与南宋形成对峙。

辽金时期，金朝为了防止北部新兴蒙古族南下，在其北境由东至北修建了一条界境，称为“金界壕”③。金界壕没能阻挡北部蒙古族的南下，和万里长城没能阻挡北方的游牧民族南下一样。

蒙古族起源于内蒙古额尔古纳河一带，12世纪末统一蒙古高原，13世纪逐渐强盛，建立了横跨亚欧草原的蒙古帝国，后攻灭西夏、金、宋，建立了中国历史上版图最大的元朝。元朝加强了中央集权的统治，平息了发生在西拉木伦河流域一带东道诸王的叛乱，并使此地区划归辽阳行省开元路、中书省泰宁路和宁昌路管辖。如今开鲁县的元代佛塔已被定为全国重点文物保护单位；元代十四道官牧场之一的折连怯呆儿牧场故址，在科尔沁左翼中旗敖包苏木腰伯吐嘎查北，保存较好。

1204年，铁木真统一蒙古，两年后称汗。成吉思汗1214年分封诸王，以科尔沁草原上金界壕为分界线，金界壕以东为其幼弟铁木哥翰赤斤的领地，

---

① 郭沫若主编：《中国史稿地图集》，北京：中国地图出版社1996年版。

② 《文史知识》编辑部编：《中国古代民族志》，北京：中华书局1993年版。

③ “金界壕”俗称“金长城”，东起嫩江平原，西至黄河河曲，全长5500公里，横穿内蒙古扎鲁特旗和兴安盟科右中旗的西段，是女真人所筑，始建于金天会年间，从1123年开始修建，直到1198年前后才最终形成。

以西为其二弟哈布图・哈萨尔的领地，所以哈布图・哈萨尔也被称为科尔沁蒙古族的始祖。

第二节 科尔沁蒙古族的生态环境

科尔沁蒙古族说唱艺术是广大牧民在生活实践中经过长期而广泛的口头传唱所形成和发展起来的一种艺术形式。科尔沁说唱艺术的地域性较强，表现手法丰富多彩。它是在流传中不断丰富、吸收不同文化精髓的集体智慧结晶。

常言说一方水土养一方人，中国幅员辽阔，高原地区音乐的高亢嘹亮，平原地区音乐的舒展自如，都印证了民族地区文化艺术的地缘属性。不同地域的地理、气候、政治、经济、文化、宗教以及在此环境下形成的人们的思想意识、审美情趣等，都和民族音乐有着千丝万缕的联系。

一、自然环境

文化艺术的出现与自然环境密切相关，不同区域的自然环境会孕育出不同的文化生态系统。本书研究的科尔沁蒙古族说唱文学范围主要是在通辽市所管辖的蒙古人聚集较多的地区（科尔沁左翼中旗、科尔沁左翼后旗、奈曼旗、库伦旗和扎鲁特旗）。

通辽市土地面积 59535 平方公里，人口 310 万，其中蒙古族人口 138 万[①]。通辽市位于内蒙古自治区东部，大兴安岭南麓，地理坐标为北纬 42°15′～45°41′，东经 119°15′～123°43′。东连吉林省，南临辽宁省，西接赤峰市和锡林郭勒盟，北与兴安盟以及吉林省白城市、松原市毗邻，南北长 418 公里，东西宽 370 公里，海拔 250～650 米，在西拉木伦河西岸和老哈河之间的三角地带。

从地理坐标上看，蒙古族说唱艺术比较活跃的地区主要在蒙古人聚集较多的科尔沁左翼中旗、科尔沁左翼后旗、奈曼旗、库伦旗和扎鲁特旗。这一区域地势南北高，中部低，西高东低。西辽河水贯穿其中，土壤大多是沙地和坨、甸；沙地大多分布在西部地区，东南大多是沙岗、坨、甸地，形成了沙层覆盖、丘地开阔的风沙土地形。气候属于温暖半干湿，多大风，干旱比

① 2010 年第六次人口普查统计，http：//baike. so. com/doc/5380511 －5616782. html。

较严重。年平均降水量360毫米左右，大多在6月到8月，冬天寒冷，夏天炎热，春秋风大。

科尔沁蒙古人在游牧时期，就有简单的农业生产，主要粮食是稷子（散糜子）和荞麦。到了清代以后逐渐有了黄豆、爬豆、绿豆、谷子、高粱、苞米、黑豆等。科尔沁草原的东部地区种植高粱要晚些，其他地方都差不多，基本是一年一熟的庄稼。那一带以农业为主，游牧业在北部扎鲁特旗有一些。稷子，蒙古人称为"蒙古勒粑哒"，是科尔沁地区最早种植的粮食之一，早期种植很简单，春暖花开季节把种子撒到地里，赶来牛、羊、马群，反复践踏就完成种植，等到秋天收割，一年的农活就结束了。科尔沁蒙古人把马、牛、绵羊、山羊和骆驼称为五畜，这五种牲畜因年岁、雌雄不同而有各自的称谓，也为民歌语言的丰富提供素材。他们把毛驴、骡子、鸡鸭和猪看成另一类家畜，忌讳把这些跟五畜相混。他们还禁止吃狗肉。因为狗是蒙古人特殊的家畜。

二、历史沿革

科尔沁是历史悠久和文化底蕴丰厚的古老的蒙古族部落之一。1206年，铁木真被推举为蒙古的大汗，尊称"成吉思汗"，建立蒙古国。在成吉思汗称帝前曾设立一支卫队，其弟哈布图·哈萨尔为兀勒都赤（指挥者）负责其营帐的警卫和监督，因其以神箭手著称，所以被称为"科尔沁"（蒙语含义为弓箭手）。科尔沁当时是个军事机构，平时负责护卫，战时是冲锋陷阵的主力。到了15世纪初，科尔沁由军事机构的名称演变成哈萨尔后裔所属各部的泛称，成了著名的科尔沁部。嘉靖年间，哈布图·哈萨尔的十四孙奎蒙克哈斯哈喇被厄鲁特部所破，南下避居嫩江流域，因同族中有阿鲁科尔沁，所以也称为嫩江科尔沁，也就是现在的科尔沁。1636年，皇太极在盛京即皇位后，把内蒙古49个旗分为6个会盟，哲里木会盟是其中之一，由哈布图·哈萨尔的后裔管辖，范围包括哲里木盟十旗（科尔沁左翼前、中、后旗；科尔沁右翼前、中、后旗；扎赉特旗；杜尔伯特旗；郭尔罗斯前、后旗）[①]。此十个旗三年会盟一次，推选盟长，掌管十旗主要行政事务。1947年5月，扎鲁特旗划入哲里木盟，1948年9月，奈曼特旗和库伦旗划归为哲里木盟。1949年4月，哲里木盟划归内蒙古自治区（原哲里木盟由辽宁省代管）。1969年7月，哲里木盟划归吉林省，1979年7月，哲里木盟复归内蒙古自治区。1999年9

---

① 那木斯来：《清代蒙古盟旗由来与划分》，通辽：内蒙古少年儿童出版社1984版，第22－167页。

月，撤盟设市，设立地级市通辽市，所辖范围包括科尔沁左翼中旗、科尔沁左翼后旗，库伦旗，奈曼旗，扎鲁特旗，开鲁县，科尔沁区（原通辽市）、霍林河市。

通辽市的前身为哲里木盟，始建于清朝崇德元年（1636）。地处祖国北方，历史悠久，是蒙古族的发祥地之一，通辽市是少数民族聚居的地区。历史上的东胡、乌桓、鲜卑、契丹、女真、蒙古、满族、汉族等，相继活动在这块土地上，为后人留下了丰富的历史文化遗存，为我们研究这个地区少数民族的发展、变迁，提供了丰富的实物资料。

在旧石器时代，通辽地区生存有许多古生物。有距今约 10 万年的披毛犀和原始牛，约 3 万年的猛犸象。到了新石器时代，便出现了早期人类活动的痕迹。由打制石器到磨制石器的进步，充分表明距今约 6000 年至 4000 年间的人类活动是以狩猎为主，兼畜牧和农耕生产的。

到了青铜器时代，就出现了叠压的夏家店下、上层文化。通辽地区的夏家店下层遗址分布在西南地区的奈曼、库伦境内，以库伦的南泡子涯遗址、胡金稿墓葬群等最具特色。夏家店下层文化是距今约 3500 年，相当于殷商至西周早期的文化，从出土的器物可以看出，当时的人们主要是以农耕作为自己的生存手段；夏家店上层文化是距今约 3000 年至 2300 年，相当于西周至战国时期的文化。它的体现者是当时活动在西拉木伦河和老哈河流域的北方少数民族——东胡族，这是以游牧业经济为主，兼狩猎和农耕的民族。进入奴隶制社会的东胡族奴隶主靠对内剥削奴隶，对外进行战争和掠夺俘虏为奴隶来维持其统治。受中原文化的影响，东胡族的农业、手工业也有了一定的发展。公元前 209 年，东胡政权在匈奴单于的突袭中崩溃，东胡族从此退出中国北方历史舞台。

西汉初期，随着铁器时代的到来，东胡遗部——乌桓族与鲜卑族同时兴起于北方草原，乌桓基本被汉族同化。鲜卑人在公元 4 世纪至公元 5 世纪的魏晋时期，先后在北方草原和黄河流域建立了八九个封建政权，以北魏王朝最为兴盛。活跃在科尔沁草原上的是慕容鲜卑和宇文鲜卑，他们在生活上是以穹庐为宅，以畜牧业为主兼狩猎，并有了相当发达的手工业和农业。鲜卑族保护私有财产，以一家一户为经济单位，进行农耕和其他制造业。这时他们已熟练地掌握了种植青稞（炒米）和东穑（喂马）的技术。

公元 4 世纪到公元 9 世纪末，契丹族兴起。其游牧地区在今西拉木伦河和老哈河一带。契丹最初是一个包括青牛、白马两个小氏族的部落，后来发展成八个氏族，唐初（即公元 7 世纪），又由八个氏族发展成八个部落，形成了较大的部落联盟，唐朝设立“松漠都督府”管辖契丹诸地。916 年，辽王朝建立后，推行头下军州制，使辽逐渐从奴隶制社会变为封建制社会。在辽统治的五京中，西辽河流域的大部分属于上京临潢府的上京道，小部分属于东京辽阳府的东京道。现已确认，辽代的龙化州城址、灵安州城址、豫州城址、韩州城址等都分布在通辽市境内。以陈国公主墓，库伦一、二、六、七号墓，寂善大师墓为代表的辽代各阶层墓葬，在通辽市境内星罗棋布，库伦辽墓壁画享誉全国。

女真族是满族的祖先，12 世纪初攻灭辽和北宋，建立了与南宋对峙的金王朝。13 世纪初女真族被蒙古军攻灭。

蒙古族起源于内蒙古额尔古纳河一带，12 世纪末统一蒙古高原，13 世纪逐渐强盛，建立了横跨亚欧草原的蒙古帝国，后攻灭西夏、金、宋，建立了中国历史上版图最大的元王朝。元朝加强了中央集权的统治，平息了发生在西拉木伦河流域一带东道诸王的叛乱，并使此地区划归辽阳行省开元路、中书省泰宁路和宁昌路管辖。如今开鲁县的元代佛塔已定为全国重点文物保护单位；元代十四道官牧场之一的折连怯呆儿牧场故址，在科尔沁左翼中旗敖包苏木腰伯吐嘎查北，保存较好。

明王朝建立后，在西拉木伦河流域设立了兀良哈三卫指挥司，归辽东都指挥使司管辖。蒙古族人民继续在北方草原上过着游牧生活。明嘉靖年间，游牧于额尔古纳河流域尼布楚草原上的成吉思汗二弟哈萨尔后裔及其属部科尔沁蒙古族，东迁至嫩江流域和东、西辽河流域驻牧，从此这一带被称为科尔沁草原。

到了清代，为了笼络能骑善射的蒙古科尔沁部，清统治者制定了“北不断亲”政策和“备指额驸”制度。在选蒙古贵族之女为皇后和妃子的同时，也把清皇室公主下嫁给蒙古王公。清朝孝庄文皇后就来自科尔沁部。清朝还在蒙古诸部实行盟旗制度和王公制度。旗是蒙古地区基本的军事行政单位，合数旗而成盟，盟是旗的会盟组织，旗由世袭的扎萨克统治。在服从封建国家法制或不严重违反封建国家法制的前提下，扎萨克在自己领地内具有神圣不可侵犯的权力，这就是盟旗制度。清政府赐予扎萨克及旗内其他贵族以不同的爵位，如亲王、郡王、贝勒、贝子、镇国公、辅国公等，这就是王公制度。在清朝设置内藩蒙古诸部的四十九旗中，科尔沁部统辖四部十旗，并会盟于西哲里木地方，便称之为哲里木盟。

20 世纪初，移民实边和开垦设置，使蒙旗行政制度发生了历史性的变革，到 1912 年止，科尔沁草原上就设置了三府一州三厅十二县，其中，包括黑龙江省的大庆市，吉林省的长春市、白城市、四平市及辽宁省的康平县、昌图县、法库县、彰武县等市县的部分和全部。

日本在侵略中国的伪满时期所推行的“旗制”成为日伪统治东北蒙旗地区最基本的法令。旗制的特点是彻底废除清朝以来的王公制度、扎萨克制度，代之以流官性质的盟长，废除盟制，旗县隶属于兴安各分省。哲盟十旗中的七旗即科尔沁右翼前旗、中旗、后旗，科尔沁左翼中旗、前旗、后旗，扎赉特旗以及通辽县、库伦旗归伪兴安南分省管辖。其他三旗，即郭尔罗斯前旗归吉林省，郭尔罗斯后旗归滨江省，杜尔伯特旗归黑龙江省管辖。为了缓和旗县之间的矛盾，1935 年伪满洲国制定了“旗县复合制度”，即在同一区域内存在旗县两种行政机构。按照属人行政即蒙汉分治政策，规定东北盟旗受北京蒙藏院的领导，其直接统治者是奉系张作霖政府管辖汉人，旗公署管辖蒙人。

解放战争时期，哲里木盟先后改称哲里木省、哲里木盟，分别隶属于东蒙古人民自治政府、兴安省、辽西省、辽吉省、辽北省。1947 年 5 月 1 日，内蒙古自治区宣告成立，并实行区域自治，1949 年中华人民共和国成立后，哲里木盟划归内蒙古自治区。1953 年 3 月，哲里木盟建制撤销，所属各旗县市归内蒙古东部区行政公署管辖。1954 年 4 月，内蒙古东部区行政公署撤销，哲里木盟建制恢复，管辖范围与撤销前相同。1969 年 7 月，哲里木盟划归吉林省，1979 年 7 月，哲里木盟复归内蒙古自治区，哲里木盟辖五旗二县一市，即科尔沁左翼中旗、科尔沁左翼后旗、奈曼旗、库伦旗、扎鲁特旗、开鲁县、通辽县、通辽市。1985 年成立的霍林河市也划入哲里木盟版图。1999 年哲里木盟建制撤销，改称通辽市，成立地级通辽市政府，辖科尔沁区（以前的通辽市）、霍林河市、科尔沁左翼中旗、科尔沁左翼后旗、开鲁县、库伦旗、奈曼旗、扎鲁特旗，市政府所在地科尔沁区是全市政治、文化的中心。①

三、盟旗制度

一个民族、一个地区文化特征的形成，取决于该民族、该地区长期拥有什么样的生产方式、生活环境。观察这个文化群体所特有的生产、生活方式，并且确定这个生产、生活方式所依赖的物质基础，可以探究某一文化形式产生的渊源。

游牧生活是：“住在毡制的帐篷里，从一地迁到另一地，巡视着水和草……没有永久的住地，但每一个群体都有自己的地段，可汗总是住在肯特

① 参考内蒙古民族博物馆和地方志。

山。”[①] 我们从现在发现的出土的雕像和遗物中可以证明这一点。一般来说，游牧民族迁徙会留下部分居民守在原地。这些人为了生存，开始向邻居学习耕作。起先他们掠夺农耕民族的生产工具，后来发展到借用和交换，最后学习制造生产工具。农耕业的出现标志着游牧民族社会长足的进步和发展。由于财富的积累，贵族就有了定居的需要。这样，草原上就出现了各式各样的城堡，在城堡的周围就发展起定居的村落，于是草原上的城市就出现了。科尔沁草原是中原地区和北部草原地区的衔接地带，其新石器时代的农业文化就与中原的农业文化一致，此后的青铜文化也深受夏、商、周文化的影响。分布于燕山南北长城内外的夏家店下层文化，被认为是与商文化平行发展的一种文化，因首次在赤峰夏家店遗址挖掘而得名。文化遗址内虽未发现过青铜器，但赤峰夏家店发现有铜屑，赤峰四分地出土有铸铜小陶范，宁城小榆林子发现小钢刀，敖汉旗大甸子墓葬出土有铜质随葬品，说明拥有该文化的人们已掌握了冶铜技术；在各文化遗址中还出土有彩绘陶器；出土的生产工具以磨制石器为主，常见有石刀、石镰，亦伴有细石器；也出土不少骨器，其中有卜骨，大甸子墓葬还有猪、狗随葬的尸骨。再有，各遗址中普遍发现有房屋遗迹，多半为地穴式。夏家店上层文化，年代相当于商周时期，分布范围基本同下层文化而略有扩大，越过西拉木伦河以北，东至辽河。遗址中发现有成套的青铜礼器、生产工具、武器、生活用具和装饰品等，说明当地青铜铸造业相当发达。出土的石制生产工具，以楔形穿孔石锤、石斧最具特色，石刀多为半月形。房屋除圆形半地穴式外，还出现了地面上的居室。显然，夏家店下层文化和上层文化展示的是一幅农牧结合的定居在一个地方的生活图卷。

后来，蒙古民族入主中原建立元朝，推行“汉法”重视农业并定居下来，这意味着新的物质文化已在形成之中。

清朝统一中国，蒙古族混战割据局面逐渐结束，社会趋于稳定。一方面，清政府对归顺的蒙古部落采用联姻、爵赏、朝觐、优恤等方式笼络其贵族；另一方面，为有效控制和争取更多的蒙古人，清廷对蒙古地区采用编制牛录、盟、旗制度。

蒙古地区实行盟旗制度是清廷的创举，同时还将八旗的军政合一的组织形式推行到蒙古部落。据史料记载，编制盟旗制度主要是在“天聪八年（1633）十一月，硕翁科尔大会，阿什达尔汉·达雅齐为外藩蒙古分划牧地。

① H·R·毕秋林（雅金夫）：《古代中亚各民族资料汇集》（第一卷），莫斯科—列宁格勒 1950 年版，第 229－230 页。

分定户口，其中包括敖汉、奈曼、巴林等十部落”①。崇德元年（1636）九月，希福、阿什达尔汗等“往察哈尔、喀尔喀、科尔沁查户口、编牛录、会外藩、牢罪犯、颁法律”②；同年十一月，希福往科尔沁“会外藩、料理一切事物，以五十家编一牛录”③。设立札萨克（旗长）的任命制度，划分牧地，不得个人私自更改或越界放牧。违者要受惩罚。“既分之后，倘有越次界，坐以侵犯之罪。”④ 这些法律、制度的规定，虽然在一定程度上限制了蒙古族，但为蒙古族民间文化艺术的发展提供了一定的空间。清代实行封禁政策，把蒙古地区分割成大大小小的200多个孤立的旗，这些旗互不隶属，都是由清廷直接来掌管。各旗之间不得越界游牧和相互往来，目的是防止蒙古形成“互合则致雨，部合则成兵”的威胁。《大清会典》明文规定“外藩蒙古不得越旗畋猎。越境游牧者：‘王罚马十匹；贝勒、贝子、公罚马七匹；台吉罚马五匹，庶罚牛一头’”⑤。如有擅自逃离所在旗往他处者，更以军法从事，处罚更严，“外藩旗逃者，不拘何旗，以军去往追。若王等不追者，罚马一百匹；扎萨克贝勒、贝子、公等罚马七十匹；台吉等罚马五十匹”⑥。各地蒙古人没有迁徙、跨旗游牧、狩猎的自由，更没有外出交往、经商的自由，根据《清实录》记载，在蒙古高原建立的旗数（1634—1670）如下表所示，这些旗制的设立，使蒙古地区形成相对封闭的独立王国。

蒙古高原建立的旗数及新增旗数

年份	总旗数	各部旗数
1634	10	敖汉1、巴林2、奈曼1、扎鲁特2、四子王部1、翁牛特2、阿鲁科尔沁1
1635	14	新增喀喇沁2、土默特2
1636	25	新增科尔沁6、扎赉特1、杜尔伯特1、吴喇沁1、郭尔罗斯2
1639	27	新增吴喇沁2
1642—1662	47	新增鄂尔多斯等20旗
1670	49	新增喀喇沁1、鄂尔多斯1

① 《清实录》（卷二一），北京：中华书局影印本1985年版，第395页。
② 《清实录》（卷三一），北京：中华书局影印本1985年版，第403页。
③ 《清实录》（卷三二），北京：中华书局影印本1985年版，第223页。
④ 《清实录》（卷一二），北京：中华书局影印本1985年版。
⑤ （康熙）《会典》（卷十上）。
⑥ （乾隆）《大清会典》（卷七九上），北京：中华书局1986年版，第135页。

清廷的另一种统治方式是建立盟（蒙古语称 culgugan，汉译楚固勒干）。原意为蒙古族封建君主的会盟、集会，是蒙古族一种古老的传统，是为解决各部落之间的纷争、冲突而举行的集会。著名的《卫拉特法典》就是1640年在卫拉特——喀尔喀会盟时所制定的法令。清廷沿用该法典，但其作用已变，成为“简稽军实，巡阅立防、清理刑名、编卑丁册”① 等制定法律、法令的工具，盟长从参加会议的各旗札萨克中选用。清廷在蒙古高原共设六盟，各盟所管辖部落和旗如下表所示：

蒙古高原各盟所管辖部落和旗数

各盟名称	部落数（个）	旗数（个）
哲里木盟	4	10
卓索图盟	2	5
昭乌达盟	8	11
锡林郭勒盟	5	10
乌兰察布盟	4	6
伊克昭盟	1	7

盟旗制度的建立，改变了蒙古族单一的游牧狩猎经济方式，出现了新的经济形式——农耕经济。农耕经济的出现，使广大的牧民定居下来，为现代说唱文学的滋生和发展提供了封闭的空间。此外，中原地带汉民的大量流入，也为农业经济的发展提供了外部条件。

第三节　科尔沁蒙古族的说唱文学与文化认同

科尔沁蒙古族说唱艺术是蒙古族民间文学的重要组成部分。不仅数量、种类繁多，反映社会生活内涵也很深刻、广泛，可以说是近现代科尔沁草原历史发展的百科全书。这种民间说唱艺术形式得以在北方蒙古草原上迅速推广普及，除了前面谈过的经济形态发生变化的影响，更重要的因素是这个民族文化上的认同。文化认同是一个民族中的人们对自己所属民族的一种归属

① （乾隆）《大清会典》（卷七九），北京：中华书局1986年版，第135页。

感，这种民族归属感，在历史发展进程中逐渐形成人们公共的心理意识、价值观、审美情趣、民族自觉意识等，慢慢形成了民族凝聚力。文化具有鲜明的民族性、地域性和习俗共享性。认同是指心理意识上的一致性和由此形成的社会关系，所以民族文化认同强调的是认同的共性，即主体的承认、接受和皈依，主要体现在语言、宗教信仰和文化习俗上。

一、语言表述的认同

蒙古族语言属于阿尔泰语系中的蒙古语族，蒙古语族有三种方言[①]：卫拉特方言、巴尔虎—布里亚特方言、内蒙古方言。内蒙古方言包括科尔沁、喀喇沁土默特、巴林、察哈尔·锡乌、鄂尔多斯和额济纳阿拉善六种土语。科尔沁土语是科尔沁蒙古人世代使用的内蒙古地方语方言之一，也是内蒙古方言中使用人口最多（大约143万人[②]）、使用范围较广的土语。长期以来，科尔沁蒙古人用这些文字记载了这个民族源远流长的历史，使大量记载各种文化信息的民间印刷本、手抄本得以流传至今。

科尔沁蒙古族叙事民歌中的语言，是科尔沁蒙古族在特定文化背景下进行的模式化语言活动，是一种复合性的文化现象，是以口语为主的语言形式。在叙事民歌演唱中语言特点主要有三：语言混杂、方言丰富和表达手法独特。

（一）语言混杂

造成科尔沁蒙古族说唱语言混杂的原因，有三个方面：首先，蒙古族是一个民族融合体，在它的口传文学中存在着大量藏族、契丹、回纥、突厥等其他民族的语言。蒙古族源主要来自蒙古高原原始部落之一的蒙兀室韦。法国学者伯希和（Pelliot）认为“室韦”（Sirbi）即“鲜卑”（Serbi）的音转和别写。著名蒙古史学者亦邻真教授指出：“《蒙古秘史》语言中留下有些无法释义的专名（人名、地名、氏族部落名称），就是原蒙古语的残余，他们同后来经过突厥化的古蒙古语有很大的差异。”[③] 公元7世纪，居住在蒙古高原和西域境内的铁勒人均受突厥汗国的统治。唐天宝三年（744），回纥消灭突厥汗国，建立了嗢鄂尔浑回纥汗国。贞元四年（788），改回纥为回鹘。公元9世纪中叶以后，回纥汗国覆灭，回纥人西迁，这时大漠南北全被蒙古各部占

---

① 云峰：《蒙汉文学关系史》，乌鲁木齐：新疆人民出版社2000年版，第224页。

② 据2010年第六次人口普查统计，http：//bike. so. com/doc/5380511 - 5616782. html。

③ 亦邻真：《中国北方民族与蒙古族族源》，《内蒙古大学学报》（哲学社会科学版）1979年第Z2期。

领，与原来操突厥、回纥语言的各部落杂居，因此大量突厥词语汇入蒙古语。很多蒙古语的发音来自突厥语，如塞擦音 z、c 在一些方言中代替了舌尖辅音 y、ə，契丹语"虎斯"（husi）意为"有力"，而蒙古语也称"有力"为"忽出"（huchu）等。其次，借用汉语。清末至民国初年，科尔沁草原肥沃的土地吸引了大批中原人前来开荒种地，于是出现了人口汇集、蒙汉杂居的语言环境。蒙古人由早期的游牧转入定居，生活方式的改变也给口语增添了许多新的内容。①农业用语：〔ʃaŋ〕[①] ~〔dgɷrəx〕——地垄，套犁杖的牛称作〔ʃaŋin uxɣr〕，直译为地垄上的牛。〔bɷdgir〕——庄稼地里的杂草，直译为埋汰。〔landi：〕，这个词源于汉语的"乱"。〔tara：〕，本义为庄稼，但在口语里指庄稼地，因此翻地谓之〔tara：xaglax〕，分地谓之〔tara：xcbc：x〕等，这些说法在文学语言里是没有的。②用具用语：〔jaŋsu：r〕——锄头、〔lɛ：baŋ〕——泥板、〔ʃa、dus〕——水壶、〔talʃig〕——小火铲。③饮食用语：〔ganxən bada：〕——干饭、〔ʃɛnsɛ：〕——咸菜、〔dgiaŋ〕——酱、〔ʃɛlbeŋ〕——馅饼、〔mɛn〕——面等，这些大多是由汉语音译转变过来的词汇。最后，词义的变化，词义不断增加，只有少数遭淘汰。

（二）方言丰富

丰富的民间俚语、俗语、隐语，在说唱文学中使用得十分突出。如：

（1）sain üge — yi ʋurba dabtable qudal bolon —a，[②]
sain mori — yi ʋurba cokibal sirbang bolon —a。
汉译：好话说三遍淡如水，好马抽三鞭只摇尾。

（2）kümün bodorsan — ayan，
einawa Jaʋuʋsan — ayan。
汉译：人干想着的，狼吃嚼着的。

（3）ere — yin jerge — du kürcü，
aʋta — yin sakirin — du kürcü。
汉译：人到成年的时候，马到出征的时候。

（4）qorsaʋa deblel küiten tosa ügei，
qubilʋan lamaebed in — dü tosa ügei。
汉译：羊皮袄挡不住风寒，转世佛治不了疾病。

---

① 本节〔 〕都是用英语国际音标标注蒙语，以下亦同。
② 下面所有的蒙古民歌是用汉语拼音标注蒙语。

（5）ürlüge jilaѵa tasulju，oroi mila tasulana。

汉译：起程的马勒紧绳还要奔，晚归的马打断皮鞭不抬蹄。

这些俚语、俗语反映了蒙古族游牧社会的文化特点和人们的文化心理。马在游牧民族生产、生活中所发挥的各项作用，在蒙古谚语、俚语和口语中都有所体现。马与蒙古牧民有着千丝万缕的联系，有着割舍不断的情感：第一，体现在原始宗教和神话传说中。在阴山岩画中，有一动物身躯呈马形，却长着带爪的蹄，好像是虎蹄。先民把马的善跑与虎的凶猛结合起来奉为图腾，这就足以体现马在蒙古牧民心目中的高大形象以及对它的崇拜。在蒙古牧民中流传着许多关于马的神奇传说。马的出现就是一个美丽的传说，在传说中“马是天外来的，是仙物的化身”①。在蒙古史诗《江格尔》中也精彩地描绘了骏马踢翻毒酒，救下主人——英雄洪古尔的情形。在民间广为流传的还有成吉思汗与两匹骏马的故事。大汗的威武离不开骏马的帮助，当后来两匹骏马离开大汗时，大汗黯然神伤。马在传说中能预示吉凶，富有灵气而又忠实于主人。第二，体现在游牧生活对马的依赖上。马，在草原上既是生产资料又是生活资料，马养得好坏直接关系到牧民的生活乃至生命。牧民的衣食住行都离不开马匹。拥有马的多少是财富多寡的象征，马是牧民财富的源泉。蒙古人与马生死相依，视之若子。第三，体现在骏马为蒙古族创下的丰功伟绩上。当我们翻开中国和世界史册，就会惊讶地发现13世纪可称为“蒙元的世纪”。一代天骄成吉思汗及其子孙，东征西战，建立了横跨亚欧的蒙元帝国，蒙古战马功不可没。第四，体现在牧民的娱乐生活中。蒙古民族把生产和生活相结合，马就是绝好的契合点。自元代起，由于王公贵族的推崇，马上运动与兵役制度结合。每逢大型集会，必把赛马作为大会的活动内容之一。骑马的技术称为马术，蒙古族尤以在马术比赛中取得优异成绩为荣，这样的男儿被人们认为是英雄，甚至会得到姑娘们的青睐。综上所述，从古老的传说、悠久的历史到现实生活，对蒙古人来说，在与大自然、社会的长期搏斗和激烈征战中，马起着决定性的作用。“马张扬了蒙古人的威风，增强了蒙古人的力量，开拓了蒙古人的视野。”② 因此，蒙古族的马文化也就深深地积淀在蒙古叙事民歌之中，尤其是在赞词、祝词中表现得尤为突出。如《赞马歌》：

---

① 托雅：《蒙古马及其文化》，《北方民族》1994年第3期。

② 托雅：《蒙古马及其文化》，《北方民族》1994年第3期。

雄狮般的脖颈啊，
星一般的两眼，
猛虎似的啸声啊，
麋鹿般的矫健。
精狼似的耳朵啊，
凤尾般的鬃毛，
彩虹似的尾巴哟，
钢蹄踏碎千座山，
这才是新郎骑的，
去迎亲的骏马哟，
身挂繁盛的汗珠，
四蹄踏开幸福的道路。

赞叹之后把酒杯高高举起，沿着日月转动的方向旋一周，洒向马背，这些习俗反映蒙古人对马的爱戴和崇敬。科尔沁草原民间艺人在演唱《莽古斯的故事》时，在正式演唱之前也要诵唱一段《马头琴颂》，认为这样能使朝尔（马头琴）具有更大的神力，可以为听者消灾除祸并取悦天神。

蒙古语的方言分为内蒙古、卫拉特、巴尔虎—布里亚特三种，而这三种方言在不同地区又因各自的土语而有所不同，这必然会对说唱艺术产生直接的影响。如科尔沁蒙古语属于内蒙古方言，但又分为科尔沁土语、喀喇沁土默特土语、巴林土语。科尔沁土语来源于 15 世纪嫩江流域科尔沁、杜尔伯特、扎赉特、郭尔罗斯四个部落组成的嫩江科尔沁十旗所共同使用的口语。19 世纪初，科尔沁草原开始大面积放垦，辽宁省阜新、朝阳一带的喀喇沁蒙古人大量迁入。经过几代人与科尔沁部人杂居，现在形成了科尔沁—喀喇沁混合土语。科尔沁—喀喇沁混合土语又有科尔沁左翼中旗、科尔沁左翼后旗、扎鲁特旗、库伦旗和奈曼旗等片区方言之分。

（1）科尔沁左翼中旗口语中的方言词。

〔jaŋŋa：〕——姨娘，〔ma：ma：〕——小叔，〔dərəx〕——炕席，〔las〕——细筛子，〔ətəl〕——垃圾堆，〔əmə：〕——妈妈，〔naməg〕——打兔棒或布鲁（奈曼旗称〔ʃωdəm〕）。

（2）科尔沁左翼后旗口语中的方言词。

〔jab〕——近，〔jabdəx〕——靠近，〔du：dgu：〕——远，〔ʃaləm〕——马肚带，〔duxrəx〕——轰动，〔bəm〕——王爷坟，〔lə：xəndgu：〕——罗汉柱，〔dga：lməg〕——颈项。

（3）扎鲁特旗口语中的方言词。

〔ʃag〕——门前的棚架（奈曼旗叫〔sur〕），〔aga：〕——未嫁的老姑娘，〔ʃində：dgə〕——婶娘，〔mə：ri：gua〕——黄瓜，〔xɛləm〕——肋骨的肉，〔almәra：〕——哎呀，〔ʃigu：rs〕——落叶松，〔go：g〕——姐姐。

（4）库伦旗口语中的方言词。

〔də：gdə：x〕——闲谈，〔gug〕——打，〔ʃə：g　jɛrəx〕——说笑话，〔tʃindu：〕——辣椒（与蒙古国的说法相同），〔ləgs〕——垃圾，〔də ηxγr〕——大碗，〔ʃə：di：〕——小孩。

（5）奈曼旗口语中的方言词。

〔ɛbɛ：dɛ：〕——爸爸，〔bɛ：bɛ：〕——小孩儿，〔bo：bo：〕——对小孩的爱称，〔ɛmtɛ：〕——衬衣，〔sɛ：〕——鞋，〔gωatʃus〕——坎肩，〔gua da：〕——青蛙，〔lagsa〕——筐，〔xalu：　n nəgə：〕——辣椒，〔gə：dgurə〕——筛子，〔am〕——炒米，〔daru：n〕——蛮好的。

这些方言词是各旗所独有的，广泛运用在民间文学艺术创作中，并不断在说唱艺术的传播中得到锤炼，使叙事民歌语言变得更加丰富多彩、幽默生动，具有独特性。

（三）表达手法独特

1. 音韵结构

蒙古族说唱文学中唱词注重押韵，尤其是押头韵，但不严格要求韵尾。这种特殊的格律，唱起来有一种特殊的音韵美。押头韵的形式很多，主要有AAA、AAAA、AABB、AABCCB这四种形式。我们举四个例子来说明：

（1）	ermen chagan hüdege	无边无际的白色荒原
	ejen ügei chagan büürüg tü	没有人烟的白色戈壁
	elesün sira tohoi du	漫漫黄沙的湾沟里
（2）	dugtur dotora baihaula	旗套里面在着的时候
	dulbing sira in ünggetei	发射出黄色的光芒
	dugtui eche ban garhula	旗套里拿出来的时候
	doldgan naran nu gereltei	发射出七个太阳的光芒
（3）	ama tai hümün	有嘴巴的人们
	amalaju boldsi ügei	谈论都不敢的
	hele tei yaguma ni	有舌头的东西
	helejü bolosi ügei	嚼舌都不敢的

(4) sinji önggetei nogto gi	有模样和美丽颜色的笼头
sili in hini miha gi	脖颈上的肉
darugulugad nogtolagad	压着佩戴上了
has önggetei hajagar i	玉石颜色的嚼口
halha in hini mihi gi	脸颊上的肉
darugulun hajarlagad	压着佩戴上了[①]

这些句首的押韵相当工整，声母、韵母按照规律在一定的位置上反复重复，这种合乎节奏的重复给人以美感和快感；每当新的回环重复之时，就会给人似曾相识的感觉，觉得亲切和愉快。蒙语词汇间的韵律关系还主要体现在：①元音和谐律[②]。蒙古语言中语音的和谐虽然也涉及辅音，但主要是一个词里前后元音的相互影响、相互制约。如：tegeged ireged（那么我就来），“ged”是副动词的附加成分，特别是两个动词都是以“～e＋ged”的形式连接，这就形成了很强的特定音素的复现感，特别是两个词都是在元音 e 上形成和谐，这就具有了音韵美感。②形象性。蒙古族文字在书写形式上，就是多种构件的有机组合，它的圈、点、钩组成了一幅起伏不定、动静相映的动态画。它不仅是一种语言的书写符号，还表达着一种精神、一种神韵，具有极强的艺术魅力。

2. 宗教信仰的认同

佛教（主要是藏传佛教中的黄教——喇嘛教）是在明代晚期传入科尔沁草原的，在清代得到广泛的流布。蒙古国学者策·达木丁苏荣在他的《蒙古古代文学一百篇》中，综述《格斯尔史诗》就写道：“中亚的乌力格尔钦们（说书者们）把这部史诗从远古一直弹到现今。当喇嘛僧侣们在寺庙中修炼涅槃，王公们在宫廷里探究古代王室世系的时候，平民百姓则在欣赏着奇特的英雄格斯尔和他美丽的夫人若姆及其他的十三个英雄的故事，并憎恶着判官楚栋，他们识字的念着格斯尔传；不识丁的听着其故事，度过着那漫长的冬夜。”在《蒙古史略》[③] 第三卷中有这样的记载：“据明朝人的笔录，蒙古族人民群众在休闲之时，聚集在一起吹笛子、弹琵琶、唱歌跳舞，民间乐曲、舞蹈文娱等颇有发展，并且也很普遍。”这些说明叙事民歌艺术的样式在蒙古族民众中影响深远。

---

① 朝戈金：《口传史诗诗学》，南宁：广西人民出版社 2000 年版，第 185－186 页。

② 清格尔泰：《蒙古语语法》，呼和浩特：内蒙古人民出版社 1991 年版，第 77 页。

③ 格鲁赛著，冯承均译：《蒙古史略》（第三卷），呼和浩特：内蒙古人民出版社 1977 年版。

佛教能在蒙古大地上迅速传播是与僧侣的传唱分不开的，在蒙古人中有文化的大多是贵族或僧侣，而广大牧民大部分是文盲、半文盲，所以他们只能用自己简单的方式充实自己的精神生活。大家常常聚集在一起拉家常、谈天说地、议论所见所闻。僧侣们要想吸引民众，让更多人信仰佛教，也就必须在传播佛教教义的时候，自觉地应用广大牧民喜欢的传唱方式、接受方式。这就是说佛教在传播过程中所必需的本土化和民俗化。

蒙古族民间艺人大多是喇嘛出身。旦森尼玛（1836—1889）是科尔沁蒙古族说唱文学的奠基人之一，他幼年的时候就在寺庙当喇嘛，精通蒙、藏、汉三种语言，这使得他在演唱时游刃有余。同时科尔沁地区邻近中原地带，东邻吉林省，南邻辽宁省，优越的地理环境使大批汉族人涌入，把大量汉族文化也带到草原，为贫瘠的草原文化生活增添了新鲜的血液。在黄河文化北移的影响下，旦森尼玛亲自翻译了唐代历史传奇《五传》——《全家福》《哭喜传》《降妖传》《降侯传》《邪僻传》。他运用蒙古族擅长并喜闻乐见的民歌曲调把这些故事用四胡演唱出来，这种演唱方式叫“胡仁乌力格尔”，是蒙古族说唱艺术的一个分支，专指在四胡伴奏下叙述故事的特定形式。这种演唱方式立即在蒙古草原广泛流传开来，并形成了师传格局，他先后接收朝玉邦（1856—1928）、白音宝力高（1866—1925）为其弟子。朝玉邦又接收琶杰（1902—1962）、毛依罕（1906—1979）等为弟子，这些艺人为发展科尔沁的民间艺术努力工作着[①]，据不完全统计，说唱艺人在最兴盛的时候达到六百多人。琶杰成为其中著名的民间说唱艺人，1991 年文化部追认琵杰为杰出的《格斯尔》艺人。琵杰 9 岁的时候进庙里当喇嘛，从小聪明伶俐，很快就能把师傅讲授的佛教义理熟记在心。但他向往自由的生活，多次从寺庙逃跑，最终离开寺庙以演艺为生，他自己讲述“我这个胡尔齐（说书艺人）从 18 岁就开始说书”[②]。他 33 岁开始学习蒙古文，之后自己改编故事、写段子，形成了自己独特的演唱风格，最终成为科尔沁草原一代杰出的民间说书艺人。2002 年，为纪念他 100 周年诞辰，在“民族曲艺之乡”内蒙古通辽市扎鲁特旗举行了盛大的纪念活动，以纪念他为蒙古族说唱文学做出的贡献。1943 年，蒙古国学者策·达木丁苏荣在《蒙古古代文学一百篇》中通过录音整理了科尔沁民间艺人琶杰说唱的《水浒传》第二十二回武松打虎故事。策·达木丁苏荣在《附记》中，高度称赞了琶杰说唱的武松打虎故事，说其是“散体与韵体结合的特征，与《秘史》很是相似并且有悠久的传统”。这些观点说出了说

① 叁布·拉诺日布、王欣：《蒙古族说书艺人小传》，沈阳：辽沈书社 1990 年版。
② 乌·苏古拉编辑：《琶杰作品选》，呼和浩特：内蒙古人民出版社 1983 年版。

唱文学的特点和流传历史，使科尔沁蒙古族说唱文学这种文学体裁得到国内外专家、学者的关注。可以说琶杰是用自己精湛的演唱，把科尔沁地区的说唱文学介绍给国内外学术界，使国内外学者领略了内蒙古东部地区民间艺术的魅力。

总之，清代中叶之后科尔沁草原的政治、经济和文化条件是近代科尔沁蒙古族长篇叙事歌产生的客观条件，深刻地影响了长篇叙事歌的内容、题材和思想。而科尔沁草原的主人——蒙古民族的文化认同为叙事歌的产生和发展注入了许多文化元素，使其具有独特的艺术特色和魅力。

3. 文化习俗的认同

科尔沁蒙古族各个部落大多有着相同的居住环境，并早期从事游牧、狩猎活动。蒙古族的先祖们，在科尔沁草原这方既封闭又富饶的土地上创造了自己古老而悠久的文化，在民情风俗以及文化艺术上，都表现出强烈的地域特色。

远古时代，随着血缘关系的产生，蒙古人为了生存逐渐摆脱了群居生活，便有了家族、氏族和部落。王鍾陵先生指出："有了社会生活才有亲人感情，也才有葬仪的产生。宗教是氏族和部落的仪式，人们在共同的社会生活和种种仪式中，凝聚、发展着属于氏族和部落全体成员所有的感情和意象。原始人对世界的感知，完全处于这种情感和意象的笼罩下。于是，神话便散在于氏族和部落的温床上，日渐茁生了。"①

蒙古族最崇拜的大神就是天，把天称为"腾格里"。腾格里（tengri）一词来源于公元前3世纪的匈奴语。据《汉书·匈奴传》记载："匈奴俗，岁有云龙洞，祭天神。"匈奴的君长被称为"撑犁孤涂单于"（"撑犁"即"腾格里"，是苍天的不同音译，指天神；"孤涂"是"子"，全称可译为"苍天之子"）。腾格里最初是指物质的天，后来渐渐演化为天神。他们把腾格里看作诸神中的第一位神，最高的主宰神，同时又是"上界""天堂""神祇"之统称。在蒙古族的萨满教里，腾格里有99个，西方的55个腾格里是善的，于是，故事就由此而生，逐渐传播、演变、丰富、发展，并且把人们的生活经验、思想观念、信仰习俗等，都串成了各种各样的神话、故事、传说。

蒙古族除了对天的崇拜之外，其次就是崇拜火。科尔沁蒙古族平时在饮酒或吃肉时都要向火里撒一些酒、肉，以敬火神，过年时要专门另设供品敬祭。尤其是在每年过小年（腊月廿三）时，必祭火神。在蒙古人的习俗中，由最年幼的儿子继承祖传蒙古包，同时继承了祖传之家灶，守护其家神火神

① 王鍾陵：《中国前期文化—心理研究》，重庆：重庆出版社1991年版，第130页。

的幼子也被称为“斡惕赤斤”，意为“新生火王”。《鞑靼行记》中说，蒙古人认为在火旁用斧劈东西，或用刀从放在火上的锅里取肉，或将刀插入火里都有罪。他们把许多疾病，尤其是表现在外面的疾病，都看作触怒了火神乌托（eke）的结果。在蒙古族所有对火崇拜的史料和遗俗中，火一向是纯洁的象征。比如，在蒙古族家中因寒冷都要使用火盆来取暖，但是进入蒙古包后，忌在火炉上烤脚，更不许在火炉旁烤湿靴子和湿鞋；不得跨越火炉或脚蹬火炉；不得在炉灶上磕烟袋、摔东西、扔脏物；不得用刀子挑火或将刀子插入火中；不得用刀子从锅中扎取肉食等。

蒙古族的民俗事象往往伴随着相应的民歌，而一首民歌也往往反映着一定的民俗事象。如果不了解民俗的内涵，就不知有些歌真正的含义。如《撒曲拉》。

远眺高高的阿尔泰山，
白雪皑皑似银镜，
我们用九眼勺，
向您洒祭洁白的奶！
千姿百态的阿尔泰山，
是我们祖祖辈辈生息的故乡，
我们用九眼勺，
向您洒祭洁白的鲜奶！①

这是一首祭祀歌，歌中赞美阿尔泰山，“九眼勺”是祭祀时用的工具，九眼勺一般长 50～70 厘米，勺头刻有九个眼孔，镶有珊瑚、珍珠、金、银、绿宝石等九种珍宝，在勺把上系有彩色布条和哈达。显然，九眼勺是一种象征用品，也反映蒙古人崇九尚白的习俗，认为“九”不仅含有多数、无限多的意思，而且是吉祥如意的象征。1206 年，铁木真被推举为大汗，庆祝了九天，向孛儿罕山行九叩礼，升起“九足白旌纛”②。“九足白旌纛”是孛儿斤部落的标志，旗边缀有九角狼牙，牙端悬有表示力量的九条白色牦牛尾。不言而喻，“九”是他们的圣教，他们相信这个旗里存在守护神，因此在庆典、祭祀、节日等娱乐活动中，常以“九”来表达共同心愿。

---

① 散布拉登德布编：《蒙古民俗民间文学》（新蒙古文），乌兰巴托：国家出版社 1987 年版，第 20－30 页。

② 王迅、苏赫巴鲁：《蒙古族风俗志》（上），北京：中央民族学院出版社 1990 年版，第117 页。

任何民族的文化都有其一定的客观地理环境，这种环境为塑造各民族不同的文化类型和不同的文化特性提供了内在的物质基础，在一定程度上影响着各民族文化创造的发展趋向，并且越接近原始阶级，这种影响力也就越大。

科尔沁蒙古族文化是有别于中原农业文化的典型的亦农亦牧的文化，这种文化类型的形成，究其原因，和地理环境、气候条件与文化认同都有重大关系。

第二章　科尔沁蒙古族经济形态与说唱文学

科尔沁草原是北方游牧民族文化成长的摇篮，历史上的鲜卑人、契丹人、女真人、蒙古人都在这里繁衍生息。从古至今相继产生了采集、渔猎、游牧、农耕和工业等多种生产方式。科尔沁蒙古族的社会历史发展，主要分为狩猎经济时代、游牧经济时代和农牧经济时代，但是每个时代经济形态的划分是相互杂糅的，与之对应的文化形态，也各有其特点。

第一节　神话与狩猎经济时代

从考古资料和文献记载上看，蒙古族的狩猎经济形态是十分悠久的，从遥远的旧石器时代直到20世纪中叶，蒙古民族从未中断狩猎生产。蒙古族主要生活在两种典型的地域环境中——草原和林区。草原主要是指额尔古纳河和天山南北、阴山以北的广袤的寒温带草原，林区主要是指贝加尔地区和呼伦贝尔大兴安岭地区。因此在“10世纪至13世纪，蒙古高原各部大致可以分为两类：草原游牧部落和森林狩猎部落”①。但实际上，不是所有的部落都可以明确地归为草原部落或森林部落。有的森林部落正向草原部落过渡，而草原部落则又继续从事狩猎活动。

蒙古族生存的自然环境，使他们在漫长的狩猎生活中形成了一系列习俗，而这些习俗与蒙古族的原始宗教萨满教有着密切的关系。萨满教是亚洲、欧洲和北美高纬度很多狩猎和游牧部落和民族信仰的原始宗教。它把自然力和人的意识神秘化，是从万物有灵的观念中发展起来的自然宗教。“萨满”为突

---

① 叶新民、薄音湖、宝日吉根：《简明古代蒙古史》，呼和浩特：内蒙古大学出版社1990年版，第13页。

厥语，意为人和神之间的“中介”，即代神说话的人；蒙古语则把这种能与神相通的人称为“博”（bnge 或 bee）。萨满教是远古时代的人们把各种自然物和变幻莫测的自然现象与自身联系起来，赋予它们以主观意识形成的最初的宗教观念。山神崇拜、野兽崇拜体现了狩猎民族对大自然的畏惧和崇敬，而山的雄伟、野兽的凶猛，又让他们在恶劣的自然环境里，产生了困惑、茫然、软弱的心态。蒙古族对神山和山神的崇拜古来有之。《蒙古秘史》载，三蔑儿乞惕部落来侵时，少年铁木真到不儿罕合勒敦山上去躲避。三蔑儿乞惕退去之后，铁木真对着不儿罕合勒敦山感谢道：“于合勒敦不儿罕山，遮护我如蚁之命矣。我惊惧极矣。将不儿罕合勒敦山，每朝其祃之，每日其祷之，我子孙之子孙其宜省之。言讫，向日，挂其带于颈，悬其冠于腕，以手椎鹰，对日九跪，酒祭而祷祝焉。”[①] 一则蒙古神话讲道：原初，世界混沌一片，在黑暗中，创造神额和·布尔罕飘浮在空中。额和·布尔罕决定要分离天地，创造了野鸭。野鸭潜入水底，找来了泥土。创造神用这块泥土创造了大地乌尔根，又在其上创造了植物和动物。创造神用太阳创造了善良的女神曼津·固尔姆，用月亮创造了邪恶的第二女神玛亚斯·哈喇。善良的女神生出了西方的天神，邪恶的女神生出了东方的天神。神话中的创造神是女性神——母亲神，其原型是女始祖和女萨满，可见神话之古老。

蒙古人的狩猎形式有两种：一种是个人或少数人分散狩猎，这种狩猎的祭神仪式比较简单；另一种是集体的大型围猎。因萨满教崇拜多种神灵，认为山有山神，河有河神，山野里的一切飞禽走兽都受山神、河神之管辖。因此，他们认为，猎杀动物要得到神灵的允许，坚信出猎前举行仪式，祭神祈祷，狩猎就会顺利，就有收获。蒙古人一般在拂晓前出猎，所以祭神仪式也在这之前进行。仪式上，首先燃烧白蒿、松枝；然后对猎具、猎狗进行“净化”（蒙古人认为神是幸福和财富的赐予者，也是家庭部落的保护者，火具有使一切东西清洁的能力，人、家畜、物品等在两堆火中间经过，就获得了“净化”），接着便是向山岭献酒、奶酒及奶茶。众人跪拜，唱“昂根仓”[②]：

至高无上的苍天，
辽阔金色的大地，
富饶慷慨的杭盖上啊，
在您那宽旷的南麓，

① 道润梯步：《新译简注〈蒙古秘史〉》，呼和浩特：内蒙古人民出版社 1978 年版，第 59 页。
② “昂”指猎物或狩猎，“仓”是祭祀，“昂根仓”就是祈求猎物的祭祀。

在您那广漠的北脚，
栖居着公鹿、母鹿、紫貂、猞猁，
养育着灰狼、山豹、松鼠、黄羊，
把所有这些福赐给我吧！
呼来！呼来！呼来！①

当狩猎无收获或收获不多时，蒙古人就围地而坐，讲故事，这一习俗也与宗教信仰有关。蒙古人认为，神灵和世人一样爱听故事，听故事听得高兴就会把猎物赐给讲故事的人。关于狩猎讲故事，民间有一个传说，从前有两个猎人出去打猎，其中一个人是民间艺人，擅长讲唱，另一个是占卜者，他们两人打了一天的猎，毫无收获，于是就坐下来休息。这时，民间艺人为了解除疲劳和寂寞，讲起了故事。他一讲故事，周围的山神、猎神都来听故事。有一个瘸腿的女神来得迟，没有地方坐，就爬到民间艺人的鼻梁上，结果没站稳就滑了下来。那个占卜者看后，禁不住笑出声来，那民间艺人以为占卜者在取笑他，心里很不痛快，就不再讲了。听故事的山神、猎神都怪罪那个瘸腿女神，就商定把她唯一的瞎眼大鹿赐给两个猎人。第二天，两个猎人果真捕到一只瞎眼大鹿。从此，打猎讲故事成为一种习俗，这一习俗延续到现在，并在此基础上演化为讲唱结合的艺术形式。

萨满教对蒙古民族的影响极大，无处不在。据《史集》记载，当时蒙古各部都信仰萨满教，“萨满在其地为数颇众，尤以近于巴儿忽真溢之地为伙”②。正如科尔沁地区的萨满神话所唱：

没有字的经，
是我师傅所授。
没有书的经，
是我师傅所授。
没有古代的经，
是我师傅面授。③

---

① 策·达木丁苏荣：《蒙古古代文学一百篇》（第四卷），呼和浩特：内蒙古人民出版社1979年版，第705页。

② 多桑著，冯承钧译：《多桑蒙古史》（上册），上海：上海书店出版社2001年版，第297页。

③ 泰·满昌：《蒙古萨满》，呼和浩特：内蒙古人民出版社1990年版，第234－235页。

在萨满教万物有灵的宗教信仰支配下，从自然事物到自然现象，一切自然的力量被蒙古人神秘化、人格化，变成他们崇拜的神灵。他们认为自然同人类一样具有意识、需求、爱好、愿望和意志，人和动物皆可以变形，这些自然之神主宰或支配着自然界的变化和人类的生活。

第二节　英雄史诗与游牧经济时代

蒙古族英雄史诗，本身就是蒙古族早期游牧生活的写照，不仅反映了蒙古游牧经济的各个不同发展阶段，也反映了蒙古社会的发展变化。

公元6世纪中叶到公元10世纪，蒙古民族完成了由氏族向部落发展的过程。这个时期，有的学者认为“其社会性质属于父系氏族社会”。《多桑蒙古史》和《史集》中讲到“额儿古涅坤”的传说，其中说“仅遗男女各二人”，“只剩下两男两女”，“其二男一名脑忽，一名乞颜”。[①] 这里两男两女是可以通婚的氏族，以后便发展成为乞颜部落和捏古思部落。从这个传说可以看出两点：一是以男性为主，因为后来的乞颜部落就是由乞颜氏族发展起来的；二是在男女婚姻方面，族外婚一开始就占了主导地位。这正是蒙古族英雄史诗征战、婚姻两个基本母题得以产生的土壤。

公元6世纪时的蒙古族本是小氏族，但是通过族外婚而使氏族不断发展壮大。众所周知，部落社会是由共同祖先的社会群体构成的，构成它的基本单位是家庭和氏族，这些家庭和氏族是由亲属血缘关系维系在一起的。然而在原始游牧经济条件下，家庭的生产能力很有限。

被史学界认定产生于公元9世纪末的《朵奔篾儿干和阿阑豁阿》的传说中就有族外婚和抢婚的母题：“都娃锁豁儿极目远眺，望见沿统格黎小河迁移来一群百姓。在一辆华丽的牛车上坐着一位美丽的姑娘，于是对兄弟说：‘若未许配人家，就给你求亲吧？’兄弟俩前去，得知阿阑豁阿未许配人家，就娶了她。”[②] 这说的是族外抢婚。部落之间的抢婚，起因常常是征战。抢婚、征战、掠夺、复仇，循环往复，一直延续到13世纪成吉思汗时代。《蒙古秘史》记载，也速该曾经从蔑儿乞惕的赤列都处抢娶了成吉思汗的母亲诃额仑夫人。为报这个仇，蔑儿乞惕人抢走了成吉思汗的夫人孛儿贴兀只。为此成吉思汗又去攻打篾儿乞惕部落，把孛儿贴兀只抢回来。这种反反复复的相互争夺、

① 多桑著，冯承钧译：《多桑蒙古史》（上册），上海：上海书店出版社2001年版，第32页。

② 内蒙古社会科学院文学研究所编：《蒙古文学史》，沈阳：辽宁人民出版社1994年版，第43页。

厮杀，成为很多游牧民族早期神话、传说、勇士故事、英雄史诗等口头文学最古老、最基本的情节。

征战和抢婚问题是人类早期文明存在的普遍现象。如荷马史诗中特洛伊战争的起因也是抢婚。在印度史诗《罗摩衍那》、泰国史诗《拉玛圣》、我国南方傣族史诗《拉嘎西贺》等中，战争的起因几乎都是抢婚。游牧部落之间的征战，另外一个原因在于他们“逐水草而生”的生产方式，人们依赖于牲畜，牲畜又逐水草而生，因此居处并不固定。牲畜抵御自然灾害的能力很小，一遇到狂风暴雨，严寒大雪，旱灾虫灾，畜疫流行，牲畜就会大批死亡，人民饥饿困毙，部族就会濒于绝境。向外扩张掠夺，是游牧部落改变由单一的游牧经济所造成的窘迫物质境遇的一种最简捷的经济补救手段。例如，匈奴人的法律规定：“其功战，斩首虏赐一卮酒，而所得虏获因以予之，得人以为奴婢。”① 柔然军法：“先登者赐以获。”② 突厥：“抄掠资财，皆入将士。”③ 13 世纪蒙古族规定“掳掠之前后，视其功之等差。前者垂箭于门，则后者不敢入”④，所虏获按规定的比例分配给参战人员。这种分配制度激励牧民形成了“上马则备战斗，下马则屯聚牧养”⑤ 的特点。为适应这一要求，游牧部落建立了大大小小的军事机构，形成千户、万户、左翼、右翼等军政合一的社会机制。波斯史学家拉施特对当时蒙古部落的社会机制做了详细的描述：“从未有过作为一切部落的统治者的统一的威武强大的君主，每一个部落都有（各自的）部主与异密（官长）。在大部分时间内这些部落互相作战、厮杀，互相对抗，互相争吵、掠夺，就跟住在我国（即伊朗）的阿拉伯人一样。每个部落各有一个不隶属于其他任何人的一定的异密。”⑥ 可以看出，直到 13 世纪成吉思汗时代，掠夺与复仇还是很普遍的。

这种抢婚、征战、掠夺、复仇的循环往复，造就了游牧氏族部落、部族、民族的兴衰史。在这样的游牧经济时代，英雄主义具有了很重要的意义。每一个家庭、氏族、部落都要培养英雄，每一个男子都要成为英雄，这也正是那个时代的价值观。英雄史诗应运而生，因为它正是当时部落社会的需求，也应了那句“时势造英雄”。

---

① 司马迁：《史记·匈奴列传》（卷一一〇），北京：中华书局 1983 年版，第 2299 页。
② 《魏书·蠕蠕传》（卷一〇三），北京：中华书局 1983 年版，第 2290 页。
③ 《旧唐书·李刚传》（卷六二），北京：中华书局 1983 年版，第 2380 页。
④ 彭大雅撰，徐霆疏证：《黑鞑事略》，嘉靖二十一年抄宋刻本卷一。
⑤ 宋濂：《元史》（志第四十六·兵一），北京：中华书局 1976 年版，第 2508 页。
⑥ 拉施特主编，余大钧译：《史集》（第一卷第二分册），北京：商务印书馆 1983 年版，第 3 页。

第三节 现代说唱方式与农牧经济时代

科尔沁蒙古族叙事民歌是在清代形成的，但是它的源头可以追溯至南北朝时期的英雄史诗。在科尔沁草原上传唱的，主要是《镇压莽古斯的故事》。蒙古族家庭中，有个古老的习俗，就是要让每个刚出生的孩子都知道他属于哪个氏族。在家庭里，年长者经常给达到一定年龄的儿童讲述家庭的历史。拉施特的《史集》中有这方面的记载："所有的这些部落都有清晰的谱系，因为蒙古人有保留祖先谱系，教导出生的孩子知道谱系的习惯。这样他们将有关谱系的话语当成氏族的财产，因为他们中间没有人不知道自己的部落和起源。"① 这种规矩教育和氏族部落教育，使孩童们在成人时，将部落家族的利益视如生命。蒙古民族中至今流传这一种说法："不认识自己草场的牲畜不是牲畜，不知道自己七代祖宗的人不是人。"在蒙古族史诗中，就保留着叙述祖先谱系的习惯。人们在讲唱《江格尔》时总是要追溯到江格尔五代祖先的名字；在柯尔克孜族，歌手在讲唱史诗《玛纳斯》时最少要讲到第四代祖先，最多时可以追溯到玛纳斯的第九代祖先；《蒙古秘史》中对成吉思汗的祖先追溯至二十几代。这种教育后代的传统习俗，造就了很多著名的民间艺人，这些艺人大多目不识丁，却可以背诵大段的史诗、神话、故事。例如，内蒙古扎鲁特旗嘎亥图镇艺人金山一个字不识，但演唱时手里却一定要拿一本书（只是随便拿的一本书）或其他物品，只有这样他才可以演唱出来，并且滔滔不绝。这些民间艺人的特殊技能，为民歌的传播发展奠定了基础。

此外，从民族艺术的角度讲，蒙古人素来善于运用宏大的、史诗性的艺术形式来反映自己的生活，塑造心目中高大的英雄形象。例如，早在 14 世纪，蒙古民歌中就有古代叙事民歌，主要内容是歌唱有关成吉思汗的传奇故事。应该说，这一民族艺术的优良传统，无疑对近代长篇叙事民歌的产生和发展提供了丰富的营养。20 世纪初，清朝政府在内蒙古地区推行"移民实边"政策，肆意开垦草原，掠夺土地。蒙古人民为了保卫自己的家乡，拿起武器举行武装起义，强烈地震撼了清朝政府。同时，蒙古人民用长篇叙事民歌体裁，生动地歌颂和再现了这些可歌可泣的起义斗争。长篇叙事民歌《嘎达梅林》堪称这类歌曲的优秀代表。清朝年间，由于受地主阶级的残酷剥削，加之灾荒频繁，许多汉族农民背井离乡，山东、河北、山西、陕西的部分农

---

① 拉施特主编，余大钧译：《史集》（第一卷第一分册），北京：商务印书馆 1983 年版，第 11 页。

民涌入蒙古地区垦荒谋生。在共同的生产劳动中，蒙、汉人民结下深厚的友谊，汉族的政治、经济、文化随之影响了蒙古草原地区社会的发展。叙事民歌正是在这种社会背景下，在蒙古族居住的农业区和半农半牧区发展起来的。

科尔沁部蒙古族经过几代繁衍，逐渐强盛。到明末时，科尔沁部已成为漠南蒙古的强部之一（现今内蒙古蒙古族人口中，科尔沁蒙古族人口占70%）。在漠南形成满族、科尔沁、察哈尔三足鼎立的局面。

科尔沁与满族建立关系是在16世纪末17世纪初的努尔哈赤时代。当时，明朝已是日薄西山。北方兴起两股政治势力：一是以林丹汗为首的蒙古察哈尔部，二是以努尔哈赤为首的满洲部。努尔哈赤为了进攻明朝，需要寻找支持力量，于是联合蒙古；而察哈尔部的林丹汗自称“四十万众蒙古国主”，不把努尔哈赤放在眼里，双方争雄，都想打败对方，科尔沁部落的地位因此显现了出来，努尔哈赤采取联姻的方式，与科尔沁部落结盟。1614年4月，科尔沁台吉莽古斯将女儿嫁给皇太极。1617年2月，努尔哈赤将其弟舒尔哈赤之女，嫁给内尔喀尔巴约特部台吉思格德尔。1625年，科尔沁贝勒宰桑之女嫁给皇太极，初封庄妃，后封为孝庄文皇后，是顺治帝的生母，她经历太祖、太宗、世祖、圣祖四帝，亲历了清初多次重大的政治斗争和历史转折，巾帼不让须眉，运筹帷幄，以超凡的政治智慧和斗争策略，始终立于不败之地，多次化干戈为玉帛，使清廷转危为安，成为稳定清初政治的“定海神针”，为清王朝的问鼎中原和走向昌盛做出了重大贡献。

1615年正月，科尔沁洪古尔台吉送女与努尔哈赤成亲。双方的结盟各有目的，科尔沁部落是想摆脱林丹汗对他们的统治；努尔哈赤是为了解除伐明的后顾之忧，用科尔沁部对付察哈尔。1626年8月，努尔哈赤逝世，皇太极即位（即清太宗），9月，改元天聪。为了更有效地统治蒙古地区，皇太极延续了努尔哈赤对科尔沁蒙古族的政策，并在他的统治时期制度化，使科尔沁蒙古族完全纳入清朝的军政体制。1636年（崇德元年）设立蒙古衙门，1638年，改称理藩院，主要治理蒙古地区。把科尔沁部落分为左右两翼，编成五个旗（即科尔沁右翼分为中、前、后三个旗；科尔沁左翼分为中、后两个旗），至今沿用。这样使科尔沁蒙古族在政治、经济、军事以及司法方面，全面纳入清王朝的统治轨道。

“北不断亲”是清朝的基本国策，科尔沁部在蒙古诸部落中最先与满族联姻。根据史料记载，1583—1625年，努尔哈赤联姻39次，其中同科尔沁部联姻11次；1626—1643年，皇太极联姻41次，其中同科尔沁部联姻18次。科尔沁部王公之女先后19人嫁给努尔哈赤和皇太极为皇后和妃子。清皇室公主也先后有9人嫁给科尔沁王公。清朝和科尔沁部的特殊关系促进了双方的相互依赖与相互信任，因此，科尔沁部落具有相对“自主、自治”的权利。科尔沁部处在相对安逸的环境中，人民的文化、精神生活迅速发展，尤其是汉族传记文学流入，更为说唱文学的发展传播增加了催化剂，使传统的说唱文学在科尔沁草原上繁衍、进化，形成一种新的说书艺术，即以说、唱、伴奏、表演为一体的综合艺术形式，主要流行于科尔沁草原上蒙古族聚居地（科尔沁左翼中、后旗，科尔沁右翼中旗，扎鲁特旗）等。

“胡仁”蒙古语意为胡琴（低音四胡）；“乌力格尔”蒙古语意为故事。胡仁乌力格尔就是在胡琴伴奏下演唱的故事。胡仁乌力格尔在17—18世纪初起源于卓索图盟土默特左旗，并不断向北传唱，流传于广袤千里的东部蒙古族各地，甚至传唱到蒙古国东方省和中央省。科尔沁草原说唱艺术的传承者最早可以追溯到著名民间艺人旦森尼玛（1836—1889）。他是漠南蒙古贞人（现辽宁阜新蒙古族自治县），从小就在寺庙当喇嘛，天资聪慧，精通蒙、藏、汉三种语言。他二十多岁开始编唱中原唐代历史传奇《五传》的故事，这种用四胡伴奏说唱的形式开创了科尔沁蒙古族说书艺术的先河，随后传播到扎鲁特旗、达尔罕王旗（现科尔沁左翼中旗）、土谢图旗（现内蒙古兴安盟科尔沁右翼中旗）。说书艺术是在蒙古族民间文学、音乐、舞蹈及其他表演艺术的基础上，经过长期孕育、演变，并吸收借鉴汉族历史文化和说唱艺术技巧，逐步形成和发展起来的一门艺术形式。2006年5月被列为第一批国家级非物质文化遗产。

漠南蒙古贞地处中原文化与北方游牧文化的交界地带，因此受中原汉族文化的影响比较深。1578年，土默特部阿勒坦汗正式皈依藏传佛教格鲁派（黄教或喇嘛教）。此后喇嘛教也慢慢渗入北方蒙古草原。满族入主中原，为了安抚北方蒙古族，采用和亲、牛录制度。清崇德四年（1639），皇太极第三女固伦端靖长公主下嫁达尔罕王旗（科尔沁左翼中旗）第一代多罗郡王奇塔特，公主随身带来了多位活佛喇嘛，修建寺庙，宣传喇嘛教。在第一代和第二代民间说书艺人中，喇嘛出身的大约占一半。通过藏传佛教的渠道，《格斯尔汗传》《潘查丹特尔》《三十二个潘查丹特尔》《三十二个木偶的故事》《魔尸的故事》《目连救母的故事》等，也大量流传开来，丰富了游牧民的文化生活。

说书艺术的曲目内容丰富，题材广泛，体裁多样。主要分为传统曲目和新编曲目两大类。传统曲目主要是汉族经典小说如《三国演义》《水浒传》《西游记》《封神演义》《五传》等。新编曲目主要有根据现代电影小说改编的如《铁道游击队》《平原枪声》《董存瑞》《新儿女英雄传》《嘎达梅林》等。《嘎达梅林》是根据长篇叙事民歌改编，嘎达梅林（1892—1931），科尔沁左翼中旗人。“嘎达”意为家中最小的孩子（老小），“梅林”满语“梅勒额真”（清代官名），现代意义就是部队里的小头领。19 世纪 20 年代末，科尔沁达尔罕王勾结张作霖强行垦荒，使大批游牧民失去草场，背井离乡。嘎达梅林为了维护人民的利益到沈阳请愿，被捕入狱。越狱后起义带领千余人抗争，最后因寡不敌众牺牲在西辽河畔，人们为了纪念他的英雄事迹，将他的故事传唱至今。

科尔沁蒙古族说书音乐是以古老的英雄史诗为母体，并在其发展过程中广泛吸取了民歌、好来宝、安代舞、萨满音乐、佛教音乐、祝赞词、神话、传说和汉族文化艺术的有益成分，成为一种博大精深的说唱艺术体系。值得注意的是，有些古老的民间音乐形式本身虽然已经衰亡，但其精华在现存蒙古族说书音乐中得到了保存。蒙古族说书艺术的音乐，根据其体式特征可分为固定曲调、基本曲调和变化曲调三种。固定曲调，类似汉族曲艺、戏曲中的曲牌体，有曲牌名称，具有专曲专用的特点。如《故事开篇》《皇帝上朝》《打仗调》《思念曲》等，往往被不同风格、不同流派的胡尔奇所运用。据统计，蒙古族说书音乐的表现风格，可以分为四类：吟诵调、叙述调、抒情调和诙谐调。

在草原上说书艺人被称为“胡尔奇”，这些民间艺人既要掌握胡琴的演奏技巧，也要掌握语言运用能力和演唱技巧。这种以说故事为主，道白为辅，唱和表演相互结合的形式是科尔沁说书艺术的主要特征。科尔沁说书艺人基本上靠师徒传承的方式延续至今。据 1988 年统计，说书艺人已达到 600 多人，这也是蒙古族说书艺术的发展高峰。艺人们通过一代又一代演艺创作，逐渐形成了较为规范的说唱程式，从音乐、曲目、语言、表演风格分为三个流派：经典派、传统派和创新派。经典派：演唱的主要内容大多是英雄传奇故事，叙事为主，曲牌固定，善于描绘激烈的战争场面。代表艺人尼玛、吴钱宝、李双喜等。传统派：说唱规范，按照一定的曲牌和词汇叙事，言简意赅，短小精悍，音乐强劲。创新派：旧曲新唱，现实性强，善于结合新时代、新生活特点，曲调多变，情节生动，具有生活气息。

科尔沁说书艺术是蒙古族灿烂历史文化的杰出代表，也是中华民族乃至全人类宝贵的精神财富。说书艺术以其鲜明的地域民族特色和艺术特征，体现了蒙古族深厚的历史、文化传统，反映了蒙古族人民的思想感情、审美情趣、宗教信仰和风俗习惯，成为科尔沁蒙古族人民不可或缺的精神食粮。

第三章　多元文化对科尔沁蒙古族说唱文学的影响

科尔沁蒙古族说唱文学是一个包含不同文化特质的复合文化体，包含了藏、汉、蒙古三种不同文化，在说唱文学中这三种因素是相互交融、互为里表的。本章主要探究科尔沁蒙古族说唱文学对异族文化吸收和融化的发展进程。

第一节　佛教文化对科尔沁蒙古族说唱文学的影响

一、汉传佛教对蒙古地区的早期影响

蒙古人在13世纪初叶接触汉传佛教，时间略早于藏传佛教。自1211年始，成吉思汗率兵南下攻打金国时初次接触汉传佛教的高僧。根据《佛祖历代通载〈元记〉》记载，当年与成吉思汗见面的高僧是汉传佛教禅宗派海云禅师。海云禅师，名印简，山西宁远人，生卒年为1202—1257年。在他13岁那年，蒙古军攻破宁远城，在这战乱之时，海云禅师拜见了成吉思汗，并获准继续削发为僧，弘法传教。之后，海云禅师不断与蒙古王公贵族接触。1219年，在蒙古大将木华黎攻占岚城时，海云禅师与其师长中观长老经人引荐见到了木华黎，木华黎对两位僧人非常尊敬，并派人护送两人前往成吉思汗行宫。此次的会面，海云禅师得到了成吉思汗的加封，被任命为主管汉地佛教的领袖，“在大蒙古帝国内与萨满教宗教人士一样受到了重视。木华黎也授予海云禅师‘寂照英悟大师’，准许其一切开支由皇室承担”[1]。成吉思汗时期

---

① 乔吉：《蒙古佛教史》，呼和浩特：内蒙古人民出版社1998年版，第126－128页。

汉传佛教在与蒙古贵族接触后获得了较高待遇。成吉思汗对汉传佛教采取的态度直接影响了皇室家族成员及后来的统治阶层，他们均以相似的态度对待汉传佛教。但汉传佛教只是与蒙古贵族接触，在民间的影响很小。

二、藏传佛教文化与蒙古族文化

藏传佛教传入蒙古地区之前，汉传佛教就已经出现在蒙古地区，同基督教、道教、伊斯兰教等诸多宗教一样，获准在蒙古草原传播。根据史料记载，当时的蒙古族还比较重视汉传佛教，高僧大德们与蒙古皇宫的一些高官贵族有着一定的来往，如窝阔台、忽必烈在与汉传佛教高僧们的交往中对汉传佛教的教义教规均有了一些认识。汉传佛教宗教人士与蒙古贵族间的这种接触，对后来藏传佛教传入蒙古地区在某种程度上有了一定的影响。佛教在两汉之际传入中国，在近两千年的漫长岁月中，佛教作为文化的载体，将其丰富多彩的文化、音乐、舞蹈、美术、戏剧等源源不断地传入中国的大江南北。作为中华大地一部分的科尔沁草原，也自然受其影响，但蒙古高原地区流传的主要是藏传佛教。随着藏传佛教在蒙古地区的广泛传播，促进了科尔沁蒙古地区传统文化的繁荣和发展。在佛教的传播过程中，一方面，萨满教的一部分观念被佛教吸收利用。策·达木丁苏荣在《蒙古文学概况》中强调说："在蒙古传播的佛教是独具特色的，是佛教与萨满教二者结合的产物。"另一方面，萨满教中一些已经深入人心以及与人们日常生活紧密结合在一起的宗教观念继续在蒙古民族深层意识中起作用。

众所周知，藏传佛教传入蒙古地区经历了三个阶段：阔端与萨班时期为第一阶段；蒙哥、忽必烈时期为第二阶段；阿拉坦汗时期（明代）为第三阶段。第一、二阶段佛教的传入由于种种原因只局限于蒙古统治阶层，没能在民间广泛传播。16 世纪中叶以后，蒙古社会状况与新兴的格鲁派一拍即合，藏传佛教在蒙古地区迅速渗透，其中清朝的统治政策对藏传佛教在蒙古社会的全面渗透起到了推动的作用。藏传佛教是在明代晚期传入科尔沁草原的，在清代得到广泛的流布。清廷为了有效地控制东部，"特别是在康熙、雍正、乾隆年间，大力提倡、鼓励、奖励喇嘛教的发展，在蒙古各部兴建寺庙的同时，又掀起出家当喇嘛的高潮，科尔沁蒙古地区的每一座寺庙中，喇嘛少则数十人，多则数百人、上千人，甚至数千人。据统计，清朝初年，内蒙古地区的喇嘛约 15 万人，就是到了清朝末期也还约有 10 万人，占男子人口总数的40%～50%，个别地区达到60%”①。喇嘛教的兴盛使寺庙变成了蒙古族地区重要的政治、经济、文化中心。因为喇嘛教较大的寺庙都设有各种“扎仓”（学院），这些“扎仓”是学习文化、哲学、历法、数学、医学的专业机构、场所。蒙古族中很多著名的医生、学者、艺人都是喇嘛出身。如《黄金史》的作者罗布桑丹毕坚赞、《蒙古风俗鉴》的作者罗布桑却丹、《蒙古语法》的作者阿旺丹达尔拉然巴、科尔沁部落的学者业西扎木苏班弟达、民间艺人琶杰等，他们留下了很多宝贵的著作和资料。藏传佛教之所以能在蒙古高原广泛流传，是因为蒙藏文化具有相通性。首先，蒙藏民族经济基础、生活方式相似。蒙藏两个民族自古就有狩猎、游牧活动，而且以游牧生活为主。“逐水草而居、依四季而生”的自由、开放的游牧生产方式使蒙古族和藏族人民都具有草原般宽阔的胸怀、大鹏般搏击的勇猛、牧歌般悠扬的情怀。他们所生存的环境气候也最适合游牧生活。大自然所赋予的这种勇猛、豪放使蒙藏人民在性格方面也较相近。通过藏传佛教的渠道，《格斯尔汗传》《潘查丹特尔》《三十二个潘查丹特尔》《三十二个木偶的故事》《魔尸的故事》《目连救母的故事》等佛经故事也大量流传开来，丰富了牧民的文化生活。

三、僧侣、寺院在说唱文学中的作用

蒙古族说唱文学中佛教因素的渗透，除了与社会大众普遍接受佛教有关，还有一个不可忽视的重要因素，就是在说唱文学传播、演唱过程中僧侣的作用。

蒙古族民间艺人大多是喇嘛出身，据统计，在第一代和第二代民间艺人中，喇嘛出身的艺人大约占有一半。旦森尼玛，他自幼聪明、伶俐，他的才气和智慧在同龄喇嘛中崭露头角，能熟练念诵蒙、藏经文，吹奏丝竹高人一筹，他深得寺庙内葛根活佛和大小喇嘛的赞赏和爱戴。但他并不满足，在闲暇时，他拜民间歌手和艺人为师，学胡琴、演唱，很快掌握了说唱技艺。由他翻译的唐传奇《五传》，是在科尔沁草原上传播最早的中原传记小说，也是最早为蒙古族说唱文学奠基的开山之作。他先后收朝玉邦、白音宝力高为弟子，朝玉邦又收琶杰、毛依罕等为弟子，这些艺人为发展科尔沁的民间艺术努力工作着，据不完全统计，说唱艺人在最兴盛的时候达到六百多人②。社会上出现越来越多的胡尔齐喇嘛，自然把佛教中的很多术语带到说唱文学中。如艺人齐宝德在演唱《镇压莽古斯的故事》中多次唱到“八千八百个世界”

① 德格勒：《内蒙古喇嘛教史》，呼和浩特：内蒙古人民出版社1998年版，第153页。
② 叁布·拉诺日布、王欣：《蒙古族说书艺人小传》，沈阳：辽沈书社1990年版。

(Naiman mianga Naimanjagun Yertinqu)，这个“八千八百个世界”就是意为宇宙万物的佛教术语——“大千世界”或“三千大千世界”。

蒙古族古老的佛教寺院文化，对说唱文学艺术的产生、发展与传播，曾起到极为重要的作用。佛教寺院是说唱文学的发源地之一，也是其社会传播的主要场地之一。近代蒙古族社会中，佛教寺院一直承担着文化艺术传播的任务，既是藏传佛教文化与蒙古本土文化的交汇点，也是传统音乐文化赖以发展传播的中心。例如，佛教风俗中的所谓“劳斯尔”（喇嘛假期）、“查玛”（跳鬼）庙会、宗教节日等，其实都是一种特殊的民间风俗艺术节。每逢这样的宗教活动，广大民众便从四面八方赶来，在烧香拜佛的同时，进行商品交易、文艺演出等活动。当然，大凡此类场合，也是说唱艺人、民间歌手、民间演奏家会集一堂，施展才华，相互交流，切磋技艺的大好时机。他们的精彩演出和竞技比赛，与佛教寺院“查玛”歌舞交相辉映，形成一道独特的社会文化风景线。蒙古地区的佛教寺院规模大、人数多，且经济实力雄厚。活佛、葛根、喇嘛等寺院上层人员，具有显赫的社会地位。他们与蒙古王公贵族一样，熟悉和喜爱说唱文学艺术，有时往往不远千里聘请一些著名艺人，专门为他们表演说唱。显然，佛教寺院的此类艺术活动，有助于各地区民间艺术的相互沟通和交流，大大促进了胡仁乌力格尔音乐的发展进步。据记载，瑞应寺的葛根佛爷曾多次带着民间艺人进京。他鼓励蒙古族说书艺人观摩汉族曲艺与戏曲表演，从中汲取和借鉴有益的艺术经验。说唱文学的传播，具有双向性特点：其一，胡尔奇通过自己的表演，向广大人民群众传播说书艺术，在这一过程中，胡尔奇无疑是传播者，人民群众则是接受者。其二，胡尔奇通过与广大人民群众之间进行沟通和交流，接受群众的检验，不断完善自己的说唱技艺，丰富说唱内容。他们可以从群众中广泛学习民间音乐，搜集到许多创作素材。

丹巴达尔杰，又称乌斯丹巴达尔杰，锡林郭勒盟西苏尼特旗人，生活在18世纪。清乾隆年间，丹巴达尔杰曾参与蒙译《丹珠尔》佛经九十三函《纠结圆生树》的工作。他翻译了汉文叙事诗《目连救母因缘》，并将《圣微妙金光明极胜王大乘经》（二十九章本）缩写改编成《金光明经简本》。丹巴达尔杰不仅是著名的翻译师，而且是个才华横溢的诗人。他的叙事诗情深而不诡，文丽而不淫，虽取材于佛经，然而构思新奇，格调淡雅，韵律合辙，在蒙古族佛教文学中影响很大，对目连救母的故事在蒙古地区的传播起到一定的作用。

四、目连变文与说唱文学

目连救母的故事在我国几乎家喻户晓，它源于《佛说盂兰盆经》。唐朝的俗讲僧人曾经把这个故事铺叙成《大目乾连冥间救母变文》。故事描述目连在祇园精社悟到佛法，便想救度父母，以报养育之恩。他以道眼观视世间，见其亡母生饿鬼道中，瘦骨嶙峋，没有饭吃，目连十分难过，便以钵盂盛饭前往。可“母得钵饭，便以左手持钵，右手搏食，食未入口，化成火炭，遂不得食”。目连受佛指点，于七月十五日十方僧众自恣之际，为七世父母及现世父母厄难中者，作盂兰盆会，即以盆盛百味五果和甘美食品，供养十方僧众，以报父母抚养慈爱之恩。因为目连的这一功德，他的母亲因此得以逃离饿鬼道。

在科尔沁地区主要流传的是《目连救母经》木刻本，是本土化了的牧仁喇嘛救母的故事，故事梗概是一对勤劳的夫妇有个儿子叫牧仁，刚刚长大，家里来了魔鬼把父亲杀了，母亲被抢走。牧仁被寺庙收养，成了一个小喇嘛，苦读经书，精通佛理，但是日夜思念自己的母亲。后来，他离开寺庙寻找母亲，逢人便问：“亲爱的朋友，你可见到我可爱的母亲?”所有人都摇头，他走遍草原和戈壁滩，最后打听到母亲被关在十八层地狱。牧仁经过千辛万苦闯进地狱，魔鬼知道他来救母亲，把他关在地狱中并用各种酷刑来折磨他，以致他体无完肤，但他只要苏醒就问：“亲爱的朋友，你可见过我善良的母亲?”无人对答。最后他来到地狱之主阎罗王的宫殿，阎罗王说你的母亲变成一头牛了。他就哭着又开始寻找他的母亲，在田边有一头老牛躺着，身上爬满了苍蝇和蚊子。牧仁见后很同情就把牛身上的苍蝇和蚊子赶跑了，看到老牛眼里噙满了泪水，并不停地哞哞叫。牧仁想到母亲变成了一头牛，也就自然很可怜这头牛。牧仁决定救这头老牛，把它牵到河边饮水。在经过西瓜地的时候，他怕老牛踩坏西瓜，就背着老牛走，因牛太重了，他摔倒了，把瓜藤给踩断了，牧仁咬破手指头用血把瓜藤连上，从此以后瓜藤变成了红颜色。牧仁背着老牛走呀走，越走越轻。牧仁觉得奇怪放下老牛，看到一个老妇人站在他眼前。牧仁问：“你不是老牛吗? 怎么变成老人了?”这时老人流着眼泪说：“孩子，我是你的母亲呀，你为我受苦了。”接着他的母亲就把她被魔鬼抓走的经历讲述了一遍，并对他说：“孩子，是你的孝心感动了佛，救了我。现在去救你父亲吧。”这时来了一片云彩，带着牧仁和他的母亲飘向远方。佛经中的目连故事，随着时间的推移，渐渐为人们所淡忘。但是，他拯救母亲脱离地狱的故事却千百年来在民间广为流传，并且根据各地民俗、民风形成不同的变体。

变文“是指对经典文本的通俗化变易”[1]。这些俗讲僧人大多也是半个艺人，他们将佛经散、韵相间与民间流行的讲唱形式自然糅合，形成一种新的讲唱形式，这种讲唱形式的底本就是佛教变文。虽然变文的内容源于佛经，却形成了自己独特的叙事方式。变文在其传唱过程中，已融入蒙古族民间说唱文学并被人们接受。变文的题材分世俗与佛教两大类。世俗题材的变文内容多是演义的历史人物或民间传说。从内容上讲，佛教变文多是讲神魔之争，即佛教与外道、阴间斗争的故事。在历次斗争中，佛教总是以其代表的真善大获全胜。这些神魔小说中的情节，恰恰迎合了当时科尔沁蒙古社会人们的心理要求。元朝灭亡后，明朝与蒙古部落进行了长达两百多年的战争，蒙古部落内部之间的长期分裂、割据和内乱以及瘟疫、自然灾害的打击，使人们渴望心灵上的安慰和解脱，佛教的行善、空无等观念使他们得到心灵上的安慰，因此佛教在蒙古地区迅速传播开来。

目连变文与其蒙古族说唱文学底本除了内容相同之外，在写法上也有许多相同之处。一是它们都是韵、散相间。目连变文中的散文原来是供演唱者讲白用的，一般用于叙事；韵文则用于吟唱，它们有的是对散文内容的重复，如《降魔变文》和《大目乾连冥间救母变文》和《破魔变》等。其音韵格律方面有一定规律性。以节为单位，押头韵或腰韵、尾韵。惯用对仗，形式复沓。如《降魔变文》选段：

莫非天帝瞎了眼？
莫非山神坏了心肝？
莫非我前世作了孽？
莫非这账要我偿还？

莫非佛爷不睁眼？
莫非路神不救咱！
莫非我命运不吉利？
莫非让我死在鬼门关？

这种结构、韵律对说唱文学的影响很大，惯用对仗，形式复沓成为蒙古族说唱文学的主要特点之一，从美学的角度看，它颇令人愉悦。佛教是在 16

---

① 李小荣：《变文讲唱与华梵宗教艺术》，上海：上海三联书店 2002 年版，第 20 页。

世纪传入内蒙古东部的，那么在唐朝以前就形成的变文文体自然被蒙古族人民接受，与自己已经形成的散、韵相间的文体融为一体。所以说蒙古族说唱文学是多源头、多文化的一类综合艺术，是民间艺人不断吸取外来文化精华、不断提高自身内涵的结果。

第二节 萨满文化对科尔沁蒙古族说唱文学的影响

萨满教是蒙古族最早信奉的一种原始多神宗教。早在成吉思汗诞生以前，蒙古人便把萨满巫师当作神灵来推崇膜拜。13 世纪，元世祖忽必烈引进藏传宁玛派红帽教（红教）后，蒙古萨满教逐渐失去国教的地位。16 世纪，蒙古土默特部俺答汗统一右翼蒙古诸部后，全力引进、扶持藏传格鲁派黄帽佛教（黄教），给萨满巫师们以毁灭性的打击，萨满巫师逐步从西部蒙古寺区躲避到东部的科尔沁、布里亚特等部，从上层社会败退到民间下层。萨满教对蒙古人还颇有影响，虽然在内蒙古其他地区“蒙古博”已经不存在，但在科尔沁蒙古地区仍有遗存。学术界认为萨满教能在这些地区存在，得益于科尔沁离蒙古高原传统的政治文化中心比较远、部落时代的遗存比较多、经济文化比较落后等因素。此外，还有以下五个原因也是很重要的。

第一，向科尔沁地区大规模传播喇嘛教的时间比较晚。最早是 1636 年，尽管蒙古贵族纷纷信奉喇嘛教，不再信奉萨满教，但喇嘛教在这一地区的历史基础完全不同于漠西和蒙古中部地区。漠西和蒙古中部同西藏和西域比较接近，很早就与藏传佛教等有联系，尤其是随着蒙古军队向西扩张，其与佛教的接触必然越来越多，故受佛教影响就比蒙古东部要深刻得多，也比蒙古东部地区要早几百年形成喇嘛教文化传统。因此，当俺答汗极力推广喇嘛教时，可以迅速取得成功，而科尔沁由于处在蒙古的东部，与喇嘛教的联系较薄弱，喇嘛教要在这一地区立足就缺少了文化传统和民间的支持。

第二，科尔沁地区从 16 世纪后期开始就同东北地区有广泛的政治文化交流。后金皇太极甚至说满族是由蒙古、女真和兀哲构成的，而东北地区是萨满教势力很强大、喇嘛教影响非常小的地区，尤其是满族统治者一直非常重视萨满教，这在一定程度上支持了科尔沁地区的萨满教活动。

第三，科尔沁地区没有统一的、高度集权的中央政府，而是由众多部落构成，这使得喇嘛教无法获得俺答汗那样的强力政权支持，将喇嘛教推广到所有部落。

第四，清政府对喇嘛教在蒙古地区传播的态度是复杂的。一方面，在满族统治蒙古之前，无论佛教怎样传播，甚至采取干预政治的手段，都没有形成有计划的发展，更谈不上受外力的作用。但是在清朝统治之后，蒙古的宗教，却变成了外族统治的工具之一。清高宗在《御制喇嘛说》中写道："盖黄教，总司以此二人（达赖喇嘛、班禅·额尔德尼），各部蒙古一心归之。兴黄教，即所以安众蒙古，所系非小，故不可不保护之；而非若元朝，曲庇番僧也。"可见清廷对西藏佛教的每一个措施，都是以巩固其对蒙古的统治为目的的。另一方面，朝廷既担心喇嘛教在西藏地区的政治地位给自己的统治带来不稳定，又很担心因为自己与科尔沁地区蒙古贵族之间千丝万缕的关系而使宗教领袖取代成吉思汗的子孙而领导蒙古，故对蒙古地区的喇嘛教是一面尊崇，一面压迫；一面离间，一面利用。清政府虽然支持喇嘛教在科尔沁地区的发展，却没有像俺答汗那样采取极端政治措施剿灭萨满教，这在一定程度上有利于萨满教在科尔沁地区的存在。

第五，满族的宗教信仰一直以萨满教为主，清代立国之后，把原属于民间信仰的萨满文化作为凝聚满族人心理的一种手段，加以尊重和传承。早在创基盛京（今沈阳）的时代，便传习古老习俗，恭建"堂子"祭天，又在寝宫正殿，恭建神位，祖佛（释迦牟尼）、菩萨（观世音）和神（萨满诸神）等。嗣后，虽建立坛、庙，分神、天、佛，而旧俗未改，与祭祀之礼并行。至清代定鼎中原，迁都北京，祭祀仍循昔日之制，而且满族各姓，也都以祭祀为至重，大内及王贝勒贝子公等，于堂子内向南祭祀，其余均于各家院内，向南以祭。"又有建立神杆以祭者，此皆祭天也。"也就是说，满族在入主中原以后，并未放弃萨满祭祀的古俗。上至王公大臣，下至普通满人，都遵守旧俗，祭天和祭神。但随着佛教文化和道教文化逐渐入侵萨满祭祀之中，以及满语满文逐渐被汉语汉文取代，清代最高统治者对满族文化的渐次消失与变异以及由此可能带来的民族意识的消失产生忧虑。这就是满族在入主中原的初期，王室中存在的一种顾虑。所以乾隆十二年（1747）农历丁卯年七月丁酉上谕管理内务府事的和硕亲王允禄等大臣，总办、承修、监造、监绘、誊录《满洲祭神祭天典礼》，使满族民间的萨满信仰系统化和典礼化，在清宫仪礼中加以永久保存。乾隆在给内阁的上谕中对清租地说明了编纂《满洲祭神祭天典礼》的缘由和具体要求："我满洲，禀性笃敬，立念肫诚，恭祀天、佛与神，厥礼均重，惟姓氏各殊，礼皆随俗。凡祭神、祭天，背灯诸祭，虽微有不同，而大端不甚相远。若我爱新觉罗姓之祭神，则自大内以至王公之家，皆以祝词为重，但昔时司祝（萨满——引者）之人，但生于本处，幼习国语（满语——引者），凡祭神、祭天、背灯、献神，行祭、求福，及以面猪，祭天去祟，祭田苗种、祭马神，无不斟酌事体，偏为吉祥之语，以祷祝之。厥后，司祝者，国语俱由学而能，互相授受，于赞祝之原字、原音，斯至淆舛，不惟大内分出之王等，累世相传，家各异词，即大内之祭神、祭天诸祭，赞祝之语，亦有与原字、原韵不相吻合者。若不及今改正，垂之于书，恐日久讹漏滋甚。爰命王大臣等，敬谨详考，分别编纂，并绘祭器形式，陆续呈览，朕亲加详覆酌定，凡祝词内字韵不符者，或询之故老，或访之士人，朕复加改正。至若器用内楠木等项，原无国语者，不得不以汉语读念，今悉取其意，译为国语，共纂成六卷。庶满洲享祀遗风，永远遵行不坠。而朕尊崇祀典之意，亦因之克展矣。书既告竣，名之曰《满洲祭神祭天典礼》，所有承办王大臣官员等职名，亦著叙入，钦此。"这种保护、整理、传承萨满教的政治措施不仅有力地维护了满族的萨满教活动，也有利于科尔沁地区的萨满教活动。而且，科尔沁部与清廷有着特殊的关系，科尔沁部先后有三名女子成为清廷的后妃，她们分别是孝端皇后、孝庄皇后、孝惠章皇后，同时科尔沁地区先后有十七位统治者被封爵。因此，清廷的活动，包括其对萨满活动的重视应当会通过这些权贵而影响到科尔沁地区。

一、萨满文化与科尔沁蒙古族说唱文学

萨满教表现为对腾格里的崇拜，对山川、树木、水火、动物等一切自然物的崇拜。所以在神话、传说、故事、史诗中，萨满文化的印迹比比皆是，虽然现代演唱方式有所改变，但从很多艺人的表演中仍然可以看到萨满教所留下的历史痕迹。蒙古族著名的木日尔其艺人马日塔那斯图（1866—1930，科尔沁左翼中旗人）曲调多用"博"曲音乐，平稳深沉、散而不乱、刚柔相济、张弛相间。

根据中外学者的研究，萨满教产生于旧石器时代中晚期的母系氏族社会，其完备的宗教形式形成于新石器时代的母系氏族社会和金石并用时代的父系氏族社会。随着社会的不断发展，蒙古社会由氏族社会进入奴隶社会，萨满教也由多神教走向一神教：尤其是成吉思汗统一蒙古时，萨满在当时被当作神灵来推崇膜拜。一代天骄"成吉思汗"这个帝号的尊称，就是由当时宫廷职业巫师（博）帖布里腾格里呼和楚博封给铁木真的。对于萨满教的起源，国内学者有三种观点：一是萨满教起源的最早形式是以"万物有灵论"为思维基础的对天地等自然物的崇拜①；二是萨满教直接起源于对祖先和祖先灵魂

① 泰·满昌:《蒙古萨满》、贺·宝齐巴图:《蒙古萨满教事略》等都提出此说。

的崇拜[①]；三是萨满教最早的崇拜形式是图腾崇拜[②]。萨满教具有深厚的根基和极为普遍的群众基础，这使得萨满教文化并没有过早终结。笔者认为，在蒙古民族中，它主要以以下四种形式保留发展下来。第一，从宗教特点看，萨满教是同自然紧密结合的简单粗陋的原始宗教；从传播范围看，它是渗透于文化生活各个层次的全民性宗教。萨满教的原始性使得它的教义渗透到人们的思想深处，在人们的日常生活和生产劳动中，经过漫长岁月的浸润，成为民众的风俗习惯。第二，从组织形式看，萨满教不像其他宗教那样由某一圣人或某一学派创造，是原始社会先民集体创造的全民性宗教。第三，从活动场所看，萨满教没有专门的活动场所。个人依据自己的信念，随时随地向神灵膜拜祭祀，到山前祭山神，到河边祭河神，遇敖包祭敖包，祭雷、祭树神、祭火神，场所的随意性使得处处均为萨满教活动的天然场所。第四，从传播方式看，萨满教以口头传承为主。在游牧生活的条件下，蒙古民族很难保存文字书写的历史或经典。《蒙古秘史》产生之前，蒙古民族没有书面作品的留存，但这并不意味着在此之前蒙古文学是一片空白。事实上在原始蒙古部落中，曾产生了大量神话、传说、祝赞词、祭词神歌、英雄史诗、民间故事等内容丰富、形式独特的口头文学作品。可见，蒙古民族自古以来就具有口头文学的传统，至今残留的萨满神歌，均是口头创作并以口头形式流传下来的。这种口耳相传的习惯有利于萨满教观念借助于神话、祝赞词等文学样式流传下来。

关于萨满教是什么性质的宗教，学术界有四种观点：第一种意见认为“萨满教是原始的多神教”[③]，“萨满教是原始宗教，包括萨满在内的一切原始宗教，由于它崇拜多种神灵，因而也可以叫做多神教”[④]；第二种意见认为“萨满教是一种特殊形式的巫教”[⑤]；第三种意见认为“萨满教是以天神为主的一神教”[⑥]；第四种意见认为“萨满教既不是单纯的原始多神教，也不是巫教，更不是以天神为主的一神教，而是原始自发的多神教向一神教过渡的宗教”[⑦]。笔者认为，宗教作为一种特殊的社会现象，是随社会的发展而发展变化的，所以，应以历史发展的眼光全方位地来研究萨满教。以上四个观点，

---

① 瓦尔特·海希西：《蒙古宗教》、秋浦主编：《萨满教研究》等主张此说。

② 特·米哈依洛夫：《布里亚特萨满教史纲》等主张此说。

③ 满都尔图：《中国北方民族的萨满教》，《萨满文化研究》（第一辑），吉林：吉林人民出版社1988年版，第1页。

④ 秋浦主编：《萨满教研究》，上海：上海人民出版社1985年版，第169页。

⑤ 杨堃：《民族新概论》，北京：中国社会科学出版社1984年版，第283页。

⑥ 莫东寅：《满族史论丛》，北京：人民出版社1958年版，第176页。

⑦ 于锦绣主编：《国外大自然全书·萨满教辞年选》，《世界宗教资料》1983年第3期。

除去第三点，其余三种综合起来，才能更全面地把握萨满教的性质。众所周知，世界各民族的古代文化都同其原始宗教观念相联系，蒙古族古代文学艺术的产生和发展，也同其萨满观念的生成发展相联系。其具体形式有萨满教的祝祭、祷词、神话、传说、萨满歌舞、仪式等。其中以萨满教的祝祭、祷词最为古老。这些古老的祝祭、祷词也被称为萨满祭词、神歌等，可以分为五种：一是图腾苏勒德崇拜的祭词、神歌；二是天、日、月、星辰崇拜的祭词、神歌；三是大地、山、水以及敖包的祭词、神歌；四是火及灶神崇拜的祭词、神歌；五是“翁衮”崇拜和祖先崇拜的祭词、神歌。这些萨满教的祭词、神歌中保留着大量神话、传说、故事。其传承的方式主要是老萨满向新萨满口传心授。在氏族部落时代，还有类似以结绳记事的方式，将某一神话依附在某一象征意义的器物上。这种记录传唱方式至今在民间艺人中还盛行，很多民间艺人是文盲，却凭着所画的几个标志和惊人的记忆力，就可以唱出上千段的史诗，例如《莽古斯的故事》，在民间流传有 18 部，少则千行，多则可达数万行，最长的故事有 100 万字，最短的也有 5 万字，就是靠艺人一代一代用口头方式传承下来。直到 19 世纪初，才有文字记载，流传方式由口头转向书面。在古代，有学问的蒙古族人几乎都是寺院里的喇嘛，因此现存很多有关萨满教的文献资料，都是由他们记录下来的，如《火神祭辞》《驼神祭辞》《狩猎神祭辞》《祭天地日月神祭辞》《山河牧野神祭辞》《族神灵祭辞》等。最典型的祭神祷词就是《火神祭辞》，在萨满教人心目中，火崇拜占据着非常重要的位置。火不仅有灵魂，也有意志。火既能给人带来无限的福，又能带来可怕的祸。在古代蒙古人的观念里，火是非常神圣的东西，他们相信火能消除一切不幸和灾难，给人带来幸福和安宁。

在民间祭火祝词是这样赞美火的：

qair ilagun ecigetu,
qand temur ehetu。
cing c ilagun e c igetu,
c ingg il tem u r ehe tu。
eg u ien ned u niy ar tu,
etugen neb te ilc itu,
toson c ira out,
gal gal aiqan ehe-degen,

ogehen toson-iergunem。

燧石是您的父亲，
青铁是您的母亲，
顽石是您的父亲，
青铁是您的母亲，
您冒出的火团直耸云霄，
您发出的热温暖大地。
火神，母亲啊！
您的面孔温柔又善良，
请您接受这最美好的食物。[①]

另一首科尔沁蒙古族萨满祝词中保留着这样的诗句：

骑上血红驹，
石镞密如雨；
跨上栗色马，
甥舅来相袭。[②]

一件花衣裙，系在后腰间。[③]

肩并肩，啊哈咳！
穿花衣的女巫，在旋转呵。[④]

这些诗句说明蒙古族萨满最初的巫师是女性。在北方少数民族如满族、达斡尔族、鄂温克族中也有类似这样的萨满传说。“据不完全的调查统计资料。自 1900 年至 1949 年期间，鄂伦春族两个地区共出现 39 名萨满。其中男萨满 15 名。女萨满竟达 24 名。”[⑤]“据追忆统计，呼伦贝尔地区达斡尔族近两

① 策·达木丁苏荣：《蒙古古代文学一百篇》，呼和浩特：内蒙古人民出版社 1979 年版，第 378 页。
② 马兰杰：《蒙古族古代音乐舞蹈初探》，呼和浩特：内蒙古人民出版社 1985 年版，第 109 页。
③ 马兰杰：《蒙古族古代音乐舞蹈初探》，呼和浩特：内蒙古人民出版社 1985 年版，第 75 页。
④ 马兰杰：《蒙古族古代音乐舞蹈初探》，呼和浩特：内蒙古人民出版社 1985 年版，第 84 页。
⑤ 秋浦主编：《萨满教研究》，上海：上海人民出版社 1985 年版，第 56 页。

个世纪以来共出来 15 名萨满，其中能辨其性别者 10 名。”① 蒙古语族诸民族称男萨满为 boo（勃额），称女萨满为 udegen（奥德根）。蒙古语中的 boo 来源于突厥语的 bogu（原指部落的“首领、酋长”），应是表示女首领——女萨满；bogu 所派生出来的动词 bogule 表示“预卜”“预知”的意思，如：

Negu tir exitgil ay ilgi bogu,
Bogubaq delur ilqi kunde ogu。②

汉译：

请听神智主之言，
他每日以智慧预卜一切。

在这里“bogu”就带有神秘的萨满色彩。由这些可以证明最初的蒙古萨满是女萨满，也是远古时期母系氏族时代的产物。

三、萨满文化对现代说唱音乐的渗透

萨满教是蒙古族说唱文学的主要源流之一，具体体现在：

（一）音乐方面

现代说唱文学乌力格尔音乐的形成，绝不是艺人的凭空臆造，也不是后人的随意杜撰，而是吮吸了蒙古族民间音乐的乳汁，在此基础上产生发展成为现代内蒙古民间音乐的主要部分。乌力格尔的音乐不同于蒙古族的叙事民歌。叙事民歌属于民间歌曲范畴，无论歌中出现多少个人物，无论讲述多么复杂的故事情节，无论讲述时间的长短，都只用一首曲调，如《嘎达梅林》《达那巴拉》等。而乌力格尔则有专门的说书艺人，也有各种曲调，讲唱人根据不同场合、人物事件选取不同的音乐和曲调。具体分为：①耶如赫曲（蒙古语叙事调）；②朵乐拉曲（蒙古语演唱调）。众所周知，萨满音乐也是随着萨满教包括其仪式和舞蹈的产生而产生的。它是原始社会、原始生活方式的反映，具有较长的历史，而乌力格尔音乐的历史“从它形成到现在已经横跨

① 秋浦主编：《萨满教研究》，上海：上海人民出版社 1985 年版，第 56 页。
② 《福乐智慧》，第 3142 行。

两个世纪，足有一百五十年以上的历史”①。由于萨满教在蒙古人民心目中的信仰地位，使其对民间音乐也起到一定的推动作用。因此现代在说唱文学中保留萨满音乐风格也实属自然。例如：

（1）《渥都干德古莱》（萨满曲）：

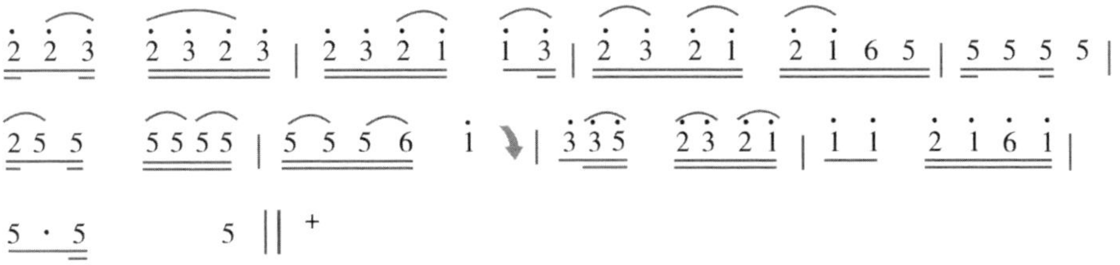

（2）《大军出征》（胡仁乌力格尔曲）：

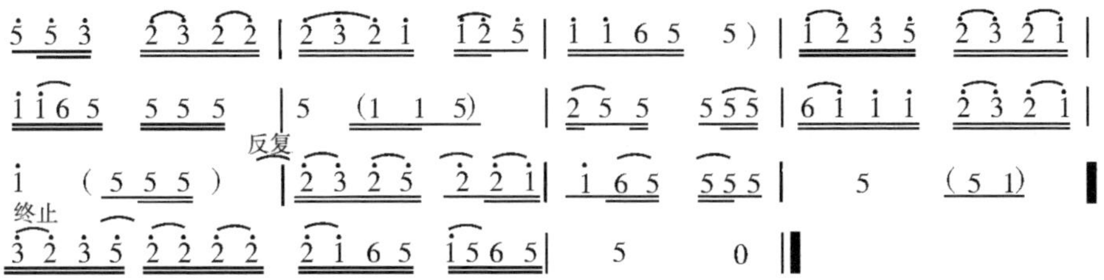

第一首是萨满曲，唱的是年轻的女巫师“渥都干”②。第二首是胡仁乌力格尔曲，速度很慢，并且中间有了间奏，适合说唱对叙事的要求。两个曲子对照，可以看出第二首出自第一首，只是形式上有所变化，但曲中的主弦律并没有变，只是为了增强叙述性，将二小节扩充为三小节。

（二）语言方面

说唱文学最主要的特点就是复沓，而这恰恰也是萨满教祭词、神歌在音韵格律方面最突出的特征。如科尔沁地区萨满治病礼仪歌唱道：

啊哈咳，
高桌摆中央，

① 叁布·拉诺日布编，章虹译：《蒙古胡尔齐三百人》，哲里木盟文学艺术研究所（内部资料），1989 年，第 2 页。

② 蒙古语，是对女萨满的称谓，乐曲中节奏、速度比较快，适合边唱边舞。

呵，祖先，
神灯明晃晃。
啊哈咳，
弟子齐祷告，
呵，祖先，
敬请神来降。
啊哈咳，
摆起虎皮木椅，
呵，祖先，
烧上一炷香。
啊哈咳，
弟子齐膜拜，
呵，祖先，
铃鼓轻轻响。

再看一首科尔沁民歌《脊背鼓圆的白马》：

脊背鼓圆的白马，
它的嘶鸣声我多么熟悉。
亲爱的洪古尔啊，
听到笑声就分辨出是你。

脊背细长如野兔般的骏马，
它的响鼻声音我多么熟悉。
亲爱的洪古尔啊，
听到说话声就辨认出是你。

黑斑点的白走马，
它的嚼环声我多么熟悉。
亲爱的洪古尔啊，
听到咳嗽声就辨别出是你。

我不惧黑夜赶程迷了路，
我不惧路远经过高山，

亲爱的洪古尔啊，
我从遥远的地方来到了你身边。

我不惧路险经过丛棘，
我不惧沉沉浓雾路走偏，
亲爱的洪古尔啊，
我按期赴约来到了你身边。

将两首歌曲对比可以看出，形式和内容均出现复沓。这种复沓的形式在科尔沁说唱文学中是普遍存在的，这是萨满文化对蒙古族说唱文学的一种影响。

第三节　汉族文化对科尔沁蒙古族说唱文学的影响

缘于地理接壤之故，蒙汉两族的交流由来已久，在各个方面均产生过或多或少的接触，形成了民族文化交流的历史传统。汉文化的影响虽然不是直接、大量地体现在蒙古族的说唱文学中，但在近现代传唱文学中，尤其是东部蒙古乌力格尔的演唱中，汉族的章回小说是主要传唱内容，如《三国演义》《水浒传》等。

一、汉族文化的传入与蒙译小说

19 世纪中叶开始，随着清朝政府对蒙古地区封禁政策的松动，加上“移民实边”新政的实施，大量汉民在较短时间内涌入蒙古草原开荒、耕种、安居、繁衍。他们的到来打破了蒙古人在长期历史进程中创造的文化生态。这一时期汉族文化对蒙古文化的影响可以说是空前的，也是较为彻底的。与过去相比较，这一次两族文化的交流是全方位、多层次的。仅从蒙古民俗文化诸层面的变异，我们就可以得到这一结论。民俗文化是一个民族文化的整合体，一个民族的物质、精神、信仰等诸多文化现象均在民俗文化中存在，所以民俗文化的变异即民族文化多层面的变异。汉族文化对蒙古地区的多方位影响，必然涉及蒙古佛教及其民间文化。蒙古民间文化，在过去的流传方式是比较单一的，基本是本地传播。众所周知，人员的流动是文化传播的重要途径。清初的一些政策，限制了人员的往来，事实上也就限制了文化的发展。

随着大量汉民移居蒙古地区，原来蒙古地区以牧为主的单一经济形态逐步多样化，形成了农业区、牧业区、半农经济形态区。在农业区、半农半牧区从事农业的不只是汉民，蒙古族民众也学会了耕作。经济形态及生产方式的相同，愈加促进了相互间的交流。两族文化交流的结果，最先最明显地体现在民俗的相互影响以及变异中。鄂尔多斯，归化城土默特，察哈尔，卓索图盟，昭乌达盟的敖汉、奈曼、翁牛特等旗，科尔沁东部诸盟，郭尔罗斯前旗等与汉地毗壤的狭长蒙古地区是最早开始农业生产的地域，也是接受汉族文化最早、最多的地域。由于蒙汉人民的杂居和相互往来，蒙古人的一些民族习俗直接受到汉文化影响，如归化城土默特蒙民“旧以游牧为生涯，穹庐毳幕，习尚迥殊。自满汉人居其地，其俗遂变。妇女多效旗装，操汉语亦圆熟。现在居室者十之四五，居幕者十之五六。婚姻丧事大小同异”[①]。归化城即呼和浩特，到了近代这一地区蒙古人的习俗几乎汉化，甚至丢弃了自己的语言。与归化城土默特的蒙古人一样，在蒙古其他地区从事垦荒务农的蒙古人也发生了同样的变化，它们的区别只在于变化的多少、早晚、快慢而已。

民间习俗的影响与演变是一个潜移默化的过程，民间习俗的变化能够直接带来其他领域的变化。“蒙汉杂处，观感日深，由酬酢而渐通婚姻，因语言而兼习文字。”[②] 由于习俗逐渐相同，蒙古人对汉族的语言文字以及古典文学教育模式均产生了兴趣。用蒙文翻译汉文的作品，可以追溯到元代，但元代翻译的作品主要是历史方面的，文学作品的翻译还没有见到有文献记载。因元朝入主中原，需要解决的是如何巩固其统治，因此翻译的主要是《通鉴节要》《论语》《孟子》《大学》《中庸》《春秋》《周礼》《孝经》等历史、道德、伦理方面的书。

进入清代，全国统一，清政府为了各民族书面语言的规范，组织各族学者进行翻译工作，推动了蒙汉互译的展开。翻译内容很广泛，包括政治、经济、文化、语言、地理等，尤其是广大农牧民喜爱的文学作品的翻译也得到空前的发展。“从 18 世纪到 20 世纪，汉族文学中的小说与话本被翻译成蒙古文的就有 80 余种。”[③] 如《三国演义》《水浒传》《西游记》《封神演义》《红楼梦》《隋唐演义》等百余部文学作品被译成了蒙古文。

---

① 内蒙古社科院历史所《蒙古族通史》编写组：《蒙古族通史》，北京：民族出版社 1991 年版，第 1195 页。

② 内蒙古社科院历史所《蒙古族通史》编写组：《蒙古族通史》，北京：民族出版社 1991 年版，第 1197 页。

③ 云峰：《蒙汉文学关系史》，乌鲁木齐：新疆人民出版社 2000 年版，第 224 页。

二、汉族文化与蒙古文学巨匠的产生

在蒙古族诸多文人的创作中，尹湛纳希（1837—1892）与其兄古拉兰萨最有特点，尤以尹湛纳希最具有代表性。尹湛纳希，汉名宝衡山，出生于卓索图盟图土默特右旗忠信府村（今中国辽宁省北票市下府乡中心府村）。据考证，他系元太祖成吉思汗的第二十八代嫡孙。

尹湛纳希生活在近代中国外侮日甚、内患迭起的动荡时期。其一生恰逢近代中国从封建社会进入半殖民地半封建社会，亲身经历了殖民主义、帝国主义侵略以及清王朝腐朽统治造成的民族危机和社会危机。双重危机给封建时代的知识分子们带来了极大的冲击。于是，反帝反封建的民主主义斗争的兴起与探索救国强国道路的思想紧密相连，开始了中华民族觉醒的精神历程。反帝反封建和救国强民成为这一时代共同的主题。

尹湛纳希所生活的漠南蒙古地区，位于内地与东北往来的要冲，自 1634 年起隶属清朝统一管辖。到了 19 世纪中叶，当地以农业经济为主，而且逐渐形成城镇规模。漠南蒙古地区蒙汉杂居的生存环境自然形成了有别于其他蒙古地区的多元文化交融并存的区域文化。而且其京师屏藩的地理位置使其具备能够与内地频繁交流互动的天然优势，为这一地区文化事业的发展提供了良好的社会条件，也为漠南蒙古地区的文化精英们能够较早接触到先进的思想提供了可能性。

尹湛纳希受到这种社会思潮的影响，加之 30 岁后，家势的没落，个人生活的坎坷，促使他一定程度上看清了封建主义社会制度的黑暗、腐朽，并对此产生了强烈的不满，所以尹湛纳希从 34 岁正式开始了他的文学创作生涯。他在蒙古文学的创作中吸收借鉴了汉族古典文学的体例、风格。《一层楼》是尹湛纳希脱离蒙古族民间传说和对历史故事的依附，以当时的社会现实为题材创作的第一部蒙古族现实主义长篇小说。他从民主主义的思想出发，对清末封建社会的黑暗糜烂和阶级矛盾日益加深的现实做了大胆尖锐的揭露和批判。作品对贲侯的冷酷、伪善，贲府的奢侈荒淫生活，贲府青年男女在封建家长制罗网里的呻吟，贫苦农民在残酷封建剥削下的挣扎，知识分子在封建科举制度下穷困潦倒的绝望，都描写得淋漓尽致。这是当时整个罪恶的封建社会的真实写照。

《青史演义》是尹湛纳希在继承本民族文化传统，汲取汉族历史小说创作手法而创作出来的，前后用时大约 20 年。本书叙述了从成吉思汗诞生到他在窝阔台即位期间 74 年的蒙古历史，真实反映了蒙古这一时期的社会政治斗争、风土人情，塑造了一批栩栩如生的英雄和人物形象。在故事结构和叙事上，他有意学习《蒙古秘史》，把《蒙古秘史》中的许多逸闻趣事和民间歌谣原封不动地移植过来，丰富了故事内容。艺术手法上，他学习了《左传》《三国演义》等作品的表现手法。

哈斯宝，也是一位杰出的蒙古族文学家、评论家，清代卓索图盟土默特右旗（辽宁省北票）人。他在1816年蒙译了《今古奇观》，之后在1847年又点评了《红楼梦》，可以说哈斯宝是承前启后的一代宗师。如果没有哈斯宝的小说评论和翻译活动，也就没有后来尹湛纳希的小说创作活动。在点评、创作以前，其翻译活动主要局限在历史和经典著作等方面，如明代有文字记载的翻译文学作品主要有阿日那的《西游记》。哈斯宝翻译了《今古奇观》之后，蒙古文人对汉族小说的翻译兴盛起来，形成了蒙古文化和汉族文化大交流的局面。哈斯宝不仅是翻译家，而且是近代蒙古文学史上小说批评的开创人。他对《红楼梦》的独到评论，在蒙古族文学史甚至在汉族文学史上也占有一席之地。

哈斯宝虽然是蒙古人，但他对中国古典文学有较深入的研究，在点评中引用了大量来自《论语》《孟子》《西厢记》《三国演义》等典籍和文学著作的例句。这些例句，不仅增加了说服力，而且表明他对传统汉族文学的理解程度之深刻。哈斯宝首次将汉族的五言诗和七言诗运用到蒙古诗歌的创作中，这种新的诗歌形式，对近代科尔沁地区的诗歌创作产生很大的影响，因此哈斯宝被认为是蒙古族文学艺术走向繁荣的奠基人。

三、汉族文化与艺人的传播

一个民族或一个地区的民间艺术，其趋于成熟的标志之一，是涌现出一批杰出的代表艺人，这些民间艺人的传播为蒙古族说唱文学的形成和发展起到重要作用。艺人的传播途径主要体现在三个方面：

（一）流浪说书艺人的传播

流浪说书艺人的艺术表演活动，是说唱文学早期的主要传播形式。与英雄史诗艺人朝尔奇一样，随着蒙古族说唱文学的形成，社会上出现了职业的乌力格尔艺人，蒙古人称其为“胡尔奇”。虽然大多数胡尔奇一边务农，一边从艺，利用农闲时间进行说唱，但是也有相当一部分是职业胡尔奇，长年累月在草原上流浪，以卖艺为生，流浪说书艺人具有极强的流动性和渗透性，对说唱文学的广泛传播起到了关键作用。例如，说唱文学能从原产地卓索图盟地区向北传播到扎鲁特地区，与流浪艺人的活动是分不开的。他们对说唱艺术的传播与传承，做出了不可磨灭的贡献。早期民间流浪艺人的活动，主要是以科尔沁为中心，集中在原哲里木盟、卓索图盟、昭乌达盟等广大地区。20 世纪初叶，有些造诣较高的胡尔奇，已不满足于在狭小范围内活动。他们充分发挥自己的文化艺术优势，开始走出本地区文化圈，逐渐向周边地区辐射渗透。新中国成立初期，说唱文学已经传播到了内蒙古西部地区。时至今日，那里的蒙古人在歌唱草原长调民歌的同时，也逐渐熟悉并喜爱上了乌力格尔。

（二）王公府邸之传播

蒙古历史上的宫廷、王公贵族府邸、寺庙、军队，曾经是传统民间文化传播的重要渠道。然而，延至明末清初，情况发生了重大变化。随着蒙古国主察哈尔林丹汗王、准噶尔部领主噶尔丹相继被清所灭。东、西部蒙古的宫廷文化传播遂告断绝。自此，蒙古族高度发达的宫廷音乐已不复存在。于是，他们只好退而求其次，转而去欣赏社会上一般流行的民间说唱文学等。这一特殊的历史背景，乃民间说唱大量进入王公府邸的重要原因之一。内蒙古地区的王公贵族府邸，遂成为胡仁乌力格尔音乐传播的另一个主要渠道。王公贵族府邸因其特殊的社会地位、优厚的物质基础，往往成为一个地区民间音乐精华的汇集之地。就内蒙古过去的情况而言，各地王府大多拥有自己的乐班，蓄养着一批乐手、歌手和说唱艺人等。这些人实际上都是一些出类拔萃的民间艺人，代表着民族民间音乐艺术的最高成就。王府定期举行的胡尔奇竞赛选拔，也就成了民间艺人的盛大节日。王爷的胡尔奇往往身价陡增，登门学艺者接踵而至。他们一方面将全部精力投入说唱活动，精雕细琢，钻研技艺，努力提高自己的艺术水平；另一方面广收徒弟，传授说唱技艺，从而带动了整个蒙古族说唱文学的发展和进步。

（三）社会民俗活动之传播

蒙古族具有自己独特的风俗习惯，社会民俗活动丰富而广泛。在各式各样的社会民俗活动中，民间文化娱乐活动是不可缺少的内容之一。对蒙古民族来说，民俗活动是传播与传承文化的另一个主要渠道。例如，在那达慕等全民性盛大民俗活动中，必定举行规模宏大的民歌比赛、说书唱戏等文艺活动，许多民间艺人汇集而来。那达慕遂成为他们各显其能，传播说唱文学的理想场所。传统的民间节日，也是说唱文学传播的重要时机。此时人们会利用休闲时期，聘请说唱艺人到村里或家里表演。胡尔奇往往根据听众的愿望和要求，选择一些新颖的曲目说唱。民间举行传统婚礼时，也有聘请胡尔奇来表演的。因为，胡尔奇们大都是些才思敏捷、口齿伶俐的人，善于表演一些幽默风趣的好来宝及短小精悍的乌力格尔小段，为婚礼增添喜庆气氛。

通过这些传播途径，蒙古族说唱文学一代接一代地传承下去，成为中国文化艺术百花园中的一朵奇葩。

第四章　科尔沁蒙古族说唱文学的表演层面——说唱方式

钟敬文先生说："民间文学是研究人民群众创作和传统口头文学的科学。它的主要任务是对各类民间文学作品进行理论的探索和阐述，或对这种理论和历史进行清理和论述……"[①] 科尔沁蒙古族口传艺术是各种文体构成的一个比较完整的多元文化体系，作品中所表现的民族气质、题材内涵、风格流派和谐一致，可以说这些文学作品达到了蒙古族民间文化的艺术高峰。蒙古族口传艺术是由一代又一代先民们在长期的生产、生活实践中，对宇宙万物的朦胧认识和理性活动的产物，伴随着人类生产生活实践活动而产生和发展。

蒙古族说唱文学的表演层面就是说和唱，说唱文学是语言艺术同音乐艺术相结合的复合体。在科尔沁蒙古族说唱文学中，不仅有又说又唱的胡仁乌力格尔，还有只唱不说的陶力和只说不唱的本森·乌力格尔等，它们无不同语言紧密相关。而且由于说唱文学要叙述故事、传说、神话等，语言的功能和意义也就格外突出，从这个意义上说，说唱文学是语言的艺术，所以，在说唱文学研究中，语言艺术很值得研究。通过对一个民族的语言研究，我们可以了解这个民族的文化底蕴，也可以通过对语言的研究来揭示其中沉积的文化。

第一节　科尔沁蒙古族说唱文学的语言特征

科尔沁蒙古族说唱文学，是科尔沁蒙古民族在特定文化背景下进行的模式化语言活动，是一种复合性文化现象，语言形式是以口语为主的。叙事是

① 钟敬文：《新的驿程》，北京：中国民间文学艺术出版社1987年版，第3页。

说唱艺术中主要的表达方式之一，下面就科尔沁蒙古族说唱艺术中最具代表性的语言特点分别说明。

一、长调民歌与短调民歌

长调民歌是蒙古语“乌日汀哆”的意译，是1997年中国少数民族音乐学会北方草原音乐文化研究会上经过专家们的研讨最终确定的称谓①。其国际音标为“urtu in doguu”，其中第一个字为“长久”之意，第二个字是助格词，第三个字的意思是“歌曲”。它是一种由北方草原游牧民族在畜牧业生产劳动中创造的、在野外放牧和传统节庆时演唱的民歌，流传在我国内蒙古地区和蒙古国，我国内蒙古地区有巴尔虎、科尔沁、察哈尔、鄂尔多斯、卫拉特、阿拉善等长调风格区，体裁有牧歌、思乡曲、赞歌、婚礼歌、宴歌等。长调集中体现了蒙古游牧文化的特色，与蒙古民族语言、文学、历史、宗教、心理、世界观、生态观、人生观、风俗习惯等紧密联系在一起，贯穿于蒙古民族的全部历史和社会生活之中。2005年11月，中国与蒙古国联合申报的“乌日汀哆”——蒙古族长调民歌，被联合国教科文组织评选为第三批“人类口头和非物质遗产代表作”。科尔沁蒙古族民歌的题材和内容丰富多彩，是一种具有鲜明游牧文化特征的演唱形式，以蒙古人特有的思维方式和语言述说着民族的历史、文化习俗和生活方式。

长调民歌的语言特点主要是一般为上、下两句歌词，歌词可以重复演唱，变成四句一小节，四行或八行表达一个完整意思。内容大多是赞美生活、抒发情感、祈福未来；还有一些人生的哲理、父母的恩情、长者的训导等。长调民歌既遵循蒙古族诗歌的韵律，又在舒缓的音乐中赋予个性，唱腔高亢，语言清晰，结构严谨。运用大量衬词，衬词在长调民歌中没有明确的含义，只用于补足歌曲语气或渲染歌曲气氛，在歌曲中处于陪衬的位置。“呼瑞”“啊哈咳”为标志性的复沓词，是蒙古族民间说唱艺术中最古老的复沓词。但是，它们由于均有不受歌词（曲）陈述关系的束缚，能自由、尽情地做音乐抒咏，因此，对充实歌曲内涵，丰富音乐形象起到重要作用。

短调民歌在蒙古语中被称为“宝古尼哆”，曲调短小、节奏较快，不归属于长调民歌的歌曲都归为短调民歌。其音乐特点为曲调简洁，装饰音较少，旋律起伏不大，带有鲜明的叙事性特征。

早期短调民歌。蒙古族人在山林狩猎时期，就创造了大量富有山林狩猎

① 潮鲁：《蒙古族长调牧歌研究》，福建师范大学博士学位论文，2003年。

特色的音调简洁、节奏鲜明、载歌载舞并带有浓厚原始色彩的短调歌曲，如原始狩猎歌曲《追猎斗智歌》《白海青舞》《吉雅奇》等。在《蒙古秘史》和《黄金史》中就有记载的《库岱·薛臣劝诫歌》《踏歌》等多为萨满教祭祀歌和赞歌。从其内容看，这些歌曲节奏短促，词多腔少，适合反复吟唱，并有很强的舞蹈性。从1206年成吉思汗统一蒙古到1271年元朝建立，蒙古族音乐文化进入高潮发展阶段。这一时期，蒙古族的民歌逐渐呈现音调悠扬、节奏自由、曲式庞大、腔多词少的特点，但是短调民歌由于节奏明快，便于演唱和伴舞，仍然是蒙古族欢庆演唱的主要形式，主要类型有战歌《江沐涟之歌》《蒙古军歌》；集体歌舞《顿踏歌》《鞭鼓海青舞》《迭卜先》；宴乐歌舞《海青啄小鱼》；出征、誓师歌舞、武士思乡歌《母子歌》《阿莱钦柏之歌》《和林城谣》等。到了北元时期，仍有一些短调歌曲流传下来。

清代，由于各地自然环境、人文环境乃至生活方式发生变化，民歌形式发生很大的变化，多呈现地域性特点。例如，科尔沁地区短调歌曲非常发达，旋律平和流畅，长篇叙述性歌曲流行；鄂尔多斯地区的短调歌曲旋律活泼跳荡，明快简洁；锡林郭勒地区曲调华丽典雅，装饰音多。

近现代，清政府对内蒙古地区实行“移民实边”政策，肆意开垦草场，掠夺土地，使得大批蒙古族人民被迫脱离原来的游牧生活，逐渐过渡到半农半牧的社会，有些地区已经完全农业化，生活方式也从游牧走向定居。这种农业化和半农业化经济生活，促使蒙古族人生活节奏加快，为适应这种生活方式的短调歌曲大量涌现，无论是重大的社会事件，还是日常生活中的亲情、友情、爱情，在歌曲中都有反映。同时，这一时期还涌现出大批职业或半职业的民间艺人，他们走街串户，丰富了游牧民的文化生活，更重要的是对民歌的流传和发展做出了贡献。

科尔沁短调民歌，内容丰富多彩，具有较高的艺术性，形式完美而独特。它吸收了各种类型的蒙古族民间音乐的长处，是在广阔的科尔沁蒙古族民歌的肥沃土壤上开出的一朵奇葩。这些蒙古族叙事歌代表了蒙古族民歌发展艺术的高峰。19世纪50年代到20世纪30年代，科尔沁地区的蒙古族叙事发展到一个全盛时期，到目前为止我们收集整理的大约有一千首民歌，这些民歌题材丰富，出现了美不胜收的繁荣局面。类型主要有情歌、酒歌、婚礼歌、祝寿歌、摇篮歌、叙事歌等，著名的曲目有《嘎达梅林》《森吉德玛》《诺恩吉雅》《乌云珊丹》《龙梅》等短调民歌。

短调的语言特点是口语化、大众化。内容通俗易懂，四行或八行表达一个意思。每行6～10个字形成一段，音韵格律特殊，曲调整齐，歌词头韵押脚。蒙古族民歌与诗歌的要求是所说的头韵就是押头，每行第一字音节相同或者相近的音韵组织起来，使之互相关联。所以说，一首好的民歌就是一首诗，是大众化的诗，是可以配上音乐的诗。

二、叙事民歌与抒情民歌

叙事民歌与抒情民歌的演唱风格是相互依存、相互统一的。从修辞学的角度看两者演唱方式有一定的差别，在民间艺术演唱时两者之间的差别不大，原因有二：一是多数民间艺人是文盲，并不清楚这两者之间的差别；二是演唱者采用哪种方式演唱，是由演唱者个人风格及演唱环境决定的（比如聚会、祝寿、婚庆等）。除此之外，叙事民歌与抒情民歌的区分也只是一个相对的概念。有些歌手的演唱夹叙夹议，有些民歌的区别是以早期民间艺人的地位及风格技巧来确定，同时，一些研究者及收集者在整理相关民歌时往往会掺杂个人因素。

（一）叙事与抒情语言特色

衬词的运用：在科尔沁蒙古族民歌中，音译衬词“嗬咿”“啊哈嗬咿”“波尔”等大量存在，有时使用的频率很高，这类用民族语言音译的衬词既体现了蒙古民歌的风格，又有利于歌者和听者感情的接近、心灵的沟通，使人心领神会，身临其境。同时，音译衬词还可以起到控制节奏、增强乐感、协调气氛的作用，这也正是少数民族地域文化的重要特色。音译衬词若改为意译，就难保其原有的艺术特色，因此，在少数民族民歌中，音译衬词是其他语音形式所不能代替的。

民歌作为科尔沁蒙古族文化的重要载体，经过世代相传和积淀，留给后人的不仅是艺术，还有灵魂和精神。蒙古族民歌采用多种艺术表现手法，在艺术特色上，以村言俗语入诗，比喻自然贴切，意境含蓄深远。如蒙古族民歌中的情歌，将爱情生活各个阶段中直率、大胆、婉转、含蓄的情感表达出来，充分表现了蒙古人淳朴、开朗、幽默的性格。这些情歌的内容、情趣和歌唱者所处的环境、历史、文化以及当地的风土人情紧密相关。与民歌相应的衬词，有些有规律，有些无规律，更多则是为了烘托气氛，唱起来顺口，和谐自然、韵律优美，除此以外，它还有其他作用。

1. 抒发情怀

古人云：“诗言志，歌咏言。”蒙古族民歌咏唱的大多是真实的故事，是蒙古族青年男女真实情感的表露，而运用相应的衬词则更是歌者内在感情的宣泄，往往起到画龙点睛、抒发情怀的作用。科尔沁蒙古族民歌大多是以口语入诗，不加雕饰，朴实无华，感情真挚。民歌《昂斯勒》采用比拟的方式来歌颂爱情：

五彩斑斓的蝴蝶
有几只能度过严冬
你我情投意合，啊哈嗬咿
为什么现在才相逢
鲜艳美丽的蝴蝶
有几只能活过霜冻
你我有情有义，啊哈嗬咿
为什么如今才相逢
小鸟落在街当心
跑到跟前去无踪
昂斯勒闯入我的梦，啊哈嗬咿
翻身醒来孤零零
小鸟落在野甸中
走到跟前无踪影
昂斯勒来到我梦中，啊哈嗬咿
睁开眼来孤零零

这首歌表达了一个蒙古族青年爱上了名叫昂斯勒的姑娘，那种相见恨晚、日夜思念、辗转反侧的情景跃然纸上。衬词"啊哈嗬咿"有规律地出现在每段第四句，使人们不禁去想"他为什么这样？他在想什么"。衬词的运用使民歌整体显得生动活泼。衬词是由于感情和音乐抒情的要求而使用的。《乐记》有云："故歌之为言者，长言之也。说之，故言之；言之不足，故长言之；长言之不足，故嗟叹之；嗟叹之不足，故不知手之舞之，足之蹈之也。"这里所说的"长言"，就是指当一般的声调不足以表达其感情时，就延长其声调以强调。因此在蒙古族很多民歌中，当正词不能使其感情得到充分抒发时，衬词的作用就是增强它的表现力，使情感的表现通过知觉的对象呈现出来，化无形为有形。运用衬词把无限钟情的情绪打断，营造出欲言又止、半伸半收的表达效果，在原本平淡无奇的正词的基础上，增添衬词的加工雕饰，使歌曲陡然生辉，起到雕情刻意的艺术效果。著名美学家苏珊·朗格在谈论艺术品的形成时这样论述："艺术品是将感情（指广义的感情，亦即人所能感受到的一切）呈现出来供人欣赏，是由情感转化成可见的或可听的形式。”①

2. 烘托气氛

民歌是蒙古族青年男女的心声，艺术最本质的特性就是感情性原则。法国著名的雕塑大师罗丹说：“艺术就是情感。”这句话很好地解释了艺术情感的特征。白居易：“感人心者，莫先乎情。”这指出诗必以情为根，离开了丰富的情感就表达不出艺术作品的爱与恨、喜与悲、褒与贬。《乐记》的“感于物而动，故形于声”，指出产生音乐的原因是人们受外界事物的感染，进而激起心灵的共鸣，从而用充满情感的声音来表达内心的情怀。民歌就是用它独特的语言艺术，表达劳动人民的喜怒哀乐，想哭就哭，想唱就唱。例如，《韩德尔玛》：

你那轻飘飘的脚步
好似流水潺潺卷波浪
你站在蓖麻地里的身影
啊哈嗬咿，韩德尔玛
就像五色的鲜花在开放
你那轻盈盈的步伐
好似流水漫漫起波浪
你站在谷子地里的身影
啊哈嗬咿，韩德尔玛
就像十色的鲜花在开放

在这里运用诗歌传统比兴手法，通过前面的铺垫，又加上衬词的渲染，加强了音乐的跳跃性、灵活性，生动地表现了青年男女恋爱时的欢乐情绪，使歌曲欢快、热烈的气氛得到进一步的升华。唱歌是蒙古人生活中不可缺少的重要组成部分，无论是生产劳动，还是红白喜事、传统习俗都离不开唱歌，有些歌词有领有合，衬词多是助兴的，不受字数的限制，例如，“要到小米香我那儿去，哥哥呀，一片树林的东院便是我的家”。在这里，“哥哥呀”，可以随便换成其他人名，如妹妹、姐姐等，随感而发，尽情尽意，他们以其独特的身份参与音乐形象的塑造，对歌曲的思想情感起着烘托和深化的作用，同时也增添了歌曲的色彩和情趣。

---

① 苏珊·朗格著，腾守尧、朱疆源译：《艺术问题》，北京：中国社会科学出版社 1983 年版，第 24 页。

3. 平衡和延伸

作为表现人们复杂思想情感的民歌，不仅体裁、题材、风格多种多样，其结构形式也是灵活多变的。科尔沁蒙古族民歌衬词的使用，推动了民歌样式的多样化。同时，在不同位置对衬词的恰当运用，也使整个歌曲前呼后应，做到了层次鲜明、均衡、严谨。例如，《三月》正词：

狐狸皮袄虽然珍贵
挂在墙上不穿就会起霉斑
啊哈嗬咿，三月，嗬咿

两句有呼无应，旋律尚未展开，为了情节的需要和发展，于是便自然引出了“啊哈嗬咿，三月，嗬咿”，这句衬词使整个结构均衡完整。幽默、生动的衬词乐句的加入，能避免其结构的单调呆板，引起曲式结构的变化。比如在句子前、后、中间加入衬词。蒙古族民歌大多是四句一小节，但下面一首民歌，因衬词的加入，小节得以延伸。

天上难找
地上难寻
明镜似的光泽
你那美丽的脸蛋儿
我看也看不厌
哎呀呀，我可怜的心
被你独占

这里的衬词不仅扩充了句子，而且赋予歌曲鲜明的地域特色，内容表现得更充分。

科尔沁蒙古族民歌的衬词来源于萨满神歌。衬词的作用远不止于此，而且在中国民间大文化背景下谈论科尔沁蒙古族民歌的衬词，只不过是区区一个“小文化”的现象，但民间艺术研究的价值也正在于此，若一个地域文化艺术失去这个“小文化”，它的生命将黯然失色，失去很多光彩。

（二）赋、比、兴修辞手法的运用

科尔沁蒙古族民歌内容博大精深，无论是叙事还是抒情都运用了大量赋、比、兴修辞手法，使无形的内容化作可感可观的具体事物。

赋者，直言之，就是按照时间顺序叙述事情的原委，以生活事情和人物事件构成比较完整的故事情节。注重故事的完整性和情节的生动性，这也是科尔沁蒙古族叙事民歌的要素之一，但这种民间叙事方式，与纯文学的叙事还有一定差距，表现在叙述故事时大多用形象化的语言去描述，抓住客观事物及环境的典型特征去用通俗化的语言交代故事。例如，抒情民歌《洪格尔波尔》描述了一个失恋的年轻人的心情，艺人唱道：①

我骑上漂亮的黄骠马
马儿嚼着路边草慢慢行
想起美丽的洪格尔波尔
我感到嗓子里有什么作哽

这段直白把一个年轻小伙子失恋后无精打采的情景，通过信马由缰、走走停停的状态表现得淋漓尽致。

比者，即比喻，以彼物比此物。科尔沁民间艺人善于从现实生活中选取人们最熟悉、最常见的事物发端，以此引类比喻，引人联想，回味无穷。其中，明喻、隐喻、借喻用得比较多。例如，我们熟悉的《洪格尔波尔》：

跨上我的白马赶路哟
让它饱餐路边的青草嗬
想起我的洪格尔波尔哟
心尖痛得如刀绞
跨上我的黑马哟
让它吃路边的草尖嗬
想起我的洪格尔波尔哟
夜里睡觉闭不上眼嗬

用眼前之景比喻，道出心中的情，表达了男子对心爱之人的思慕。借喻大多是出于表达哲理的需要，像格言、谚语般言简意赅。采用隐喻、借喻，既概括了复杂的生活内容，又表达了隐微曲折的思想感情。这些比喻的妙用，为叙事民歌增添了光彩。

---

① 博·照日格图主编：《科尔沁民歌研究论文集》，海拉尔：内蒙古文化出版社 2010 年版，第 547 页。

兴者，是发端，所谓“先言他物以引起所咏之辞也”[①]。大量运用比兴手法是科尔沁蒙古族叙事民歌的一个重要特色。蒙古族歌手们常说：“身有首，衣有袖，歌有头。”[②] 所以科尔沁蒙古族民歌大多在开头用言他物的方法。例如，民歌《别离家乡》：

鸿雁展翅向南方
芳草低头躲秋凉
含泪告别众乡亲
今日出嫁到他乡

开头以鸿雁起兴，我们都知道鸿雁根据季节的变化会南飞离开家乡，年年如此；而出嫁到异乡的女孩，离开家乡，有的甚至一辈子都不能回到故乡。因蒙古人的婚姻习俗是同族不能结婚，古代路途遥远，对很多女孩而言，出嫁基本等同于离别亲人，所以草原上类似这样的歌曲很多，如《诺恩吉雅》《乌日根河》等。在科尔沁蒙古族叙事民歌中还运用其他修辞手法，如夸张、拟人、象征、排比、反衬等，这里不一一赘述。总之，赋、比、兴手法在民歌中运用得比较突出，也代表了科尔沁蒙古族叙事民歌的特色。

三、胡仁乌力格尔

胡仁乌力格尔是以说、唱、伴奏、表演为基本手段，说唱为中心的综合说唱艺术，在科尔沁，人们称它为“说书”或“琴书故事”。研究胡仁乌力格尔的专家们说，胡仁乌力格尔已有300多年的历史，在发展和形成过程中吸收了叙事长诗陶力、叙事民歌、好来宝等蒙古说唱艺术，同时也吸收了汉族古典文学、民间说唱艺术的精华，不断得到充实、完善、丰富。

胡仁乌力格尔反映了蒙古人民丰富多彩的生活，塑造了各种各样的人物，用以表达科尔沁人民的思想感情，有着很强的表现力和感染力。其概括起来有三个语言特征：一是以故事为基础；二是以说唱为中心；三是伴奏、表演相结合。

---

① 朱熹：《诗集传》（第一卷），上海：中华书局上海编辑所排印本1958年版。

② 徐国清、苏赫巴鲁、乌云格日勒：《吉林蒙古族民歌及其研究》，通辽：内蒙古少年儿童出版社1999年版，第47页。

（一）以故事为基础的特征

表演时，胡仁乌力格尔的说唱艺人胡尔齐按照故事大纲，用自己的语言即兴创作，编成自己的胡仁乌力格尔曲目。艺人表演时用四胡自拉自唱，与汉族的三弦书或大鼓书相近。

胡仁乌力格尔使观众有“曲”可听，有“艺”可看，得到充分的艺术享受。为什么蒙古族观众爱听胡仁乌力格尔？因为它具备了展现蒙古族文学艺术的表现手段和艺术功能，发挥了胡尔齐的才能，反映了游牧生活的美感和魅力。胡仁乌力格尔是生活的呈现，要求艺人深入角色，结合当今生活，模仿现实，从内容到形式对所选题材进行高度提炼和创新。说唱过程中，创造一段故事或一段韵文，能够使音调更加丰富，声音更加和谐，情感更加浓烈。这一段故事和韵文是胡仁乌力格尔中具有相对独立内容的最小单位，是揭示主题的核心唱段，构成胡仁乌力格尔唱段的精华。这就是科尔沁说书艺人的个人魅力，在铺排原故事的基础上，演唱时使故事主人公更加贴近生活，正面表现主人公的精神面貌，而这些语言70%以上是在原小说中找不到的。这些刻画人物的语言，符合当时社会生活的审美需求，生动形象，一下子就征服了观众的心。扎纳、琶杰、毛依罕等就是这样名扬四海，成为科尔沁曲艺艺术大师、著名说唱艺术家的。

（二）以说唱为中心的特征

随着社会的发展，人们的生活从简单到丰富。为了反映科尔沁人民生活方式的多样化和人们对艺术文化的审美品位，胡仁乌力格尔不断创新作品。艺人在社会实践过程中，不断提高艺术技巧，拓展说唱的题材和内容。艺人在演唱时，故事再多、再长也一直坚持以说唱为中心。尤其是说唱中的特定人物，说书艺人要根据当地观众的需要进行再塑造，增强故事的戏剧性。胡尔齐没有剧本，是艺人边说边唱边创作的，这种情况在科尔沁北部最为突出。扎鲁特旗著名艺人扎纳就是明显一例，他说唱乌力格尔几乎都是自创，描述和形容达到极致，词汇、曲调独特。他的说唱自成一家，已成为三个流派之一。内蒙古600多名说唱艺人中科尔沁胡尔齐占80%以上，三个流派、六个风格的代表人物都在科尔沁草原。

胡仁乌力格尔艺人在描写景色、描绘人物、烘托气氛上极尽渲染夸张之能事，从而在艺术效果上极大地增强了故事的感染力和表现力。中国古典小说《三国演义》和《水浒传》的故事性很强，通过艺人的再创作，故事更为曲折生动，扣人心弦，成了牧民最爱听的曲目。胡尔齐说唱乌力格尔时按观众的要求演绎小说人物与情节，使说唱的人物比小说里的人物更充实丰满，个性更鲜明。所以，科尔沁人特别爱听胡仁乌力格尔。

胡仁乌力格尔的角色多，一人要通过演唱来表现小说中的人物，虽动作不多，但音调、曲调、节奏、表演、语气、四胡和弓等却变化无穷。在日常生活中，胡尔齐们的语言音色，说书艺人的年龄，说唱的语调、情感状态、语言节奏、性格特点等，也成为听众谈论的话题。按照现在的时髦话说，当时很多艺人有粉丝团。尤其是扎纳胡尔齐，他所说唱的乌力格尔，能让听众流泪，可见给观众留下多么深刻的印象。说唱艺术主要以故事情节吸引人，将能引起观众重视的环节叙述得越详细，观众便越爱听。因此胡尔齐的每句话、每个动作、每个表情、说话声的大小、说唱速度的急缓，都会深深牵动着观众的情绪。

（三）以伴奏、表演相结合的特征

胡尔齐一年365天基本都背着四胡走街串巷，到处说唱。胡仁乌力格尔满足了偏僻地区群众的业余生活需求。他们有些人还把邻近乡村刚刚发生的故事作为题材说给艺人们，或者用好来宝形式传递这样的信息，更加丰富了说唱的内容。胡仁乌力格尔的语言念白都有韵律要求，特别是唱词，有一定的规范。胡尔齐在每一部书的说唱过程中，要不断修改、升华自己的语言艺术和唱词。唱词，要掌握曲调、曲艺音乐的本质特征，掌握曲调和节拍。也就是说，胡仁乌力格尔的唱词要不断从生活中提炼、加工、美化，最后达到规范。因而，胡尔齐必须掌握多个艺术领域的知识，并发挥演唱、道白技能，才能达到说唱艺术的最佳效果。科尔沁说唱艺术反映了社会生活，但不是对现实社会生活的简单再现，而是民间艺术家们把自己从现实生活中得到的丰富感觉予以情感的概括，然后用有组织的具体语言形式表现出来。它通过感情的抒发，再现令人激动不已或喜或忧的现实生活。

通过欣赏艺术大师琶杰的表演，能看出他拥有多年丰富的舞台经验。他的故事精彩，技艺高超，其表演的节奏能将观众快速带入剧情。同时，他反应敏捷，能在说唱时注意观察观众的神色表情，根据需要，随时随地以丰富的感情唱出一段词，使人百听不厌。他常用富于哲理的总结，以启发观众思考。同样一个作品，通过不同胡尔齐的演绎加工后，会给观众留下不同风格的感受。

科尔沁蒙古族说书艺人的另一个特点是记忆力强。首先他们要熟悉说唱故事，初步理解内容，然后牢记故事梗概和人物名称、地名、道具、服饰、山水、战斗情景等，最后在演唱时即兴创作，进行语言艺术美化。随着表演艺术手段的铺陈，再进行夸张、浓缩、变形的处理。

总的来说，科尔沁说唱艺术的曲目多、内容丰富、曲调多样。随着现代社会的发展，以及对姐妹艺术学习借鉴的领域不断扩大，胡仁乌力格尔的表现手段也不断变化和丰富。

胡仁乌力格尔在发展过程中，自觉不自觉地吸收了其他艺术门类的精华，增强了自己的艺术感染力。在这方面，各旗县市文化馆发挥了至关重要的作用。他们积极扩大胡仁乌力格尔的宣传教育，认真组织引导和辅导胡尔齐业务，鼓励艺人深入生活搞创作，强化创作精品的意识，这一系列措施都取得显著成效。胡尔齐们新编的胡仁乌力格尔，拓宽了题材，一些以革命斗争和现实生活为题材的新作品陆续问世，如《草原枪声》《平原游击队》《白毛女》等。传统胡仁乌力格尔和新编胡仁乌力格尔是两种说唱艺术，它们的演唱技巧和故事内容都不同。前者说唱古典小说，后者说唱当代革命英雄故事。胡仁乌力格尔的关键在于通过说唱的速度、节拍、音乐、情感、语言的长短来表现节奏。胡尔齐们说唱的无论是传统故事还是新编故事，在原故事中说唱艺人都通过不同的节奏、不同的语言来塑造人物形象，再现环境，歌颂山水风景。胡尔齐还会根据当时观众的需要将表演拉长或缩短。

胡仁乌力格尔用独特的音乐和丰富的语言独立地表达感情，塑造出乌力格尔需要的形象。用形象性特征，与叙事民歌、好来宝和陶力明显地区别开来。

当前，牧民百姓无法接受太长的故事，短小精悍的故事才能激起他们的兴趣。调查表明，50 岁以上者爱听胡仁乌力格尔，20 岁左右的青年爱听叙事民歌或现代新创作的歌曲。当今社会，电视、电影、广播和文艺团体的竞争，对民族艺术胡仁乌力格尔构成了严重的威胁。有关部门应不断组织艺人学习文化知识，探讨新的技巧唱法，使乌力格尔贴近百姓、贴近生活、贴近时代，培养新的大师级胡尔齐，引导胡仁乌力格尔与时俱进，提高知名度，把艺人们的作品和表演通过电视台、电台播放，让胡仁乌力格尔走向世界。

四、陶力

蒙古民族不仅创造了自己的历史文化，也创造了自己的文学艺术。在科尔沁地区最古老、最原始的说唱艺术有三大史诗——《格斯尔传》《江格尔传》《镇压莽古斯的故事》。这种说唱艺术源远流长，俗称“陶力”，民间艺人称之“潮尔乌力格尔”，汉语翻译为“英雄史诗”。科尔沁蒙古族叙事民歌是在吸收了科尔沁陶力的基础上演变而成的，作为一种独特的艺术形式声名鹊起。

陶力是远古草原上民间口传的叙事长诗，与好来宝和潮尔乌力格尔不同。它产生于原始社会末期、奴隶制初级阶段，千百年来一直在民间口头流传，新中国成立前才用文字记录，所以有些故事直到现在还没有用文字记录下来，有的已失传。在科尔沁草原一带，陶力数量很多，有些艺人可以连续说唱数月之久，最长篇达 80 万～90 万字，最短的也有两千多行。不同的艺人演唱时故事的细节和诗行常会出现变化。每一个潮尔齐都有自己的艺术特点和艺术风格，演唱中根据时间长短随时予以处理和编排，语言也特别精练。也就是说，陶力演唱具有宗教仪式的特点，因此演唱的语言都是程式化的。

陶力演唱的语言特点：由开场调、叙事调、战争调、受难调等组成，歌手根据故事情节选择不用的曲调，但这类曲调词多腔少，音乐多是四小节构成的乐句，常见的有两声音节、三声音节、四声音节和五声音节，基本是五度音程构成的两小段乐句，这也符合蒙古族传统音乐五度的特征。

中国社会科学院民族文学研究所所长朝戈金教授专著《口传史诗诗学：冉皮勒〈江格尔〉程式句法研究》中指出："蒙古英雄史诗从叙事情节到结构都是高度程式化的。"[①] 德国蒙古学专家瓦尔特·海希西也把蒙古史诗归纳为十四个部分：①时间；②英雄的出身；③英雄的家乡；④英雄（外貌、性格及财产）；⑤英雄的马同他的特殊关系；⑥起程远征；⑦助手及朋友；⑧受到威胁；⑨仇敌；⑩遇敌、战斗；⑪英雄的计策、魔力；⑫求婚；⑬婚礼；⑭返回家乡。[②] 海希西教授也归纳出蒙古史诗英雄故事具有程式化特性，叙事民歌中很多英雄人物诞生时都有非凡的经历，例如，叙事民歌《陶克陶胡》中唱道：

唐王陛下用兵辽东
取道塔虎城出师
派人占卜塔虎城风
天空中五龙嬉戏

太师徐茂公启奏圣主
立五层宝塔把风水镇住

① 朝戈金：《口传史诗诗学：冉皮勒〈江格尔〉程式句法研究》，南宁：广西人民出版社 2000 年版。

② 瓦尔特·海希西：《关于蒙古史诗中母题结构类型的一些看法》，北京：中国社会科学院少数民族文学研究所印 1983 年版，第 357 页。

只因五百年期限已过
台吉家诞生英雄陶克陶胡①

我们从这里可以看出英雄史诗人物与叙事民歌英雄人物叙事的相似性。尤其是在人物性格以及故事情节的处理方面，叙事民歌都借鉴了史诗的演唱方式。

五、好来宝

（一）好来宝及分类

“好来宝”的蒙古语含义为“连缀”“衔接”，汉译为“连接不断”，是蒙古族的一种说唱艺术，一般表演时即兴创作，唱词的要求与民歌相同，需要押头韵，但词尾有其独特风格——重点词重叠，这个重点词以名词较多，是英雄的名称或特殊的场所等。好来宝最早形成于昭乌达盟（现赤峰南部的喀喇沁和南部科尔沁一带），专家考证，它已有700多年的历史。在《蒙古秘史》中记载有好来宝和好来宝唱词。数百年来，众多国内外学者专家研究好来宝艺术，但关于好来宝的分类，还没有准确的依据，笔者只能根据收集的好来宝进行简单的分类：好来宝从演唱形式上可分为单人好来宝、双人好来宝、群口好来宝、歌舞好来宝。

（1）单人好来宝（dang holboo），也称“堂海好来宝”（tanghai bolboo），又名“扎达盖好来宝”（zabgai holboo）。这种好来宝多以赞颂、讽刺、比喻、叙述、夸张等手法来描绘一件事物，渲染烘托，夸张想象，对演唱的事物做细腻的刻画，惟妙惟肖。

（2）双人好来宝，也称“代日拉查嘎好来宝”（dairilcaa holboo），汉语意为“谜语式好来宝”，也可以称它为问答式好来宝。问答式好来宝自元代开始就在蒙古草原上流行，在科尔沁草原更是广泛流传。民间艺人俗称“传统对口好来宝”。“代日拉查嘎好来宝”的特征是通过一问一答来比赛，问答内容范围较广，除民间故事、历史传说、古典小说外，还有天文地理、生活知识等。

问答式好来宝的说唱形式又可分为三种：第一种是“比图好来宝”（bituu holboo），民间俗称“论战式好来宝”。第二种是“额力合好来宝”（ulgee holboo），汉语意为“顶针回环式好来宝”。两人或多人对阵演唱，曲调比较丰富，但必须自拉自唱。第三种是“达胡尔好来宝”（dabhar holboo），汉

---

① 扎木苏：《叙事民歌》（蒙古文），呼和浩特：内蒙古人民出版社1982年版，第254页。

语意为“辩论式好来宝”。这种好来宝两人对口演唱，不必伴奏，两人面对面，双脚轮流踏地互相来回走动，两臂也随之舞动。演唱内容是两人围绕着一个问题展开辩论。要求每人都必须使用一样唱词的格式，可以是两行格式说唱；也用两行规格对唱。谁唱得多、唱得好，对答如流，谁就有获胜的机会，否则就是输了。

（3）群口好来宝，人数不等，多则十几人。一人问，大家一起回答；或自问自答，众人相和。

（4）歌舞好来宝，是在舞台上表演的好来宝，顾名思义，就是载歌载舞表演好来宝，著名的歌舞好来宝《梁东明》，是由奈曼旗乌兰牧骑王建海1992年创作的，5月在哲里木盟文艺会演中获得成功，被评为优秀节目，这种歌舞形式的好来宝也开始传播起来。

在科尔沁草原一带，据不完全统计，说唱好来宝的民间艺人有三四百人，遗憾的是他们的很多作品没有文字记载，丢失很多。现收集整理流传的也只有旦森尼玛、贺力腾都古尔（1841—1911）、朝玉邦、琶杰、毛依罕、宝音诺莫胡（1903—1982）、萨仁满都拉（1918—1959）、乌斯呼宝音（1914—1978）、却吉嘎瓦（1933—1995）、拉西敖斯尔（1936—　）、劳斯尔（1946— 2010）等著名好来宝说唱艺人的部分说唱作品。有些好来宝爱好者从20世纪60年代开始搜集整理好来宝的说唱作品，出版了《琶杰、毛依罕好来宝选集》《当代好来宝选》《蒙古族传统好来宝》《好来宝》《语言巧匠》等。

（二）好来宝的语言特点

好来宝也是四行一段，但每行只有三四个字。好来宝是用形象的语言来刻画人物，描绘环境，捕捉生活中自然产生的故事和农牧业信息，多用比喻和排比的手法。好来宝对韵律的要求不像叙事诗歌那样高，唱词相近的民歌，只要通俗，顺口押韵即可。篇幅长短由表演者根据时间、场地、内容的需要来安排，所以民间艺人演唱的环境、说唱情绪、作品体裁、即兴发挥技巧等都可以影响演唱的效果。

好来宝的最大要求是内容丰富、形式多样、唱词恰当、吐字清晰、语言流利、节奏明快、音色准确、四胡动听、技巧独特，能表达自己的思想感情。为了达到以上要求，好来宝艺人需要苦练几年甚至十几年的基本功，才能满足牧民观众的文化娱乐需求。一名好来宝艺人必须掌握20～30首好来宝曲调，具备能说能唱的声乐修养，还要掌握民间常用的俗语、谚语、民歌唱词、传统好来宝唱词精品。科尔沁大部分好来宝伴奏乐器为四胡，因其音量较大、音色粗犷，表演时能体现出说唱声音的饱满。所以，说唱艺人必须掌握很高超的四胡演奏技巧，才能达到较好的表演效果。如掌握四胡的音色、常用的好来宝曲调、演奏方法，顿弓、跳弓、抖弓、快弓、弹弦等各种装饰音、滑音和泛音。转调在好来宝说唱过程中是常用的演奏技巧，每一位说唱艺人的表演技巧不同，风格不一，有的艺人在曲牌之间直接转换曲调。

乌兰牧骑成立以来，好来宝成为文艺舞台节目之一。歌舞好来宝在传统好来宝和新编好来宝的基础上增加了吟诵片段。乌兰牧骑歌舞好来宝都用有韵调的语言、具有随意性的白话来交代故事情节、说唱的内容，然后进入好来宝主题表演。歌舞好来宝无论是传统的还是新编的都须提前创作规定曲调、唱词和掌握演唱时间。乌兰牧骑歌舞好来宝是集说、唱、表演、伴奏于一体的特殊节目。民间好来宝被搬上舞台后，由一人坐唱的形式改为站唱，边唱边舞、一人和几人主唱，男女多人伴舞、伴唱参与表演等多种形式。总的来说，歌舞好来宝改变了原有的即兴创作、现场现编说唱的面貌，通过几十年的乌兰牧骑舞台创作，好来宝的唱词更加丰富多彩，结构更加严谨，思想性和艺术性大大提高，满足了农牧民的艺术欣赏要求，好来宝也成了闻名世界的蒙古族艺术奇葩，焕发新的生机。

第二节　科尔沁蒙古族说唱文学的音乐特征

蒙古族说唱文学音乐是以古老的英雄史诗为母体，并在其发展过程中广泛吸取了民歌、好来宝、歌舞、萨满音乐、佛教音乐、祝赞词、神话、传说等各种民间艺术的有益成分，形成的一种博大精深的说唱艺术体系。值得注意的是，有些古老的民间音乐形式本身虽然已经衰亡，但其精华却在现存蒙古族说唱文学音乐中得以保存。从这个意义上说，蒙古族说唱文学是蒙古族传统民间音乐精华的荟萃，堪称近代科尔沁蒙古族农耕音乐文化的典型代表。蒙古族说唱文学的音乐，根据其体式特征可分为固定曲调、基本曲调和变化曲调三种。固定曲调，类似汉族曲艺、戏曲中的曲牌体，有曲牌名称，具有专曲专用的特点。如《故事开篇》《皇帝上朝》《打仗调》《思念曲》等，往往被不同风格、不同流派的胡尔奇所运用。基本曲调指曲调结构基本确定，可以衍生出变化曲调的一类曲调。变化曲调是胡尔奇根据需要，在基本曲调的基础上加工产生的各种变体。据统计，蒙古族说唱文学音乐的表现风格，可以分为四类：吟诵调、叙述调、抒情调和诙谐调。蒙古说唱文学的音乐基本上是以不带半音的五声音阶构成，其五声音阶中每个音都可作为调式主音。以徵音、羽音做主音的调式更为常见。曲调起伏较大，常用六度、七度、八度、九度、十度的大跳；音域也较宽，一首歌曲常常包含十四度、十五度，给人以辽阔、奔放的感觉，表现了蒙古人民豪放的性格特征。演唱方法为真、假嗓分别使用，并且由于定调较高，更显得音调高亢、嘹亮，富有变化。演唱者常在演唱悠缓的长音时加入一些装饰音或装饰性的颤音，以形成活泼的情绪或委婉的风格，并往往以长音后的短小上滑音结束，使曲调柔和圆润。此外，在蒙古还有一种叫做“潮尔”的演唱方法，就是“呼麦”①。这种方法是利用口腔内的空气振动声带产生共鸣，并巧妙地调节舌尖的空隙，从基音中选择它所包含的不同的泛音，在持续低音的基础上，发出高音区的曲调。使用这种方法演唱，可以清晰地听到一个人同时发出两种声音，即高音区的曲调和低音区的持续音。

蒙古说唱文学音乐的节奏大致有两类：一类是节奏比较清楚，常见的是二拍子或四拍子，虽有复合拍子，但其性质仍为二拍或四拍。另一类节奏则很不明显，速度也较缓慢，实际上许多乐曲的节拍是不能用小节线来划分的。即使以某种节拍划分，其每拍的时值也不一定绝对相等，而且轻重拍的区分也不明显。说唱文学音乐常用的乐器是马头琴、四胡。马头琴是最有代表性的乐器，音色低沉柔美，音量不大，表现力丰富，除了为民歌与说唱伴奏外，还常用于独奏与合奏，不仅可以演奏旋律，而且适宜表现马匹的奔跑与嘶叫。

一、科尔沁蒙古族说唱艺术的音乐风格

前面说科尔沁蒙古族说唱艺术的曲调大多来自民歌、好来宝、歌舞、萨满音乐、佛教音乐、祝词、赞词等，还有一部分是艺人在实践中不断创造出来的。这些曲调来自民间，具有广泛的群众性，使观众听起来熟悉、亲切，易于理解，也易唤起人们情感上的共鸣。故深受广大蒙古人民的喜爱。我们把蒙古族说唱艺术的音乐风格分为吟诵调、叙述调、抒情调和诙谐调。

（一）吟诵调

蒙古族说唱艺术大多用吟诵式的语调讲述故事，吟诵调介于说和唱之间，把朗诵、韵白、吟唱融为一体，具有似说似唱、吟唱结合的特点，主要用来叙述故事情节。吟诵调的节奏直接从语言节奏中产生，其音调则脱胎于语言音调的长短高低，富有蒙古族萨满祈祷词、民间祝赞词的韵味。这种吟诵式的语言，听起来似乎无音乐，实际上是有韵调的。这一类音乐没有固定的曲

---

① 蒙古族歌曲复音唱法。

调，其语言具有随意性，艺人以说话的语调来交代故事的情节、叙述故事，以优美的语言塑造人物，夹以民间的谚语、成语，具有乡土气息的语言，说起来朗朗上口，听起来津津有味，令人流连忘返。艺人大多根据故事的情节安排语言的轻重缓急，使在场的观众都听得清晰，字字入耳。在塑造人物时根据人物来安排使用方言土语，更有助于表现人物，烘托气氛。艺人还运用口技来模拟各种声音，如书中人物的惊讶、愤怒、焦躁等，一部书如同“一台戏”，说书人身兼数职，并对书中人物、事件做评论，对典章故事做解释，提升了观众对善、恶、美、丑的辨别能力。

（二）叙述调

主要用于交代故事，叙述故事内容。它的特点是似说似唱，介于说和唱之间；有规定的旋律而曲调不固定，乐句长短不一，较为自由，有些变化是同语言相结合的。艺人在演唱中常用叙述调，如句前、句中和句尾。艺人在道白时，没有伴奏音乐，主要是使用吟诵调。采用说说唱唱、只说不唱和只唱不说三种方式，可以在演唱中反复使用。叙述调主要用于叙事状物，表现特定的故事场景，如《故事开篇》《上朝调》《打仗调》《行军曲》《讽刺调》等。叙述调音调简洁，音域适中，节奏规整，速度适中，结构方整，规模不大，变化不多，音乐具有陈述性、描绘性的特点，这也是蒙古族说唱文学音乐中数量最多、运用最广的一类曲调。蒙古族说唱文学中的叙述调与古代英雄史诗音乐一脉相承，并与萨满音乐、好来宝音乐、蒙古佛教音乐具有直接的渊源关系。

（三）抒情调

善于抒发美好真挚的思想感情，描述具有强烈悲剧性的内容，并以表现人物丰富的内心世界，制造尖锐的戏剧性矛盾冲突见长，如《祝愿曲》《赞颂曲》《夸小姐》等，音乐具有音域宽广、旋律起伏较大、结构方整、调式变化丰富多样、唱腔优美婉转等特点。抒情调具有强烈的歌唱性，其曲调大多来源于科尔沁的短调民歌。

（四）诙谐调

主要用来表现窃贼、魔鬼和妖道。音乐中装饰音、休止符、滑音的运用，使音乐的调式变化多样、活泼跳跃、滑稽可笑。如《下山调》《偷盗曲》等。

二、蒙古族叙事民歌的曲牌特点

科尔沁叙事民歌的曲牌属于五声调式体系（宫、商、角、徵、羽）。其中徵调式最多，角调式最少。除了有单纯调式的旋律外，还有大量复合旋律，主要是调式的交替、转调等。不同调式的运用，一方面可以增强音乐的表现力，另一方面对音乐的表现力也有制约作用。例如，吟诵调几乎全是宫调式和徵调式，虽然在旋律中也有与其他调式的交替，但最后都落在宫音、徵音上，这与吟诵调表现平和的感情色彩是相符的。蒙古族说唱曲调除具备民间音乐的五声调式的普遍特点之外，还有独创的音乐旋律表现手法——五声性音列。这是现代科尔沁蒙古族说唱文学独有的表现方法，既丰富了旋律，又使曲式有所发展，使单一乐段结构变为复乐段结构。其主要特征如下：

（一）同音进行

同音进行即以一条水平直线为旋律线。①

3 55 1|65 32|3 5 56|11 6 5|5 – | 《达那巴拉》

6 3 2|3 3| 3 35|6 61 |3 32| 2 2 | 《四海》

以上画有标记的部分即为同音进行。这种形式在蒙古族说唱文学中是常见的，同音进行是没有音高的运动，对它的分析要同其他因素结合起来考虑。蒙古语的发音因“碎音”很多，反映到音乐上就是两个“碎音”先后出现在同一音节上。歌手们在边拉边唱时，一到这个地方就拉两次弓，同一个手指按两下，音乐效果轻盈、活泼。即使多次使用同音连续进行演唱，也不显得平淡无味，反而更显出民族特点。

（二）级进旋律

级进旋律，蒙古族说唱文学的曲调大多是由四个乐句或两个乐句组成。艺人在演唱时，使用级进旋律有两种变化：一是改变四句的排列顺序，或是把每句的旋律加以变动；二是随唱词的变化而把部分曲调加以扩充或减少，

① 徐国清、苏赫巴鲁、乌云格日勒：《吉林蒙古族民歌及其研究》，通辽：内蒙古少年儿童出版社 1999 年版，第 29 页。

形成结构上的变化。

1.《击鼓上朝》

（1） 55 55 | 561 1 | 123 2161 | 6535 5 |

561 11 | 3332 2 | 552 321 | 1 11 1 |

（2） 55 555 | 561 1 | 123 2161 | 6535 5 |

566 112 | 3535 2 | 552 321 | 111 1 |

（3） 1112 3553 | 2321 1 | 123 2161 | 6535 5 |

556 112 | 3553 2 | 552 321 | 321 1 ‖

从以上三个曲子中我们可以看出，（2）和（3）是在（1）的基础上，对部分乐句的旋律加以变动而成的。这也是艺人音乐创作的手法之一。

2.《单枪匹马》

（1） 35 55 | 55 32 | 66 65 | 35 53 |

2 2 | 35 56 | 16 55 | 22 21 |

61 165 | 5 — ‖

（2） 35 55 | 55 65 | 66 666 | 66 53 |

33 335 | 55 532 | 2 2 | 35 56 |

16 55 | 22 236 | 2221 66 | 5 — | 5 0 ‖

不难看出（2）是（1）的扩充，无论扩充还是缩减，对曲子结构的完整性毫无损伤。

3. 旋律的跳进，主要是四度、五度跳进或大跳进

(1) 6　3　3　23 | 5　6　1　6|

(2) 3　6　5 3 | 3　6　6　- |

(3) 6　6　56　123 | 3　6535　3|

（1）和（2）为四度、五度跳进，这在科尔沁蒙古族说唱艺术中是比较常见的，如例（3）八度的跳音在说唱艺术中最有特色。蒙古族说唱艺术的音乐体系中跳音的出现，与蒙古语的发音特点有关。蒙古语中“a、e”等后元音，均由舌根发出，经过舌边和舌尖的节制发出音来。由于节制体距离较长，就自然地产生了跳音。一个民族一种曲调音乐的总体风格，不是由单一的层次构成，而是由多个不同层次联合构成。说唱音乐的创作过程是一个十分复杂而巧妙的艺术现象，是建立在口头创作即兴编唱基础上的“变体”，不是少数作曲家的专业创作，而是千百万艺人、歌者参加的经过上百个年代传承，至今尚未停止加工和再创作的一个巨大“工程”。

三、典型说唱艺术的音乐特点

科尔沁民歌题材和内容丰富多彩，是一种具有鲜明游牧文化特征的演唱形式，它以蒙古人特有的思维方式与语言述说着民族的历史、文化习俗、生活方式。民歌作品的特点正如东汉何休在《春秋公羊传解诂》卷十六所说，是“饥者歌其食，劳者歌其事”[①]。蒙语谚语说：哪里有生活，哪里就有火，哪里有劳动，哪里就有歌。这两种语言表达的含义是一样的。说唱既是一种表演方式，又是一种文体。对蒙古人来说，说唱更是一种文化形态和生存方式。没有骏马与奶茶的生活是不可想象的，没有说唱艺术，蒙古人的生活同样是不可想象的。

（一）长调民歌的音乐特点

长调民歌的音乐特点：滑音少，节奏自由，曲调悠长，幅度广阔，结构庞大，音调层次鲜明，富有内在动力。最主要的一个特点是长调有丰富多样

① 何休：《春秋公羊传解诂》卷十六。

的装饰音，这与蒙古人发音特点有直接关系，蒙古人在表达感情时，其发音方法是从低到高、从弱到强，声音均来自舌后音，经过舌尖和舌边摩擦发音，跳跃性很强，就自然形成起跳音，也达到了长调民歌气息悠远、旋律起伏的装饰音效果，形成了科尔沁蒙古族长调旋律的特殊风格。长调是蒙古族民歌中的珍品，分为单声形式和多声形式两种，长调的节奏和节拍相对自由，旋律悠长、舒展、起伏较大，演唱时常在长音处以特殊的颤音方法唱出密集的节奏，产生特殊的音乐效果，这种特殊的演唱技巧被称为“诺古拉”。蒙古族长调因其独特的韵味、鲜明的民族气质、浩如烟海的曲目和极高的艺术成就，在 2008 年 6 月被列为国家级口头非物质文化遗产。

（二）短调民歌的音乐特点

短调民歌的音乐特点为曲调简洁，装饰音较少，旋律起伏不大，带有鲜明的叙事性特征。科尔沁蒙古族短调民歌的曲调短小，节奏规整，结构匀称，装饰音少，音域相对窄些，以朴素见长。大多采用单一节拍，每四句为一小段，形成分节歌形式，在韵脚上反复迭唱，构成一叹三叠的效果。科尔沁蒙古族叙事民歌以五音阶为基础，大多是徵调式和羽调式。在音乐上主要有以下特点：

1. 同音进程

就是两个一样的音出现在不同音节内，形成同音相连，这种同音处理正是由科尔沁民歌的特殊性和表现性决定的，在演唱叙事民歌时，大多是用低音四胡，歌手自拉自唱，第二次出现同音时，可以把歌声加强，同时也方便歌手转换拉琴的技巧，起到声情并茂的作用，使听者不乏味，这也是叙事民歌虽然曲调很简单，但人们听起来仍然津津有味的原因。例如，“┌─┐”标记。

┌─┐
32 35 | 5 · 6 53 |

2. 音节大跳

从四度、五度、六度、八度、九度等开始，这种跳跃有同向、反向、大跳小、小跳大。目的是使平凡、简单的曲调具有悬念，也符合蒙古人说话的习俗，发音基本以舌后、舌中为多，等到唱出来自然就形成跳跃音。

3. 前弱后强

就是刚开始发音或演唱的时候声音比较低沉，随着人物、故事的不断发展，节奏也逐渐加强，既跳跃，又高亢，振奋人心，这种旋律的运用，使民歌在辽阔中略带伤感。

短调民歌是在科尔沁草原上形成和发展起来的，有情节，角色众多，反映的是草原的现实，这些富有蒙古民族气息的民歌，在这些艺人世代传唱中得以传承和发展。

（三）胡仁乌力格尔的音乐特点

胡仁乌力格尔曲调多样，因演唱内容的需要做适当调整，且故事内容具有戏剧化的特点；叙事民歌曲调固定，结构简单，内容具有悲剧性特点。叙事民歌是应时代特点而产生的艺术形式，当时科尔沁草原受到多重压迫（贵族阶级、军阀割地、封建势力），这些让艺术得到升华，反映现实、反映生活的歌曲大量涌现，所以科尔沁叙事民歌既有蒙古民歌的共性，也有自己独特的风格个性，主要体现在节拍、节奏、音调、技巧的运用上，语言表达也体现出地域特色，如科尔沁左翼中旗艺人和扎鲁特旗艺人在演唱叙事民歌，左翼中旗艺人在演唱故事时，白话文比较多，并运用戏剧性的语言，这主要吸收了胡仁乌力格尔的演唱风格。在科尔沁有句俗语：要想成为胡尔齐，首先必须是民歌歌手或民歌爱好者。所以，这些艺人独唱时是叙事民歌，有胡琴伴唱时又成了胡仁乌力格尔。

十九世纪五六十年代，科尔沁蒙古族民间艺人大多是从民歌演唱开始学习，之后才慢慢成为胡尔齐。如满都拉、黑小、吴道尔吉、关嘎、李双喜、扎拉森、劳斯尔、巴布拉、达胡巴雅尔等。他们开始都是以演唱民歌而出名的。现代草原上年青一代的民间艺人，也大多沿袭前代的做法，先学会民歌演唱，之后才走上胡仁乌力格尔的说唱道路。因此说胡仁乌力格尔与叙事民歌是相互依存、相互促进、共同发展的。

胡仁乌力格尔以故事为基础，说唱为中心。叙事民歌是以唱为基础，唱词有人物，有故事，有地方习俗和科尔沁特色生活，以唱和讲为中心，结合伴奏和表演的艺术形式。叙事民歌有固定的曲调和固定的唱词，演唱者也可以在演唱过程中即兴发挥，表达科尔沁人们的思想感情。“胡仁乌力格尔”一般即兴创作，再编故事。说唱艺人按照故事大纲，用自己的语言即兴创作，编成自己说唱的胡仁乌力格尔曲目。如说唱《三国演义》故事大纲以外的语言是原作上找不到的，可以说65%以上的话语是说唱过程中艺人的自编自唱。这种创作使音调更加丰富，声音更加和谐，能充分表达情感。胡仁乌力格尔要求胡尔齐深入角色，结合当今生活，模仿现实，从内容到形式进行高度提炼和创新。胡仁乌力格尔故事再多，都是以说唱为中心的。演唱者没有剧本，就要边说唱边创作，说唱中定任务、故事大纲、山水风情和地方名称。说书艺人说唱乌力格尔时要根据当地现状进行再塑造，增强故事的戏剧性。

例如，下面所示3首曲调可说明科尔沁胡仁乌力格尔、好来宝和叙事民歌之间的关系。代表性的好来宝曲调《朱宝山》，之后成了某支胡仁乌力格尔的开头曲，而科尔沁叙事民歌《朱宝山》又借用了这首传统流行的好来宝曲调。从中我们能看出叙事民歌吸收了好来宝、胡仁乌力格尔的曲调。如叙事民歌曲调《朱宝山》：

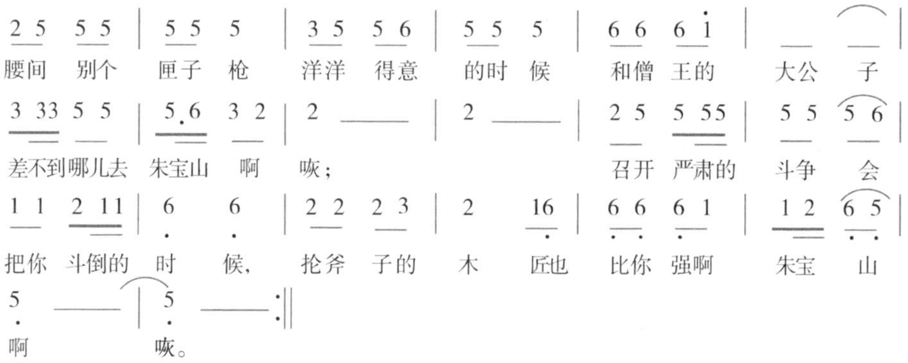
腰间 别个 匣子 枪 洋洋 得意 的时 候 和僧 王的 大公 子
差不到哪儿去 朱宝山 啊 咴；召开 严肃的 斗争 会
把你 斗倒的 时 候，抡斧 子的 木 匠也 比你 强啊 朱宝 山
啊 咴。

① 原是好来宝曲调。

② 成为胡仁乌力格尔曲调。

③ 又成为科尔沁叙事民歌曲调。成为科尔沁叙事民歌后曲名才为《朱宝山》。

腰间别个匣子枪，
洋洋得意的时候，
和僧王的大公子，
差不到哪儿去朱宝山啊咴；
召开严肃的斗争会，
把你斗倒的时候，
抡斧子的木匠，
也比你强啊朱宝山啊咴。

肩上扛着大杆儿枪，
称王称霸的时候，
和达尔罕王的大公子，

差不到哪儿去朱宝山啊咴。
轰轰烈烈的斗争会，
接踵而来的时候，
沿街叫卖的小商贩，
也比你强啊朱宝山啊咴。

让人跪在你面前，
私设公堂的时候，
和库伦庙里的弥勒佛，
差不到哪儿去朱宝山啊咴。
你在众人面前，
被制裁的时候，
好比那晒蔫儿的，
茄子一样朱宝山啊咴。

守在自己家园，
放牧牛羊的话，
在百姓中间，
你是个牧民朱宝山啊咴。
可你贪财又贪色，
天老大，你老二，
如今在沙坨前，
见阎王了朱宝山啊咴。

如果科尔沁地区没有胡仁乌力格尔的出现，科尔沁叙事民歌就不一定能发展成现在的地位。科尔沁叙事民歌出现至今也就 300 多年。胡仁乌力格尔的艺术形式推动了科尔沁的叙事民歌发展。叙事民歌是在长调民歌和抒情民歌的基础上吸收了胡仁乌力格尔的说唱故事特征，边唱边讲边表演的艺术形式。科尔沁叙事民歌与胡仁乌力格尔相互促进。可以说，叙事民歌与胡仁乌力格尔是一对亲兄弟，胡仁乌力格尔与好来宝又如双胞胎姐妹。胡仁乌力格尔是讲故事的，叙事民歌是唱故事的。科尔沁叙事民歌在长期的演唱过程中受到特定的地理环境、生活习惯、方言音调、审美观念的影响而形成了具有科尔沁特色和地方风格的叙事性民歌。

第三节 科尔沁蒙古族说唱文学的演唱特征

科尔沁说唱艺人表演时，演唱者就是叙述者。演唱者有时客观地叙述故事，有时以演唱者身份说话，做主观评说，客观叙述和主观评说相结合，演唱者无时不在，从不掩盖、隐藏自己。所以，在演唱时，在客观讲述故事的同时，演唱者还运用全知视角对故事及故事中的人物进行主观的解释、议论、评判和褒贬。因此，演唱者在演唱过程中无不表现出蒙古人的审美观和性格，也就是说演唱者根据个人的爱憎在说唱时都可以表现出来，但演唱者要注意取信于听众，如果失信于听众，就不会有艺术感染力，不能吸引听众了。

比如《水浒传》林冲中计误入白虎堂一节，原著写得曲曲折折，从而刻画出林冲的谨慎和高俅等人的阴险和歹毒。而蒙古文的译本却是另一种描写：

说这话便来到太尉府，入几道门后，林冲又问道："高太尉在何处?"二差役道："太尉必是在白虎堂等候。"于是三人直入白虎堂，却不见高太尉。二差役道："请林教头在此暂候，我们去禀报太尉。"说完话，便走入内堂。林冲独自在白虎堂等候多时，猛然想到："白虎堂乃处理军机要处，平时时节入内便是充军之罪，若携刀枪入内便是杀头之罪。我如何便信了那二人的话，进到这里来!"方才醒悟欲出去时，在门口处遇见了高太尉……

在这段话中，显然有了科尔沁蒙古人的叙事特点——粗线条，林冲坐在那里等了一会儿不见人来，才觉得不对，而原著中是林冲知道那是白虎堂而没进去，这种叙事方式在细节和人物方面就显得蒙古化了。因此艺人在演绎外来文化时，并没有原封不动地照搬，而是注入了蒙古文化气息，从而使之更加适合蒙古人的审美需要和解读特点。但乌力格尔书目的传承，需要学老师的书，学别人的书。一部长期流传的书目，必定经过不断丰富加工，不断进行艺术积累。每一个传承者都参与了创作、加工。所以，胡仁乌力格尔书目的作者往往是一个群体。说别人编的书，演唱者是二度创作，演出过程中对书目进行加工，又相当于参与了编书。

胡仁乌力格尔的演唱者作为叙述者，和小说、戏剧都有不同。小说的作者，在小说写成出版后，很难再作更改。戏剧可以在今后演出时整理改动，但其内容也相对固定。只有胡仁乌力格尔的书目，代代相传，不断在变动。而且，即使是同一个演唱者，由于主客观条件的变化，演出内容也在不断改动。一个演唱者思想会变化，或进步或落后，艺术上或提高或后退，所以，书目也在变化。演唱者的不断变化，是胡仁乌力格尔的特点，这个特点，使说唱艺术容易和听众接近、交流。如果演唱者脱离群众，也容易被淘汰。如果演唱者对历史缺乏了解，传统书目的历史价值和时代气息就会被消解。

一、地域特点

科尔沁蒙古族说唱文学的说书风格流派，可以说是在方言分类的基础上产生的。具体可以分为喀喇沁说书风格、扎鲁特说书风格和科尔沁说书风格。

（一）喀喇沁说书风格

喀喇沁原为卓索图盟（现辽宁省阜新蒙古族自治县），是蒙古族说唱文学的发源地。首先，蒙古族说唱文学艺术是刚刚从古老的英雄史诗中脱胎而出的，其自身艺术特征还未完全形成。其次，卓索图盟地区位于内蒙古东南部，它的农耕经济形成较早，村落人口相对集中，商品流通比较发达，并与毗邻的汉族人民有着长期交流。随着内地商人的大批进入，汉族的梆子腔、京戏等艺术进入了卓索图盟，在当时，也形成蒙古族自己的戏剧团——号称“蒙旗十八班”[①]。清朝中期，一些喜爱京剧的蒙古王公贵族不顾清朝的禁令，在王府中搭建戏台，蓄养戏班，观看戏曲表演。据考证，19 世纪中叶，蒙古族说唱文学的早期长篇本子故事《五传》，就是由卓索图盟土默特左旗瑞应寺喇嘛恩和特古斯所撰。因当地蒙古人熟悉汉族曲艺、戏曲，蒙古族说唱文学音乐表演多受到汉族曲艺、戏曲等艺术的影响，其语言中夹杂着大量的汉语词汇。其音乐风格平和自然、幽默风趣，注重表演。代表性艺人有旦森尼玛、贺力腾都古尔和朝玉邦等。旦森尼玛的说唱风格特点是，语言生动，妙趣横生，擅长形容和描绘，往往运用富有诗情画意的词句说唱；音乐与古老的英雄史诗一脉相承，具有较强的叙述性特征；音调古朴苍劲，气势浩大；采取“闭气压嗓子”的演唱方法，与古老的呼麦唱法和潮尔演唱技法，一脉相承。朝玉邦，内蒙古通辽市扎鲁特旗毛道苏木人，贵族出身，精通蒙文、藏文、满文。他 15 岁时被送到庙里当喇嘛，经常给庙里的小喇嘛说笑话、讲故事。有一次，他正在给喇嘛们讲民间传说故事《祭敖包》时，被寺庙里的住持发现，住持以“亵渎神灵，败坏佛门”的罪名，毒打了他一顿，并把他赶出了

---

① 在清朝乾隆年间，漠南蒙古（内蒙古）二十四部四十九旗蒙古王公贵族，欣逢太平盛世，于是纷纷效法朝廷宴飨宫戏的规制，先后有科尔沁、巴林、敖汉、土默特、喀喇沁（左、中、右）、翁牛特等十八旗分别建立了王府戏班，即所谓蒙旗十八班，一时掀起了戏剧热。

寺庙。当他回到家时，正赶上他的父亲请来旦森尼玛来家里说书，他被艺人活灵活现的说书风格及生动有趣的故事内容所吸引，立即拜旦森尼玛为师，从此走上了说唱艺术的道路。下面是他创作的好来宝《故乡颂》①。

巍巍罕山脚下，是我可爱的故乡，
那片肥沃土地，羊群好似珍珠撒。
这里的湖水清，天鹅飞来不愿回，
这里的山峰峭，歌声回荡纯又甜。
往事历历在目，故乡变化永难忘，
未来美景在前，子孙后代享不完。
……

朝玉邦的《故乡颂》不仅满怀激情地描绘了优美动人的自然景色，而且将自然景物、风土人情、民族境况和个人生活紧密地联系了起来。

（二）扎鲁特说书风格

主要包括扎鲁特旗、奈曼旗以及昭乌达盟东部的巴林左旗、巴林右旗、阿鲁科尔沁旗等地。19 世纪末，大量喀喇沁蒙古人向北迁移，涌向科尔沁草原，很多说书艺人也随之流入，将说唱文学艺术带入扎鲁特地区。并以扎鲁特旗为中心，向四周传播，形成了包括扎鲁特和昭乌达盟以及毗邻地区的庞大的扎鲁特说书风格区。扎鲁特说书风格的主要特点，是以古代英雄史诗《镇压莽古斯的故事》为主，以好来宝、民歌等说唱艺术形式为辅，擅于演唱具有史诗风格的艺术作品，因而具有丰厚的文化底蕴，且注重语言技巧，音乐也以叙述为主，注重艺人的师承关系，强调流派风格的统一性。代表人物有扎那、琶杰、毛依罕、金宝山、乌斯呼宝音等。琶杰说唱的英雄史诗《格斯尔传》是目前国际格萨（斯）尔研究领域中的重要版本之一。这个流派的表演崇尚真实、朴实自然、简洁洗练，语言生动活泼，音乐极富表现力。这一流派可以说是科尔沁蒙古族说唱文学的主体，其艺人文化修养相对较深厚，表演严格保持语言的诗韵之美，演唱时一般不加道白，说唱时就好像朗诵一篇雄浑瑰丽的长诗。这一流派的艺人们大多掌握藏文、蒙文和汉文，因此他们的演唱既有浓郁的民间气息，也体现出一定的文人气质，说唱的作品具有

① 笔者根据朝玉邦的录音，翻译整理。

历史厚重感。下面举琶杰的《水浒传》[1] 武松打虎一段为例：

老虎这种动物，
居于深山密林，
不食花草植物，
生性喜欢吃肉。

早晨开始睡觉，
将近中午起身，
天到正午避暑，
到了夜晚出动。

起身舒展四肢，
圆睁两只眼睛，
接着伸个懒腰，
尾巴来回摇摆。

张开血盆大口，
露出锯齿獠牙，
圆睁两只眼睛，
全身焕发精神。

喝进肚里的水，
这时已经吸收，
吞进肚里的肉，
这时全部消化。

琶杰说唱《水浒传》武松打虎的故事，计韵文 1500 余行，散文 16 余行，总计 32 开铅印本 100 余页。相应的内容，在内蒙古藏本清代蒙译《水浒传》的现今铅印本中，只有小 32 开 12 页有余，在喀尔喀藏本清代蒙译《水浒传》的现今铅印本中，只有小 32 开本 6 页有余，在今译蒙文《水浒传》铅印本

① 《蒙古文学资料汇编》第二辑（琶杰演唱，第 23 章），内蒙古语文研究所（内部资料），1956 年。

中，只有32开16页，在《水浒传》汉文现今印本中，只有32开9页[1]。将琶杰的演唱同清代蒙译本和汉文本相比较，篇幅大大增加。这主要是艺人在说唱中反复歌咏和祝赞造成的。琶杰演唱这段时，是在老虎出场前，说书人做了反复的铺垫描写，接着叙述老虎四处觅食，巧遇武松，使听众对凶恶的老虎留下了鲜明的印象，同时也为武松打虎的艰难埋下了伏笔。

在描写武松打虎这一段时，琶杰充分发挥了这个流派的演唱特点，采用了英雄史诗的演唱方法，琶杰是这样描写武松同老虎的搏斗的：

它一跃出山林，
山中刮起狂风，
树木唰唰作响，
山石摇摇欲坠。

山顶上，
好像响起霹雳，
震断了树木，
沙石卷上天。
……

这些描写场面与蒙古史诗里所写的英雄与莽古斯搏斗的情景很相似，听众很快在感情上产生共鸣。通过琶杰的反复咏唱，更加显示出老虎的凶猛和武松的英雄气概。

（三）科尔沁说书风格

其地域主要包括内蒙古东部地区通辽市、兴安盟以及吉林省、黑龙江省蒙古族聚居之地。该风格在二十世纪二三十年代才基本定型。它的特点是注重音乐的抒情性，善于从民歌中汲取营养，音乐具有曲调优美、节奏舒展、调式变化丰富等特点。这个流派因受汉族小说、戏剧的影响，习惯在演唱时加入大量道白，主要靠故事情节的曲折生动来打动听众，注重抒情和叙事相结合的表现手法。代表人物有白坦奇、席恩尼根、图门乌力吉、萨仁满都拉和李双喜等。这个流派以擅长演唱好来宝而闻名。白坦奇风格流派往往巧妙

---

① 《水浒传》（蒙古文），呼和浩特：内蒙古人民出版社1976年版；《水浒传》（汉文），北京：人民文学出版社1975年版。

地运用好来宝的艺术表现方法，善于运用民间成语、套语来烘托气氛，语言妙趣横生。

科尔沁蒙古族说唱艺术散韵形式的产生与渐变，主要表现在以下三个方面：一是活的口头语言，人民群众长期使用这种口头语言之后，便创作出与这口语相适应的神话、传说、故事及民歌。二是艺人经过吸收借鉴民歌的说唱方式，使口头语言又产生了变化，并把它们高雅化，创作出适合人民群众需求的说唱文体——叙事民歌。三是社会进步、生活方式的不断转变，人民群众又在长期使用、创造出新的口头语言。之后艺人再慢慢学习与掌握这些语言，并重新使之高雅化，把它转变成新的散韵相间的文体。这种循环往复的过程，也就是"活的口语—民歌—艺人创作"三个阶段的循环往复，构成了科尔沁说唱艺术的发展规律。

二、个人风格

叙事是文章的表达方式之一。叙事要求把文章中要叙述的人、事交代明白，使文章线索清晰，常见的叙述方式有两种：顺叙和倒叙。但是民间艺术，尤其是少数民族文学艺术，因主要讲述人大多是文盲或半文盲，所以这些艺人们经过世代师徒传承，各自形成不同的叙述方式。根据科尔沁草原叙事民歌传承的师徒门派总结出常见的叙事方式有：创作型、填加型、夸张型。

（一）创作型

创作型，主要是指艺人在表演同一首民歌的时候，根据自己的演艺特点，对内容、旋律、节奏、形式等进行适当的再加工，这也就是少数民族民间艺术丰富多彩、异文繁多的原因。对艺人来说，每一次演唱都是一次再创作的过程。

《嘎达梅林》是科尔沁草原上最具有代表性的叙事民歌。科尔沁蒙古人常说："科尔沁有五大民歌，一是《嘎达梅林》，二是《陶格陶胡》，三是《达那巴拉》，四是《韩秀英》，五是《巴拉吉尼玛和扎那》，这五大民歌是我们科尔沁草原文化的精髓。"这五大民歌表达了科尔沁人的心声，表达了科尔沁牧民的理想和追求，无论是艺术上、创作上，还是生活习俗上，都具有鲜明的民族特色和浓郁的生活气息。这五大民歌继承了科尔沁蒙古民歌的优秀传统，也为研究科尔沁蒙古族的历史和生活气息、精神状态提供了珍贵的资料。

嘎达梅林是科尔沁左翼中旗人，蒙古族，1892 年（清光绪十八年）生于哲里木盟达尔罕旗（本地名因王爷名而起。科尔沁左翼中旗王爷传承三代，达尔罕王、照日格图王、温都尔王）哈日巴拉山脚下的扎玛陶海村一个平民家里。嘎达梅林父亲伊德日阿尔斯楞，生四子，嘎达排行最小，所以人们昵称他“嘎达”“老嘎达”。嘎达梅林原名那德密德，姓莫勤特图，莫勤特图在科尔沁汉译为孟，他的汉名是孟业喜，也叫孟庆山。嘎达18岁时到达尔罕旗自卫队当兵。他自幼聪明，勤奋好学，蒙汉兼通，文武兼备，办事精明，提升很快，33岁时晋升为军务梅林，从此人们便称他为“嘎达梅林”。1929年为了阻止开垦牧场，禁止土地买卖，嘎达梅林带领一些人去奉天（今沈阳）请愿，结果被捕，被关押在达尔罕王府的监狱，将要被秘密处死。消息传出后，嘎达梅林的妻子牧丹积极展开营救活动，于1929年11月9日砸牢劫狱营救了嘎达梅林。嘎达梅林出狱后号召人民群众反对开垦，举行了武装起义，起义队伍不断壮大，发展到大约1200人，给当时科尔沁草原的王公贵族以沉重打击。为了消灭起义军，达尔罕王勾结东北军阀张作霖，调动当时吉林、辽宁等地的军队四千多人进行围剿，起义军转战各旗，与敌人进行大小战役二十余起，伤亡惨重。1931年4月9日，起义军在科尔沁左翼中旗舍伯吐附近的乌力吉牧人河北岸红格尔敖包渡口准备渡河南撤。嘎达梅林让战士们先行渡河，自己和几个弟兄做掩护，在渡河中不幸中弹牺牲，享年40岁。

嘎达梅林起义时间虽不是很长，但其起义精神、保护牧场的决心却唤醒了草原的人民。科尔沁草原牧民们为了歌颂嘎达梅林的英雄事迹，编唱了《嘎达梅林》这首著名的科尔沁草原叙事民歌。这首歌在传唱过程中形成了多种异文，目前收集到的有29种。这些异文，差异很多，详略不一，情节出入也很大。

《嘎达梅林》这首民歌产生后，很快传遍科尔沁草原乃至全国。

最经典的两段：

南方飞来的小鸿雁啊，
不落西拉木伦河（长江）不起飞；
要说造反的嘎达梅林，
是为了蒙古族人民的土地。

北方飞来的大鸿雁啊，
不落西拉木伦河不起飞；
要说起义的嘎达梅林，
是为了蒙古族人民的利益。

歌曲的旋律：

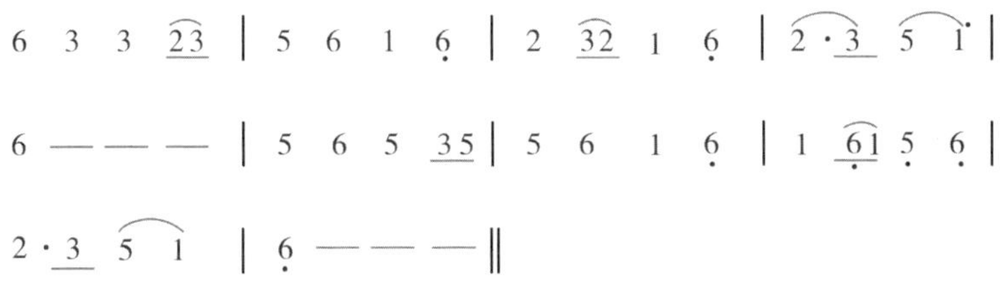

民间艺人演唱时：

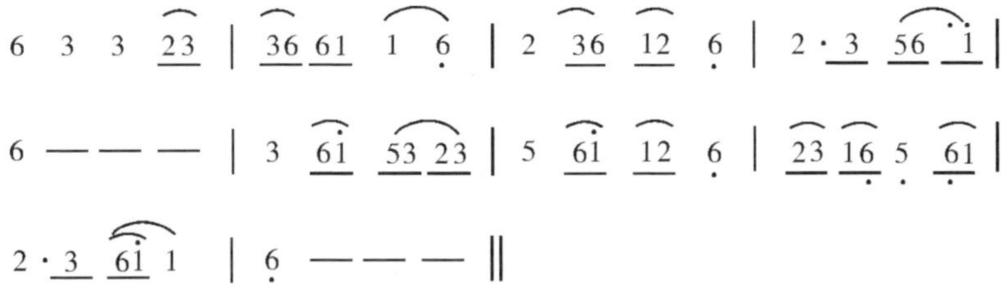

我们可以看出两者旋律虽一样，但节奏不同。这种变化是经过了民间艺人的再创作，符合说唱艺术的语言特点，尤其是在刻画人物形象时，民间艺人的演唱明显更加细腻，也使故事更为充实和丰满。民间艺人善用丰富的民间俗语和谚语，将故事情节段落交代得层次分明，生动感人。艺人在演绎叙事民歌的时候，一般情况下念白多，演唱少，所以为了使作品完满，又要符合草原牧民的审美需求，在演唱时，艺人大多会对故事原型做适当的调整，通过虚构情节或对内容进行再创作，使其内容与形式完整统一。例如，《嘎达梅林》故事中嘎达梅林的女儿之死就有两种不同的版本：

版本一：《嘎达梅林》初唱者——宝音楚古拉（科尔沁左翼中旗海力锦苏木人）[①]，在 1932 年与当地音乐人孟和作曲并由宝音楚古拉本人演唱，一经传唱便得到迅速传播，他演唱的版本就是嘎达梅林的女儿——小天吉良在他妻子牡丹营救他出狱前病死。

版本二：科尔沁民间歌手锁柱（1975 年）唱的时候，牡丹是为了救出嘎达梅林，开枪杀死了自己的亲生女儿。

女儿如果对母亲有怨恨，

① 诺敏编译：《科尔沁叙事民歌》，呼和浩特：内蒙古人民出版社 2003 年版，第 70 页。

搭救你父亲之后再投胎我身。
搭救你父亲之后再来投胎我身。
到那时跟父母一道报仇雪恨！

牡丹说完最后的话儿，神色突变，
拿起地上的手枪瞄准女儿胸；
怎忍心当面射击啊，这是独生女儿，
闭紧双眼抠动了扳机。

手指一动手中枪声响，
子弹穿透了天吉良的胸膛。
睁开眼看女儿气已断，
牡丹“天啊”一声倒在地中央。

这些创作手法不仅能使故事曲折有致，波澜起伏，引人入胜，而且便于突出重点，吸引读者，增强艺术效果。

（二）填加型

填加型，从字面解释，就是在已有故事或事件原型的基础上，填加一些内容，使之更加完善。这种创作是根据当地的民风民俗以及人们的审美情趣需求，在不违背一些事实的同时，使作品更加圆满。下面以扎鲁特旗叙事民歌《西苏梅林》为例。

故事原型：西苏梅林（1864—1939）是扎鲁特旗左翼旗乌力吉木仁苏木乃林嘎查人。他的父亲是当地大富户，名叫莫日格沙尔。他是独生子，从小学习满、蒙、汉等语言，20 多岁时就职于扎鲁特旗王属下，做一名梅林。他一生娶了三个妻子。大夫人是琪琪格，二夫人是阿拉担花，三夫人是北京的汉人——蒙古名叫都依热。西苏梅林很有正义感，针对当时的社会现状，勇敢带领一些人反对开荒，与土匪抗争。这引起当权者与清政府的不满，他被撤销职务返回家乡。1939 年，他在扎鲁特旗嘎达苏庙西边的西胡和格日村去世。他的大夫人琪琪格 1923 年去世。他与琪琪格夫人生一儿子叫苏和巴拉。苏和巴拉有两个儿子，次子叫叶喜，现住在扎鲁特旗巴雅尔吐胡硕镇温都尔哈达嘎查。20 世纪 40 年代，当地的蒙古族牧民为了纪念西苏梅林编唱了《西苏梅林》这首歌，现已传唱整个内蒙古。

《西苏梅林》民歌的叙事不多，共 6 段。曲调舒缓，唱法音长，感情色彩浓郁，流传很广，是扎鲁特旗具代表性的叙事民歌之一。《西苏梅林》的故事原型比较简单，但民间艺人在传唱这个故事的时候有两个版本，就目前收集整理的有：

版本一：胡仁乌力格尔对唱形式。扎鲁特旗著名的说书艺人劳斯尔（1946—2010），是用胡仁乌力格尔方式演唱《西苏梅林》的第一人。劳斯尔把这个故事改编为西苏梅林与夫人之间的对话，这种形式源于蒙古民族优秀的说唱艺术传统——好来宝。劳斯尔演唱《西苏梅林》选段：扎鲁特左翼武官西苏梅林带领官兵要起程，他的大夫人琪琪格为其送行。

琪琪格：

深夜里赶路多加谨慎
提防暗箭，多多留神
保卫家乡，保卫广大蒙古人
祝愿你如高山的磐石般坚强

西苏梅林：

我是圣主成吉思汗的后代子孙
这次去远征大长蒙古人的勇武精神来
把陷入绝境的敌人全肃清
胜利归来陪伴夫人，过好幸福生活
……

版本二：以女主人身份叙说的形式。这源于科尔沁蒙古族人的习俗，当亲人远行、出嫁时，所有亲人都要来送行，尤其是作为女主人的妈妈或嫂子等都要说祝愿、嘱咐、叮咛的话语，这种习俗逐渐运用到艺术创作中。因此，很多叙事民歌基本是以女主人身份来叙说故事，让民众感到亲切温馨，叙说者驾轻就熟运用得当，符合人们的审美习俗。最早用此方法传唱《西苏梅林》的是民间艺人贺力腾都古尔①，他是扎鲁特旗乌力吉木仁苏木人，是著名的好来宝说唱艺人，他的演唱特点是语言诙谐幽默，善于运用夸张、比喻。他的艺术成就为当地说唱艺术发展起到奠基的作用，后人模仿他较多。扎鲁特旗

① 叁布·拉诺日布、王欣：《蒙古族说书艺人小传》，沈阳：辽沈书社1990年版，第4页。

民间艺人演唱善于把握曲调的长短伸缩，运用拖长音的奇妙效果，表现出语气轻重缓急，拟情于声，声情并茂，具有强烈的艺术效果。

《西苏梅林》故事简单，但人们在传唱时添加了蒙古人心目中英雄人物形象的元素。把西苏梅林传唱成了保卫家乡的英雄，为了保卫家园而被撤职。西苏梅林反对开荒的斗争比嘎达梅林要早，他不顾一切保卫草原，成了草原牧民心中永远的民族英雄，牧民们歌唱他，歌颂他，永远怀念他：

头戴红宝石顶子的西苏梅林
带领官兵整装起了程
窈窕美貌的琪琪格夫人
站在庭院门前依依送行
头戴蓝宝石顶子的西苏梅林
带领身穿盔甲的士兵起了程
性情温柔的夫人琪琪格
站在庭院之外依依送行

（三）夸张型

夸张是运用丰富的想象力，在客观现实的基础上有目的地放大或缩小事物的形象特征以增强表现力的一种手法。夸张的目的是突出事物的本质，加强情感烘托气氛的效果，以引起读者的联想和共鸣。夸张有扩大夸张、缩小夸张和超前夸张。民间文学艺术为了增强叙事效果常常多种夸张手法并用。

民歌《白虎哥哥》是1927年由著名说唱艺人琶杰创作并演唱的，主要讲述了白虎和路伊玛之间真挚的爱恋遭到封建婚姻制度破坏的悲惨故事，展现了艺人琶杰运用语言的功力。

故事原型白虎1905年生于内蒙古敖汉旗拉萨格。1911年10月10日武昌起义后，各省纷纷响应，两个月内先后有十四个省宣布独立，在帝国主义和封建主义势力的压迫下，各地都组成了自己的“同盟”组织。在现在辽宁省阜新地区、内蒙古赤峰市的敖汉旗一带有称为“学好队”的暴乱组织，杀死不少无辜的百姓。为了躲避“学好队”，白虎的父亲带着全家迁徙到奈曼、科尔沁左翼中旗，最后在扎鲁特旗格日朝鲁苏木定居。18岁的时候，情窦初开的他爱上了当地牧民乌力吉门德的独生女儿路伊玛，两人很快陷入爱河。正当两人要找人提亲，准备共同生活时，路伊玛的父亲乌力吉门德却把女儿许配给当地富户家的儿子阿拉坦巴干。封建的婚姻制度、世俗的观念，破坏了白虎和路伊玛两位青年的爱情，无情的现实把他们拆散了。著名说书艺人琶杰听说白虎和路伊玛的事情后，便把这个故事编唱成了好来宝《白虎哥哥》。后经当地著名民歌手特格西白乙拉演唱这首叙事民歌很快传遍了扎鲁特草原各地，整个内蒙古草原传唱。

《白虎哥哥》这首民歌诞生以后，阿拉坦巴干和路伊玛无法安宁地生活在格日朝鲁苏木，只好搬家到土谢图旗（现在的兴安盟科尔沁右翼中旗）巴嘎扎拉嘎嘎查。新中国成立后，民歌《白虎哥哥》又传到兴安盟科尔沁右翼中旗巴嘎扎拉嘎草原。路伊玛和阿拉坦巴干为了躲避人们的议论，又全家移居到达尔罕旗（科尔沁左翼中旗）腰力毛都，路伊玛活到85岁。

《白虎哥哥》民歌传开之后，民歌主人公原型白虎也遭到人们议论。为了躲避议论，他搬迁到扎鲁特旗巴雅子吐胡硕镇巴雅子吐胡硕嘎查，与当地女子苏布道姑娘结婚，育有四子二女，过上了幸福的生活。白虎后来也当了全旗人民代表，1981年去世。

《白虎哥哥》这首民歌，著名说唱艺人琶杰通过好来宝这种形式演唱，运用夸张的语言表演，恰到好处地衬托了故事情节，使平缓的演唱得以不断升华。

你这个绿缎子荷包，路伊玛，
哥哥我一直到破碎还带身边。
你背着人儿说的几句悄悄话儿，
我像活佛的尼玛珠永远挂胸前。

你这个黄缎子荷包，路伊玛，
哥哥我一直到磨碎还藏身边。
你背着人儿说的两句心里话儿，
我像大海的珍珠永远揣怀里。

这两段唱词中，通过“破碎”“磨碎”这种夸张的语言，把两个年轻人心心相印、生死不离的场景展示出来。琶杰演唱用语生动形象，这种夸张手法就是把不显眼的说成显眼的，目的就是把人们感兴趣的形象，突出地显现在读者的面前，让你看得见，摸得着，感受得到。

在此基础上，经过历代歌手的演唱，这首民歌在即兴口头创作中日臻完美，越唱越简洁。这既满足了蒙古人的审美需求，也在无形中顺应了自然的法则。因艺术来源于生活，无论是何词曲，都要以最简单、最质朴的词汇、语言表达来反映人们生活中的所见、所闻、所思、所感。这也进一步证明：

越是简单的表述，越接近事物的原貌。除此之外，民歌《白虎哥哥》还具有浓厚的抒情性，展示了草原牧民的精神世界。

路伊玛：

在恩和敖包上互相倾吐心曲，
我没珍惜姑娘的名声和哥哥相依相恋。
如果常常想起我没珍惜名声跟哥哥相依相恋，
白虎哥哥呀，
即使进了阴曹的底层也不要把我忘记扔一边。

白虎：

你这种八根飘带的荷包，路伊玛，
哥哥我一直到磨碎花样图案佩戴身边。
你背着人儿说的几句知心话儿，
哥哥我视如神明的经典永远记心间。

歌词内容比生活故事丰富、夸张、诙谐，它代表着草原青年的自由恋爱，反对封建婚姻制度。真实生活当中的白虎和路伊玛的爱情是单纯的，创作是生活的凝练，代表着人们的思想、感情，是为了满足人们的审美需要而产生的。这些具有浓厚生活气息的语言，把草原真实生活的图景描写得惟妙惟肖。

（四）民间艺人的演唱特征分类

科尔沁民间演唱艺人众多，目前统计，在科尔沁草原这片土地上共有艺人448名，其中扎鲁特旗81人，科左中旗100人，科左后旗62人，奈曼旗18人，库伦旗45人，科右中旗34人，喀喇沁旗108人。不同地区的艺术有不同特色，我们根据对民间艺人的演唱形式分析可以归纳为歌唱型、叙事型、抒情型。

1. 歌唱型

这类歌手的嗓音比较好，音域宽，声音高亢，唱词比较固定，一般是一个人表演，表演时需要乐队伴奏，主要代表人物是查干巴拉、张艾别、哈斯额尔敦等。

2. 叙事型

这类歌手擅长叙事、道白。曲调简单，音域比较窄，一般是自拉自唱，发挥性比较强，没有固定的歌词。这类艺人比较多，代表艺人有李双喜、包锁柱、达胡巴雅尔等。

3. 抒情型

这类歌手音域比较宽，节奏舒缓自由，嗓音浑厚，有的自拉自唱，也有的用潮尔（马头琴）伴唱，或用四胡伴唱。演唱时比较庄重，要求一定的环境，尤其是在年、节、祭祀的时候演唱比较多，代表艺人有包那木吉拉、黑小、色拉西等。

（五）演唱内容分类

科尔沁说唱艺术无论是长调、短调、叙事还是说书、祝赞，都充分反映出科尔沁蒙古人独特的音乐风格和豪放的性格。根据内容主要分为英雄歌、咏情歌和幽默诙谐歌。

1. 英雄歌

英雄歌主要是歌颂英雄的歌曲，这类歌曲主要有《洪格尔》《格斯尔可汗传》《勇士古诺干》《莽古斯的故事》《嘎达梅林》《陶格陶胡》《巴拉吉尼玛和扎那》《奈曼大王》《达那巴拉》《那木斯莱》《官楚克苏荣》等。科尔沁人有英雄主义情结，所以最突出的主题是歌颂英雄，怀念英雄，描绘英雄事迹。科尔沁蒙古人在历史的进程中，形成了独特的审美观念与艺术风格，并在新的历史条件下有了新的发展，深刻地揭露了当时的严酷现实。

英雄歌又分为古代英雄歌和现代英雄歌。古代英雄歌，也称为蒙古英雄史诗。在远古时期的科尔沁草原上，征战、讨伐都是人们生活的主题，随之而来的是一批可歌可泣的英雄人物。当时人们的认知系统还不是那么完善，所以人们在祭奠这些英雄人物，把他们的故事编成英雄史诗传唱时，都带有神话、传奇色彩，内容多是英雄如何降妖除魔、为民除害等。演唱者和听者都有严格的规定，表演者必须是师徒传承，同时有固定的表演程式。在演唱这类歌曲时，女人禁止进入，一般也只有在重大祭祀、节日时才演唱。我国著名蒙古族英雄史诗研究专家仁钦道尔吉说过：科尔沁是世界上蒙古族英雄史诗的传唱中心之一。这些传唱习俗已经深深烙在了蒙古人的心中，融入了艺人的血液，通过他们的歌声，世代流传。正如内蒙古学者满都夫所言："如果说，蒙古族古代英雄史诗是以它时代特有的世界观和神话形式，形象地反映了自己所处时代的对自然和社会关系的观点，那么，蒙古族的长篇叙事民歌，则以现实主义美学原则为基础，以民族民主主义时代精神为主题思想，形象地展示和反映了清朝中叶以后，蒙古族历史进程和社会生活以及蒙古人民的心灵世界。”① 清中叶之后，为了稳定中原，同时也为了安定科尔沁草原，一方面，清朝政府实行“移民实边”“移民放垦”的政策，使中原大批难民流入科尔沁草原。大量开垦土地，使草场退化，牧民不得不改变游牧生活而定居，很多地区变成了半农半牧，甚至纯农业地区，加剧了农耕与游牧的冲突。另一方面，由于农耕经济加快了蒙古人的生活节奏、改变了他们的生活方式，各种社会问题、民族矛盾也不断涌现，因此，反映社会现实的艺术作品大量涌现，如《嘎达梅林》《陶格陶胡》《巴拉吉尼玛和扎那》等。这些现代英雄歌，在内容和旋律上与英雄史诗有很大区别。内容上，现代英雄歌大多是真人真事，而英雄史诗中的神话、传奇色彩等虚构成分比较多；旋律上，由于生活节奏加快，音乐形式也改变了英雄史诗拖沓、舒缓的长调演唱习俗，转变为节奏比较快的短调和戏剧化的叙事特色。所以这些英雄人物都来自民间，来自他们所熟悉的环境，所以现代的叙事传唱方法一经出现，很快就传遍了科尔沁草原，经过不断演绎形成了多元化的风格。

2. 咏情歌

科尔沁的咏情歌是蒙古族人表达亲情和爱情的主要方式，产生于蒙古高原这块美丽、多情的土地，反映了草原人丰富多彩的情感生活。正是这块沃土，铸造了蒙古人这种多情的性格和独特鲜明的民族审美艺术气质。这类歌主要内容有两个方面：一是亲情歌曲，主题一般有怀念家乡、思念亲人，如《诺恩吉雅》《罗美荣》《金珠尔玛》《丁胡尔扎布》等。科尔沁蒙古族地区沿袭古代习俗，实行族外婚，女孩到了结婚年龄基本是远嫁，草原地广人稀，路途遥远，交通不便，很多人远嫁之后便很少回娘家，有的人终生都未能回家，所以这类歌曲比较悲凉。二是爱情歌曲，前面章节已经说过，这里不再赘述。

3. 幽默诙谐歌

主要有《北京喇嘛》《昙花》《万丽》《扎那玛》等。由于地域环境的原因，科尔沁草原成为多元文化交汇的地方。满、蒙、汉的相互交流融合，更加促进科尔沁方言在说唱艺术中的运用，形成了科尔沁说唱语言特色。艺人通过幽默诙谐的语言揭露社会现实，深入社会的方方面面，并不像郭尔罗斯地区只是简单对行为或言语进行讽刺。究其原因：一是民族意识增强，艺人们敢于大胆讴歌那些不畏强暴、敢于斗争的英雄，歌颂追求自由民主、追求美好婚姻爱情的青年男女，反映了当时民族矛盾和阶级斗争日益尖锐化的发

① 满都夫：《蒙古族美学史》，沈阳：辽宁民族出版社 2000 年版，第 579 页。

展，讽刺和挖苦了当时社会的不平等乱象，有着深刻的社会性。二是说唱艺术形式的不断升华，科尔沁地区叙事民歌反映的都是真人真事，但说唱艺术毕竟只是艺术形式，需要艺人不断加工创作才能形成“艺术化”的“现实”，使人物、事件形象化、艺术化。如《北京喇嘛》：一个从北京雍和宫来的喇嘛到科尔沁草原云游，认识了科尔沁左翼后旗贵族诺布尔的妻子九月，于是两人开始私通。喇嘛回北京后，九月又与当地一个小官绅三爷私通。当北京喇嘛返回草原时，见九月嫌贫爱富，便与之争执，引起一场纠纷。这时九月的丈夫回家了，又演绎出一场闹剧。正如蒙古族学者博特乐图所说：“民间艺人出色地把握了历史现实和艺术表达之间的契合点和分离点，既向民众传达了事件本身的信息，又把这种传达变成可以欣赏的艺术形式。”①

第四节　科尔沁蒙古族说唱文学的独特性

通过对科尔沁蒙古族说唱文学从语言、音乐、表演三个角度所做的分析，笔者概括出蒙古族说唱文学的地域文化独特性主要表现在以下三个方面：

首先，从地域文化传统、审美意识方面来说，蒙古族说唱文学继承了科尔沁蒙古族的“尚武文化”，充分发扬其骁勇善战的英雄主义精神。众所周知，所谓“科尔沁”是指弓箭手。蒙古汗国和元朝时期，科尔沁部是蒙古铁骑中的精锐军团，曾立过汗马功劳。科尔沁部落的祖先哈布图·哈萨尔，是蒙古汗国最著名的神箭手，《蒙古秘史》将他形容为“顿餐三岁牛”的莽古斯（恶魔）② 式的人物。从古代叱咤风云的把阿秃儿（勇士）到清代名将僧格林沁，以及长篇叙事民歌中所热情讴歌的英雄人物嘎达梅林、陶格陶胡等，都是科尔沁蒙古人，这片土地堪称英雄辈出。蒙古族说唱文学的审美内涵，恰恰与上述文化传统一脉相承，有着不可分割的联系。

其次，从语言学的角度来看，蒙古族说唱文学的最大特色是说唱当中掺杂了大量汉语词汇。科尔沁草原与内地接壤，在经济文化方面与内地汉民历来保持着密切联系。特别是从清代中叶以来，那里的蒙古人逐渐开始定居务农，形成了蒙汉杂居的局面，从而使当地蒙古人在生活习俗、文化艺术、审美情趣等方面，与毗邻的汉族逐步接近。这种交流在语言方面表现得最为突

---

① 博特乐图：《胡尔奇：科尔沁地方传统中的说唱艺人及其音乐》，上海：上海音乐学院出版社 2007 年版，第 171 页。

② 道润梯布：《新译简注〈蒙古秘史〉》，呼和浩特：内蒙古人民出版社 1978 年版，第 191 页。

出：科尔沁地区的蒙古语中引入了很多汉语词汇，这些词汇夹杂于蒙语中，形成了独特的区域方言。胡尔奇说唱汉族文学故事，不可避免地运用汉语词汇，并由此形成了有别于其他蒙古地区民间音乐的独特风格。

最后，从音乐风格方面来看，蒙古族说唱文学的风格具有浓厚的抒情性和叙述性相结合的特点。一个民族说唱音乐风格的形成，总是受接受主体（听众）的民族个性、审美习惯、审美心理所制约。而一个民族的心理素质、审美习惯的形成，与其所处的地理、自然环境是相关的。民族不同，审美心理就不同，对音乐的理解、感受和体验也不同。相比较而言，北方蒙古民族喜欢高亢、粗犷、豪放、热烈之乐，而南方汉民族则更喜欢委婉、细腻、抒情之曲。

第五章　科尔沁蒙古族说唱文学的民俗层面——生存方式

钟敬文先生说："人类只要集体在一起生活，就有共同的做法，也就有了民俗。民俗可以说是生活的一种方式，在内容方面讲就是所谓文化。人类为了生存，为了发展，一定有些行为、有些思想。行为与思想表现出来就有一定形式，再传播下去就必然形成一定模式，那就成了民俗。"① 钟先生认为民俗是模式化的行为与思想（思想也可看作心理行为），"共同的做法""生活的一种方式"，都在讲民俗是体现为行为或活动的文化现象，而不是从行为或活动中抽离出来的一种静止孤立的东西。语言也理应被看作人类的一种行为、活动，而不应被看作与使用者、语境相脱离的孤立、静态的工具或媒介，正如马林诺夫斯基所言："说话是一种人体的习惯，是精神文化的一部分，和其他方式的风俗在性质上是相同的"，"语言是文化整体中的一部分，但是它并不是一个工具的体系，而是一套发音的风俗及精神文化的一部分"。② 蒙古族以其悠久的历史、灿烂的文化为根基，在其奇异的自然地理环境中创造出大量闪耀着鲜明民族特色的民间文学作品。这些具有浓郁地方民族特色的文学作品如西部的长调民歌、东部的短调民歌、叙事诗、胡仁乌力格尔等，至今仍在影响着蒙古族人民，并被许多异族人所喜爱。文学的发展和社会的进步有时是不平衡的。蒙古族地区经济虽然相对落后，但其文学体裁齐全，质量优异且风格多样，这一切都证明蒙古族的文学已经有了高度的发展。在民间文学领域更是如此，如著名的长篇英雄史诗《江格尔》《嘎达梅林》等。其思想性和艺术性也达到很高的境界，在充满生活情趣的字里行间洋溢着哲人的智慧与智者的思考。这些丰富多彩的说唱文学体裁就是蒙古人社会生活、

① 钟敬文：《民俗文化学梗概与兴起》，北京：中华书局 1996 年版，第 48 页。

② 马林诺夫斯基著，费孝通等译：《文化论》，北京：中国民间文艺出版社 1987 版，第 6－7 页。

习俗的再现。蒙古族民间文学的发达，是与蒙古族的民俗、艺人的传播和观众的喜爱密不可分的，民俗、艺人、观众三者之间同生共长、绵密互渗。

蒙古族说唱文学中这三者建构成倒置的三角形文化模式。

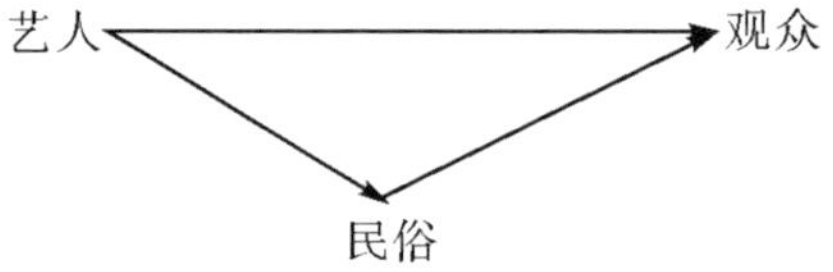

这种文化模式，从力学的角度而言，应该是极为稳固的，但由于民俗的发生、发展是一个长期的过程，它只是在一定时期表现得相对稳定，随着社会的不断发展、变化，民俗也可能出现极为不稳定的情形。上图表明说唱文学的存在方式是由三者之间的互动关系决定的。

民俗文化有多元性。区域和民族的区别是民俗文化多元性形成的根本原因。有些民俗文化，常常是多个民族、区域乃至多个国家的共同财富，虽然它们之间仍存在某种差异。

第一节　民俗与科尔沁蒙古族说唱文学

一个地区民族文化特征的形成与当地的自然环境和社会环境有直接关系。20 世纪初，科尔沁草原土地被大量开垦，单一的游牧经济结构变成了既有牧业又有农业的多种经济结构，经济结构的变化也改变了社会环境，社会环境的变化又促进了草原民风民俗的改变。

一、民俗与说唱

钟敬文教授曾著文论民俗，认为民俗的共同特点“首先是社会的，集体的，它不是个人有意无意的创作。即使有的原来是个人或少数人创立或发起的，也必须经过集体的同意和反复践行，才能成为风俗。其次，跟集体性密切相关，这种现状的存在，不是个性的，大都是类型或模式的。再次，它们在时间上是传承的，在空间上是扩布的。即使是少数新生的民俗，也都具有这种特点。总之，这种社会文化现象一般说来是集体的、类型的、继承的和传布的。在这种特点上，它与那些一般文化史上个人的、特定的、一时或短时的文化产物和现象有显著的不同”①。乌丙安教授认为，民俗是“各民族最广泛的人民传承文化事象”。具体地说，一是“世代传袭下来的，同时继续在现实生活中有影响的事象”；二是“形成许多类型的事象”；三是“有比较相对稳定形式的事象”；四是“表现在人们的行为上、口头上、心理上的事象”；五是“反复出现的深层文化事象”。② 这些对民俗属性的概括，为我们认识民俗的性质、内涵提供了有力的帮助。

说唱文学是口头文学，是深深植根于民间，经过艺人多年传承，并获得广大人民群众喜爱的口头文学。说唱文学与社会生活存在着共变规律。当社会生活发生渐变或激变时，说唱文学也会随着社会的变化而变化，且将社会生活的改变沉淀于说唱文学的语言中。同时，说唱文学的语言也随着风俗习惯的变化而产生相应的变化。民俗学作为学术名称，最早是由英国考古学家汤姆斯提出，他的“folklore”一词兼有“民俗”和“民俗学”两种含义，他认为民俗包括三个方面的含义：它是在普通人中流传的；它是传统的；它的内容包含着信仰、风俗、仪式、民曲和谚语等。其后，西方学者也对民俗的内涵做了各自的解释，有人认为民俗是旧时代的遗风，有人认为民俗或是退化的宗教，或是民间故事，或是口头流传的大众文学等，“但其内涵都没超出汤姆斯所说的三个方面”③。

在汉族文献中，是使用风俗、民风等词来表示民俗这个概念。《礼记·王制》中说：“天子五年一巡守，命太师陈诗，以观民风。”④ 到了东汉，文献中大量出现“风俗”一词，班固编写的《汉书·艺文志序》记载：“古有采诗之官，王者所以观风俗，知得失，自考正也。”⑤ 又如东汉学者郑玄为孔子的“兴观群怨”说中的“观”注释：“观风俗之盛衰。”⑥ 现代《文化学辞典》则是这样定义民俗：“民间流行的所有风俗习惯，蕴藏于民间生活之中，是民间传统文化的主要内容。”⑦ 因此说，民俗是民间社会文化生活的沉积。

蒙古文学中最早使用“民俗”这个概念是在19世纪末20世纪初，使用者是近代蒙古族著名作家尹湛纳希。他在《青史演义》中论述蒙古各地的丧葬习俗时说：“有的地方的风俗是父母死了之后用金银珠宝陪葬；……凡此种

---

① 钟敬文：《新的驿程》，北京：中国民间文艺出版社1987年版，第395页。
② 乌丙安：《中国民俗学》，沈阳：辽宁大学出版社1985年版，第7页。
③ 刘丽川：《民俗学和民俗旅游》，上海：同济大学出版社1990年版，第1－5页。
④ 郗慧民：《西北民族歌谣学》，北京：民族出版社2001年版。
⑤ 郗慧民：《西北民族歌谣学》，北京：民族出版社2001年版。
⑥ 郗慧民：《西北民族歌谣学》，北京：民族出版社2001年版。
⑦ 覃光广：《文化学辞典》，北京：中央民族学院出版社1988年版，第285－286页。

种，虽然礼俗不同，但其儿女子孙哀悼哭念的心情却是一样的。他们各以各的民俗来表示自己的心意，方式虽然不同，心情却是一样的。”①

尹湛纳希在分析西藏的天葬习俗时说：“如今西藏地区豢养着吃人尸的巨鸟。因为据传这种巨鸟是却宗神的助手，如果它吃了死人的尸体，那逝世者便洗清恶果，灵魂得以找到好的归宿；如果逝世者是一个恶贯满盈的坏蛋，那巨鸟就不会吃他的尸体，需要大作道场，沐浴尸体，巨鸟才会去吃掉。这也是出于为逝世者着想。”②

他在《青史演义》中以笔记形式记述了50多个海外民族的民俗，因此此书可以说“具有一定民俗志的价值”③。蒙古学界第一部研究民俗的专著是《蒙古风俗鉴》，1918年出版，作者是罗卜桑却丹。《蒙古风俗鉴》共10卷60章，涉及民俗、政治、经济、历史、地理、文学、艺术等多个领域，历来被称为古代内蒙古社会的“百科全书”，标志着蒙古族民俗学的初步形成。罗卜桑却丹曾两次东渡日本，之后又两次游历蒙古各旗，系统地考察了蒙古各项民俗。《蒙古风俗鉴》在内容上包含了现代民俗学的分类（即物质民俗、社会风俗、精神民俗、语言民俗），在书中还记录了部分蒙古族民歌、谚语和故事传说。在研究歌谣后，他指出：“世人要想知道自己的部落之习俗和族人之风情，必须对他们的歌谣加以研究，才能知道。”④ 第一个蒙古族民俗文化资料刊物是《丙寅刊》。该刊是1927年由布和贺希格和内蒙古文学会共同创办的，宗旨是介绍蒙古族的生活、历史地理、各盟旗沿革概况等方面的情况。此刊收集了大量的蒙古各地区民歌、谚语、谜语、故事传说和婚礼祝赞词、祭词以及各地的风俗习惯资料，其中第11期“民歌专辑”记录各地民歌42首，并且都注明流传地区。这些表明蒙古民俗学作为一门学问，已被学者所关注。

从总体来说，民俗学的主要研究对象分为：①经济（物质）民俗，是以生产、消费为主要内容的物质文化生活的表现；②社会民俗，是以家庭、宗族、民间职业集团和社会组织以及岁时习俗为主的社会民俗事象；③信仰（精神）民俗，以宗教、巫术、占卜、禁忌等为主要内容；④文化（语言）民俗，主要是指民间口头文学以及民间的音乐、美术、舞蹈、游艺等。这四个门类之间的关系非常密切，特别是文化民俗与经济、社会、信仰民俗之间是密不可分的。因此研究蒙古族说唱文学（神话、传说、故事、民歌、史诗、

① 尹湛纳希：《青史演义》（蒙文版），呼和浩特：内蒙古人民出版社1979年版
② 尹湛纳希：《青史演义》（蒙文版），呼和浩特：内蒙古人民出版社1979年版。
③ 尹湛纳希：《青史演义》（蒙文版），呼和浩特：内蒙古人民出版社1979年版。
④ 尹湛纳希：《青史演义》（蒙文版），呼和浩特：内蒙古人民出版社1979年版。

乌力格尔、好来宝等），都必然要涉及这些作品中所反映的当时社会的经济民俗、社会民俗、信仰民俗等。

以蒙古族说唱文学中的民歌为例，可以说明其与民俗之间的关系。蒙古族素来以“诗的民族”著称，美丽的大草原被称为“歌的海洋”，所以民歌是蒙古族草原文化中不可或缺的部分。蒙古族民歌不仅数量种类繁多，而且反映社会生活也异常深刻、广泛，可以说民歌包括了蒙古人的社会民俗、物质民俗、精神民俗、语言民俗等诸多方面。

二、民歌与马

马是人类早期驯化家畜之一，蒙古人马上得天下，素有“马背上的民族”之称。在“青铜时代晚期已经有游牧经济，早期铁骑时代的墓葬普遍有土绵羊、马的遗骸，反映出当时的经济生活以游牧为主”[①]。蒙古人在马背上从远古走到现代，他们的生活习惯和生产都要事先考虑到马，慢慢就演变成一种独特的马文化。在蒙古人的游牧生活中，车、马、毡帐已经成为三位一体的生活方式，而在民族文化传承中也逐渐形成三位一体的模式，即英雄史诗、潮尔、民歌的结合。他们可谓蒙古族游牧民族文化的源头，同时撑起了中国北方蒙古高原的游牧文明。马不仅带给游牧民族最早的生产和生活资源，更带给游牧民族生命的源泉，是游牧文化发展的动力。

科尔沁蒙古民族历史源远流长，过去草原上的牧民一生中大约有三分之一的时间是在马背上度过的。而且在蒙古民族游牧生活资源“五畜”中，马为首。马的形象在科尔沁蒙古诗歌和民歌中随处可见。蒙古人在长期的游牧生活中，是在马背上用歌声延续古老文明的。蒙古族文化以口传心授的形式传承至今，前面也提到民歌是游牧文化发展中的载体，说唱艺术和潮尔是早期游牧文明之源。用说唱的形式记录历史，延续一个民族的文化，这在中亚、中国西北少数民族中是常见的现象。例如，柯尔克孜族的《玛纳斯》，藏族的《格萨尔》，蒙古族的《江格尔》《格斯尔》，哈萨克族的神话《天鹅女》，维吾尔族的《十二木卡姆》等口传文学、音乐创作，这些都是全人类文化资源的重要组成部分。

马已深深地融入蒙古人的精神世界。蒙古草原上以马为主题的赞美诗、寓言故事、警句格言、民间传说、民歌、音乐、美术、雕塑数之不尽。蒙古人还有许多与马有关的节日，如赛马节、马驹节、马奶节、神马节等。在鄂

① 《中国大百科全书》（考古卷），北京：中国大百科全书出版社 1988 年版。

尔多斯高原上的成吉思汗陵，奉养着一匹成吉思汗的神马——温都根查干和两匹成吉思汗的白骏马。每年农历三月二十一日，国内外成吉思汗的子孙们从四面八方来到成陵祭祀神马。这个仪式在忽必烈时便以法律的形式定了下来，一直传承到现在。

马在科尔沁叙事民歌中出现的次数颇多，而且各具形态。这与蒙古族特有的生活密切相关。另外，我们从叙事民歌中可以看到草原特有的风光，起伏的沙丘、山岭、泉水、池沼、几棵老榆树、山丁子树、山花、鸟雀、芦苇等。大自然的美景在草原人民看来几乎是随手可得的，他们经常是一景不足表意，而回环复沓，用多种画面表达心中的感情。科尔沁草原上的马与生活景物在民歌中自然结合，其所表达的感情是真挚的，给人的感受是清新自然的。这种能寓情于景、借景抒情的手法，多姿多态地展现了大自然的美，使歌者真挚、深厚的感情得到极致的表达。大自然的气息，在阅读时会像一股清泉汩汩地流进读者的心田。阅读这些民歌，无疑是一种美的享受，会从中得到美的陶冶。

蒙古族有句谚语说得好："歌是翅膀，马是伴侣。"马是蒙古民族的主要交通工具，和牧民的生产生活紧密相关，不可分割。他们心中的喜怒哀乐都可以向它倾诉，无论何时何地都能听到民歌中对马的传唱，如《黄骠走马》《玉顶马》《黑色海骝马》《貉皮枣骝马》等。

例如，《心爱的云青马》把马的速度、本领描绘得栩栩如生：

我心爱的云青马，
有着腾云的灵性。
在辽阔的内蒙古，
有着美好的名声。

在它宽阔的额头，
有着玉色的印形。
坚实茁壮的四蹄，
有着踏雾的本领。

在蒙古族人聚居的地区，还普遍流传着一首《蒙古马之歌》，生动地记录了主人与马之间的深情："护着负伤的主人，绝不让敌人靠近；望着牺牲的主人，两眼泪雨倾盆；仁慈的蒙古马哟，英雄的蒙古马哟。"歌颂马的民歌数不胜数，长期的游牧生活使马成为蒙古人生活中不可或缺的一部分。战争中与主人出生入死，和平时与主人心意相通，马已经融入蒙古人的生活，成为他们的精神依托。

早期的蒙古族民歌也源自古老原始的宗教——萨满。蒙古学者策·达赖的《蒙古萨满教简史》指出：蒙古族社会曾以鹿、狼和鹰等动物为图腾，加以崇拜从而形成了萨满。可以想象蒙古人的祖先在祭祀当中模仿鹿、狼和鹰而上下舞动，快速旋转、跳跃等动作逐渐形成了流传至今的特有的音乐舞蹈节奏。德国蒙古学家海希西在《蒙古宗教》中引用了蒙古神歌，歌中唱道："我东部的四十四尊腾格里天神，我西部的五十五尊腾格里天神，我北部的三尊腾格里天神。"在蒙古古代典籍和传说中，长生天被称为"霍尔穆斯达"，即天神。"天神各有分工。在布里亚特蒙古人中，基萨嘎腾格里居住在西北，骑一匹浅栗色皮毛、棕色眼睛的马，它是众生财富和人们灵魂的保护神，阿达嘎腾格里则是马匹的保护神。"①

蒙古民族对马的特殊感情是其他民族无法理解和比拟的，在史诗《江格尔》中人与马的情感、战马的人格化，都表现出了蒙古人对马的价值取向和审美观念。如江格尔齐说唱《江格尔》时，刻画、描绘最多的是马的形象。例如对英雄江格尔的坐骑"阿兰扎尔"形象的描述：

如同离弦的箭一样快，
像火花似的闪耀，
气势磅礴。
像万马奔腾，
像万牛怒吼。
让那公牛和大象吓得心惊胆战。
人们一看那漫天的红尘，
就知道是阿兰扎尔神驹来临。

马、草原、蒙古人这三种因素，构成了草原上天人合一、和谐完美的情景交融画面，也创造出了让世人瞩目的独特草原马文化。历史上的蒙古是在马上论英雄的民族，就像蒙古古代谚语中所说的："蒙古人拥有马，有了马就会得天下。"蒙古人一旦失去马，就会失去精神的动力；没有了马，他们的脸上就不会再有灿烂的笑容，也不会唱出优美动听的蒙古民歌。马象征的是无拘无束，真正的自由，像草原上悠扬的蒙古长调"诺古拉斯"，曲调无限伸

① 孙懿：《从萨满教到喇嘛教》，北京：中央民族大学出版社 2002 年版。

展，辽阔无比，它会穿透你的灵魂，带你走进一望无际的大草原。马的形象在蒙古诗歌和民歌中随处可见。在奈曼旗（隶属科尔沁草原）叙事民歌《诺恩吉雅》中，生长在老哈河畔天真烂漫的年轻姑娘诺恩吉雅，因受封建礼教思想影响，远嫁到他乡。这种远离家乡、思念亲人的感受也用马来比喻：

老哈河的岸边哟，
一匹骏马驮着缰，
美丽的姑娘诺恩吉雅，
出嫁到遥远的地方。

当年出生在父母身旁，
绫罗绸缎做新装，
来到这遥远的地方，
缝制皮毛做衣裳。

海清河水起波浪，
思念父母情谊长，
一匹马儿做彩礼，
女儿远嫁到他乡。

马是蒙古人的亲密朋友，不仅在民间故事中是主人的得力助手，在民歌中表达对家人的怀念、情人的思恋时都会与骏马联系在一起。例如，在科尔沁地区流行的民歌《枣红马》“足力矫健的枣红马哟/奋蹄奔跑快如疾风/天生丽质的英格玛哟/就像梦幻一样出现在我的面前”。这难道不是因马的足力才让热恋中的青年敢于倾吐爱情吗?

在科尔沁叙事民歌的海洋里，赞颂马、用马作比喻的歌曲数不胜数，蒙古民族在他们的经济和社会生活中，不但把马作为不可缺少的生产生活工具，而且将其视作自己的伴侣和挚友。在蒙古族的生产劳动、行军作战、社会生活、祭祀习俗和文学艺术中，几乎都能找到马的踪影，听得到马蹄的声音。由此，蒙古地区就自然而然地在日常生活中形成了多姿多彩的马文化。

首先，在社会生活中，马是蒙古人生命的源泉。《蒙古秘史》记载，在成吉思汗的第十一代先祖孛端察儿时期，生活在统格梨克河畔游牧的蒙古部落就已经开始酿造马奶酒，这是蒙古书籍中对马奶酒最早的记录。[①]《马可波罗行纪》中说：“鞑靼人饮马乳，其色类白葡萄酒，而其味佳，其名曰忽迷思。”[②]“忽迷思”即马奶酒，是蒙古人生活中的主食。每年农历八月草原上都要举行盛大的马奶节、那达慕，人们骑马射箭，载歌载舞，畅饮马奶，欢庆长生天（成吉思汗）赐予他们的水草丰美、牛羊肥壮，如今马奶酒已成为保健和馈赠佳品。在游牧生活中，马是他们最重要的生产工具，放牧、迁徙、护羊等都要用到马。现在很多东北蒙古人聚居地方的名字，如“保木台”（十万）、“道日保莫”（十万万）等，从中我们都可以领略到马对草原的重要意义。由乌·那仁巴图、达·仁沁搜集、整理，内蒙古人民出版社1979年出版的《蒙古民歌五百首》（上、下册）中，与马有关的民歌就有223首。有的是赞颂马的灵性与功绩，有的则是描写马的活动形态。如《青海骝马》《铁青马》《小青马》《黄骏马的汗珠》《羁绊的枣红马》《飞快的紫骝马》《栗骠马》《赤兔马》《快腿马》《斑斓的骏马》《秀青马》《粉嘴的海骝马》《金色的杭盖的骏马》《天马》《呼和苏勒的骏马》《骏马的四蹄是珍宝》等。通过各种赞马歌来赞美马与人的亲密关系，形容马奔跑的速度与姿态，感谢马给予蒙古人的恩德。

其次，这与蒙古人的祖先崇拜有关。在蒙古民族发展史上，尤其是成吉思汗马上得天下，百万铁骑成为征服者的象征。孟珙《蒙鞑备录》中说：“凡人出师有数马，日轮一骑乘之，故马不困弊。”成吉思汗与马深深印在蒙古人的心中，成为他们崇拜的偶像。他们认为马是有灵性的动物，尤其对有特殊毛色的马，如纯白马，蒙古人认为它是长生天派来的使者，会带给草原平安、富饶。在13世纪成吉思汗时代，他的马队中有一匹身插狼牙镶边的蓝色大旗的马，这匹马通体白色。战争中，白马身上的军旗指向哪里，骑兵部队就打到哪里，它就是神马天将。所以蒙古人不许对这类马套马杆，不许架鞍，更不许骑乘。这种马也被称为圣物骏马（蒙古语为onggon mori，意为种马）。现代很多蒙古人居住的地区或城市都雕塑一匹高大飞奔的骏马，作为文化符号代代传承。同时成吉思汗与马的故事，也被演绎为一首首脍炙人口的民间叙事诗，在蒙古族人民中流传至今。马的英武气质、矫健身姿与敏捷动作都成为人们寄托精神追求的物化形象，同时马奶又被当作圣洁、辟邪之物。当亲人、朋友远行，老额吉会用勺子把酸马奶向天抛洒，祝福远行的孩子和亲戚朋友一路平安。因此，科尔沁草原上的蒙古民族在日常生活中把马视为精神

---

① 策·达木丁苏荣：《蒙古秘史》（蒙古文），呼和浩特：内蒙古人民出版社1957年版。
② 沙海昂注，冯承钧译：《马可波罗行纪》（上册），北京：商务印书馆1936年版，第246页。

的依托、民族的象征。

三、民歌与婚礼习俗

科尔沁蒙古族地区的婚礼和葬礼习俗是这个地区丰富文化的重要组成部分。由于社会历史不断发展变化，婚礼、葬礼等习俗的规模大小、繁简程度、实施方式等也都有所变化。

科尔沁蒙古族地区的婚姻制大多为一夫一妻制，同辈人可以结婚，差辈不可以结婚，有同姓与同属相不婚的习俗，近现代以来许多不婚习俗有所放宽。科尔沁蒙古族的婚姻习俗与其他民族相比较，有着鲜明的地域特点。科尔沁蒙古族的婚姻习俗可以说是一部有情节的“歌剧”，剧中有独唱、对唱、合唱；有悲、有喜；有祝福、有期盼。

科尔沁新娘版画

（作者刘宝平）

待嫁的科尔沁新娘

（邢宗仁摄）

注：科尔沁蒙古族姑娘从很小的时候起就跟着母亲学习刺绣。科尔沁刺绣最大的特点，是以黑色（或其他深色）为底料，衬托各种鲜艳的花卉纹样；重点装饰袍服领、边、袖口；鞋、靴分层满绣花朵。婚礼这天，新娘穿上自己一针一线绣制的嫁衣，嫁衣上的美丽花朵，映衬女儿的美丽心绪。

科尔沁蒙古族的婚礼习俗程序有 24 个步骤[①]：①小酒席。②订婚酒席。③送聘礼。④报日期。⑤新郎起程。⑥问撒袋。⑦新郎拜岳父家的火神。⑧女婿认亲。⑨连盅酒。⑩沙恩图宴。⑪给新郎更衣。⑫回报姑娘家的恩情。

---

① 包满都拉、额尔德木图编著：《科尔沁民俗》，呼和浩特：内蒙古人民出版社 2003 年版，第 117 页。

⑬送姑娘。⑭转撒袋。⑮请压辕亲家下车。⑯小迎亲宴。⑰大迎亲宴。⑲亲家夜宿。⑳结婚中心宴。㉑请名宴。㉒新郎新娘拜天地。㉓新娘认亲。㉔饯行送亲车。

科尔沁婚礼是集蒙古族传统的自然文化、宗教文化、礼仪习俗等为一体的民俗大餐。根据音乐的形态可将上述内容归为三个部分：婚礼宴席歌、婚礼仪式歌和婚礼娱乐歌。

1. 婚礼宴席歌

主要包括一些赞词和祝词，内容大多是赞美家乡、感谢家人、感谢父母养育之恩，包括叙事民歌中的长调和短调。一般聘请当地牧民歌手或自己家的亲朋好友一起参加表演，在科尔沁地区经常演唱的曲目是《河滩上的柳条》《父母的恩情》《四海》《云青马》《叩首礼》《荷包颂》《老天的风》等。以《云青马》为例：

矫健善走的云青马，
广阔的草原任你驰骋。
情投意合的兄弟们，
喜宴举杯共同欢庆。

我们的马群五颜六色，
在美丽的草原上嘶鸣缭绕。
情投意合的兄弟们，
芳香的酒席上高歌欢唱。

婚宴席上一般先由男方歌手或祝词人表演婚宴首歌，表示喜宴开始，之后女方对歌，中间还有欢歌，最后尾歌标志着隆重的婚礼仪式开始。在婚宴歌曲中，不能重复，否则就是对新人的不尊重。科尔沁婚礼叙事民歌的特点是，内容丰富多彩，形式完美独特。

2. 婚礼仪式歌

主要包括送新娘和接新娘的过程。因蒙古族人有同姓不婚习俗，所以姑娘远嫁的较多。远嫁之日，姑娘在亲人的陪伴下，规定要坐在马车的前部，寓意前程似锦。这时被邀请的歌手要高声朗读或演唱《启程曲》：

福禄双全的官员，
前世有缘的亲家。
如镜子般放在手心，
似缎油般融于本身。

这样完满于诸规矩，
这样有利于诸亲家。
黄莺鸟儿放声歌唱，
是北方变暖的时刻。

邻里大家一起动员，
是要送娃娃的时刻。
飞来的鸿雁温柔歌唱，
是北方变暖的时刻。

邻里大家一起动员，
是要送乖乖的时刻。
要送可爱的姑娘到，
遥远的地方做媳妇了。

娘家人手端银碗酒盘向亲朋好友敬酒，香甜的美酒、美好的祝福声中，拉开了婚礼送亲的帷幕。在婚礼仪式过程中，我们可以听到多种风格的科尔沁草原民歌，婚俗音乐作为科尔沁蒙古族人民生活礼仪中最活跃、最具特色的部分，集蒙古族传统的宗教习俗、礼仪习俗、民族歌舞、饮食文化、服饰文化为一体，幸福、喜庆、吉祥、热烈的情绪贯穿始终，具有丰富而深刻的文化内涵。在送亲仪式上常演唱的曲目有《河滩上的柳条》《送姑娘歌》《诺恩吉雅》等。祭火是婚礼上的重要一环，当新娘进入婆家后，院子里垒着一堆旺火，新郎和新娘要一齐往火里祭洒奶酒，并跪拜叩头。旁侧站着司仪诵念《火的赞词》：

圣主成吉思汗发现的火石，
诃额仑母夫人保存下的火种。
用洁白的哈达、奶酒祭祀，
民族之火从古到今，

请新郎新娘祈祷吧！
神火是你们婚配的见证。
请新郎新娘叩头吧！
佛光为你们传宗接代。

科尔沁婚礼仪式歌曲在演唱上有一定的技法，虽不见长调，也很少见丰富多彩的装饰音，但配合乐器演唱起来十分悦耳动听，很具魅力，是诗和音乐的高度结合。歌词是诗，是配上音乐的艺术创作——音韵节奏完美的诗篇。因此，科尔沁婚礼歌曲是蒙古族人民群众最喜闻乐见的艺术形式之一，一首歌一经传唱，很快就传遍广大地区。科尔沁传统民歌的脚本往往是不固定的，同一首歌有时会发现几种不同的异文，甚至是十几种，这源于不同地区歌手的演唱技巧和当地民俗文化的紧密相连。

3. 婚礼娱乐歌

主要是参加婚礼庆典的亲朋好友，在正规婚礼仪式结束，一般是在长辈们撤席之后，年轻人在酒席宴桌上自由庆贺，活跃氛围的娱乐歌曲，内容大多与婚俗有关，演唱者自由发挥，内容比较欢快，娱乐性强。一般由司仪来主持，制定规则，若指定人不参与，可以罚酒。如此丰富、生动的科尔沁蒙古族婚礼民歌展示了一个民族的文明。为此，我国著名民俗学家，辽宁大学乌丙安教授说，蒙古族婚俗就像“蒙古族百科知识书一样，以礼俗的形式和艺术的手段综合反映了蒙古族的历史、民俗、社会、信仰以及衣、食、住、行的方方面面。它是进行蒙古学研究不可多得的口传文化遗产，有科学和艺术的双重价值”。

第二节　艺人与科尔沁蒙古族说唱文学

民间文化是由艺人、民俗和观众形成的一个连续循环的动态过程。在民间文化艺术研究领域里，我们一般将研究重心放在民俗、文体研究和艺人研究上，不太重视艺人与口头文学、说唱艺术与艺人之间的相互关系。研究者较多关注的是收集到的文本或艺人说唱风格。民间说唱艺术从远古流传至今，处在再生—流传—接受—再生的循环往复的动态平衡中。在这个动态平衡中，艺人的作用是不可忽视的主要因素。说唱艺人不仅是表演者，也是创作者和传播者，因此我们的研究不能停留在单纯的表演技能上，还要从整体入手。

一、艺人与观众的互动

科尔沁蒙古族说唱艺术的生存状态是三位一体、互相作用的过程，它是口头文学艺术，没有固定的文本，不像书面作品那样，创造的终点成为阅读的起点。在说唱艺术中，艺人的创作和阅读（观众的接受活动）是同时进行的。观众和艺人都有双重身份，双方都既是创作者又是接受者。观众可以分为普通观众和专业观众。普通观众就是一般的欣赏者，专业观众是将要成为艺人的或已经具备艺人能力的，具有评估能力或审美能力的“职业”人员。艺人的创作，就是以自己的才华和语言天赋对活的民间说唱文学进行再创作，艺人和观众是双向互动的。

艺人在传唱过程中的作用是非凡的，艺人的语言、行为是吸引观众的重心。在演唱中，艺人即兴创作，甚至可以根据观众的需求，评论或阐释故事中的人物和情节，或者用声音和动作扮演人物角色。比如，乐·图雅巴图尔对著名艺人演唱史诗的情景，有如下描述：“乌梁海史诗艺人阿毕尔米德演唱史诗时在两三层毡子上盘腿而坐，以深邃的目光凝望远方，歌声轻盈洪亮，陶布舒尔琴的节奏逐渐加快，他脸上也露出了笑容。而在描绘山神阿利亚·洪古尔时情况突然发生了变化，艺人表现得很亢奋，陶布舒尔琴的节奏逐渐加快，脸上也露出笑容。而在描绘山神阿利亚·洪古尔的骏马——神奇的黄骠马时，陶布舒尔琴弹出了骏马奔腾的马蹄声，艺人的身躯也微微摇动，犹如他自己已经骑上了那匹神马一般。所有的一切，给人感觉好像不是艺人故意表演，而像是某种神秘的力量在驱使他这么做。”

这种实际场景的感受，只有在口头文学艺术的传唱方式中可以感受到。因此，说唱艺术存在于民众的口头语言中，存在于接受者聆听的语言中。也就是说，科尔沁蒙古族说唱艺术不仅依赖于文学本身的艺术特色，也要靠艺人的才华，更要依赖于具有审美能力的观众的接受活动。艺人的每一次表演都是再创造的过程，没有固定的文本模式，民间文学的变异性就是这样产生的，是由它的生存方式决定的。如笔者收集的流传在科尔沁草原上的情歌《韩蜜香》就有三个版本。

①

震动山上的石头，
是黑骏马的四蹄；
牵动众人的心的，
是韩蜜香动人的双眼。

扬起山路烟尘的，
是枣红马的四蹄；
牵动众人的心的，
是韩蜜香醉人的双眼。[①]

②　扬起阵阵尘烟的，
是那铁青马的四只蹄。
吸引众人心灵的，
是那韩蜜香[②]的两只眼睛。

震动座座山峰的，
是那枣红马的四只蹄。
搅乱人们心灵的，
是那韩蜜香的两只眼睛。

③　震动山峰石头的，
是那黑马的四蹄。
搅乱众人心绪的，
是韩蜜香的两只眼睛。

荡起山上尘埃的，
是那红马的四蹄。
搅乱众人思绪的，
是韩蜜香的两只眼睛。

太阳里的松树，
树叶下面有阴影。
我和苗条的韩蜜香，
相亲相爱过一生。

---

①　仁钦道尔吉、道尼日布扎木苏、丁守璞编：《蒙古民歌一千首》（蒙古文），通辽：内蒙古少年儿童出版社1984年版，第812页。

②　韩蜜香：也有称韩梅香。姑娘的名字，是前郭尔罗斯蒙古族自治县人，此人至今还健在，居住在前郭尔罗斯镇，此歌产生在1942—1943年，据传是著名民间艺人胡尔齐青宝所作，此资料由苏赫巴鲁提供。

月亮里的紫檀树，
枝叶下面有阴影。
我和美丽的韩蜜香，
恩恩爱爱过一生。

这三首情歌都以韩蜜香为原型，有些细节却不同，这只是简单的例子，在蒙古族说唱文学中这种不同版本、不同样式的异文是普遍存在的，笔者在收集整理资料过程中，见到的叙事长诗《嘎达梅林》就有19种，这些异文差别很大，详略长短不一，情节也颇有出入。

二、民间艺人的类型

1. 僧侣艺人

由于佛教在内蒙古地区大量传播，很多艺人从小就出家当了小喇嘛，如说唱文学的鼻祖旦森尼玛、朝玉邦、萨满达、吴迪、琶杰等。这些人大都精通蒙文、藏文、汉文，是说唱文学的主力，他们中的一些人不仅演唱，而且创作、翻译。如朝玉邦创作的《罕山颂》，旦森尼玛改编翻译的《三国演义》《西游记》等，成为民间说唱文学的主要曲目。

2. 有天赋的艺人

如贺力腾都古尔、白音宝力高、呼玛、朝鲁等艺人，既有表演说唱的天赋，还有惊人的记忆力、嘹亮的歌声，又经过拜师学艺，崭露头角是自然的事。例如，现活跃在民间说唱舞台的班布拉，不仅通晓古今说唱曲目，而且善于创新，能把民间口语的精华运用到说唱之中。

3. 祖传艺人

这类艺人因生活环境的影响，从小就接受说唱艺术的熏陶，说唱能力比较强。如额日合木（朝玉邦的孙子）、拉西敖斯尔（琶杰的侄子）、巴拉吉尼玛（他的父亲是陶力《莽古斯》演唱者）、萨仁满都拉（他的叔叔就是著名好来宝演唱家席恩尼根）等，这些艺人在继承家族艺术的基础之上，又各有千秋。如巴拉吉尼玛就是一位卓越的民间艺人，他的演唱特点是曲调和语言相结合，语言讲究韵律，词汇丰富，愉情悦性，耐人寻味。

4. 残疾艺人

因先天或后天的因素，这些人成为残疾人，但并没有影响他们说唱的天赋。白坦奇就是这样一位奇人，他6岁那年随同父亲上山放牧，因父照顾不周，被老鹰叼走。家人几天后在树林中找到了血肉模糊的他，他双眼被啄瞎，经多方求医，命是保住了，却不会说话。一天门外来了个喇嘛，求口水喝，看到白坦奇后说，他会治他的病，说着吹几口“仙气”，拿出一根小棍，拨开嘴唇在牙齿上一挑，奇迹出现了，白坦奇不仅开口说话，而且说得头头是道。类似的艺人还有翁哈尔、朝鲁、吴高力套、吴道尔吉、特格喜都楞等。这些人身残志坚，几乎都成为各类风格流派的主要人物。

5. 师传艺人

这是在民间艺术中学习技艺的主要方法之一。艺人的流派划分主要是根据地域、方言、曲目以及演唱风格来确定的。科尔沁蒙古族说唱文学的鼻祖有据可查的应该是旦森尼玛。

第三节　观众与科尔沁蒙古族说唱文学

一、两者之间的关系

马克思曾说过：“一个存在物如果在自身之外没有对象，就不是对象性的存在物，一个存在物如果本身不是第三者的对象，就没有任何存在物作为自己的对象，也就是说，它没有对象性的关系，它的存在就不是对象性的存在。”①

二、观众的接受规律

正如姚斯在《走向接受美学》中指出：“在作者、作品与读者的三角关系中，读者绝不仅仅是被动的部分，或者仅仅做出一种反应，相反，它自己就是历史的一个能动的构成。一部文学作品的历史生命如果没有接受者的积极参与是不可思议的。因为只有通过读者的传递过程，作品才进入一种连续变化的经验视野之中。”② 这段话有两层含义：其一，读者（观众）是社会中的一员，有自己的审美标准；其二，文学作品或口头文学的生命力是由接受决定的。这段话也同样适合科尔沁蒙古族说唱文学研究。卡尔梅克学者阿·科契克夫写道：“民间艺人的演唱艺术能给观众留下深刻的印象，他们常常为英雄人物的英勇事迹所感动，发出同情或赞赏的呼声。有时唱到特别激动人心

---

① 《马克思恩格斯全集》（第42卷），北京：人民出版社1979年版，第168页。

② 姚斯：《走向接受美学》，见姚斯、霍拉勃著，周宁、金元浦译：《接受美学与接受理论》，沈阳：辽宁人民出版社1987年版，第24页。

的情节时，他们甚至会激动得跳起来，把帽子抛到地上。”① 观众可以通过自己的审美需求和心情来选择。比如，内蒙古西部地区很多地方还保留着游牧经济的原始状态，自由放牧的松散经济结构、广阔无垠的草原，适于长调民歌的发展，东部地区由于受中原经济的影响，大多变成农耕或半农半牧的经济方式，生活节奏加快，产生了大量短调民歌。

① 转引自仁钦道尔吉：《〈江格尔〉论》，呼和浩特：内蒙古大学出版社 1994 年版，第 11 页。

第六章　科尔沁蒙古族说唱文学的心理层面——价值取向

科尔沁蒙古族说唱文学是吸收了科尔沁草原丰富的文化营养而丰腴起来的艺术形式，所以对蒙古族地域文化传承与创新具有重要意义，在科尔沁文化的传播中也有相当重要的作用。因为蒙古族说唱艺术最贴近科尔沁草原人民的生活、情感，是蒙古人在漫长历史长河中创造出来的独特的历史文化和音乐文化，以音乐的形式记载着科尔沁草原蒙古人不同历史时期的社会生活，像其他民族的文化艺术一样，是蒙古人生活中不可或缺的部分，具有现实意义、文化功能和审美价值取向。

第一节　科尔沁蒙古族说唱文学的多维价值取向

科尔沁蒙古族说唱文学的价值取向有多种维度，涉及天、地、人的方方面面。大致说来，首先是娱神维度，即在敬神祭神中表达了多神崇拜的虔诚，它来自原始宗教和巫术，因此这一价值取向理应只表达在特定日子里的特定仪式中。然而由于萨满教的现实存在，这一价值取向被常规化了。甚至在相当长的时期里，娱神成了科尔沁蒙古族说唱文学的主要取向，成了宗教活动的辅佐，成了敬神祭神的必要仪式。其次是历史维度，即在对现实生活的肯定和对英雄的讴歌中张扬民族性格，吁求民族兴旺发达。再次是人文精神维度，即在宣扬尚武好义的民族精神中，构建民族的道德大厦和价值准则，以实现人与自然、人与人之间简单而朴素的共容关系。最后是审美维度，即力求内容与形式的统一，在统一中强化形式的完美，从而提升作品的审美品位。当然，还有其他种种精神取向，比如娱乐趋向，如《诙谐歌》《儿歌》等；情感宣泄取向，如《北京喇嘛》《东克尔大喇嘛》等。而在这诸多维度的价值取向中，历史维度和审美维度显然是最为主要的。历史维度是一个民族心理成熟的标志，因为它是一种理性，直接反映了一个民族的自信心和责任心。在大量存在的反映现实生活的科尔沁蒙古族说唱文学作品中，我们时时感受到的是对故乡和家人的热爱。这些作品使我们很容易想到唐代的山水田园诗，尽管它们的风格不一样，但对现实生活的肯定和迷恋是一样的。在今天看来，这种自我封闭的生活情绪显然是稳定的社会结构的反映，其弊端是缺乏对现实生活状态的批判和反省，缺少的正是我们今天积极提倡的改革和创新精神。但是，对一个曾经有过巨大辉煌的民族来说，这种对现实的满足感，却正是他们自信心的重要来源。羊群和草原使他们凝聚在一起，以羊群和草原为背景的生活方式不但是他们的过去和现在，也是他们的未来。蒙古族是个极具包容性的民族，他们对汉传佛教、藏传佛教来者不拒，对汉文化、藏文化兼容并包。因为一方面，相对汉族来说，蒙古族的文化积淀毕竟稀薄许多，它犹如干瘪的海绵，自然见水就收；另一方面，蒙古游牧民族具有开放的视野和开阔的胸襟。“无恒产则无恒心”，如果把“恒心”理解为封闭而顽固的心态，那么这句话的意思便是蒙古民族无恒产，亦无顽固之心，他们是开放的而善于吸纳八方之水的海绵。科尔沁蒙古族说唱文学的历史价值取向具体表现在对现实生活的肯定与礼赞、对英雄的崇拜及其史诗作品中。

（一）情感表达功能

蒙古人历来被认为是能歌善舞的民族，情感表达是音乐产生的一个重要因素，不同的感情要用不同的方式去表达。我们从民歌分类中就可以看出蒙古人情感的丰富：好日民道（婚礼歌）、玛克塔林道（赞歌包括：英雄人物、传奇人物、自然景物、生活节日、那达慕等）、太嗨林道（祭祀歌）、耿西格道（摇篮曲）、乃林道（宴歌）、苏日嘎林道（教诲歌）、依那嘎道（情歌）。从这些分类中，我们可以看出蒙古人情感表达的丰富使人们在不同的场合选唱不同的曲调。有人认为，情感是一种个人的感受与体验，情感没有确定的意义；有人认为，情感可以使人产生动力，亦可以使人堕落；有人认为，情感的功能在于心理的寄托，人性的释放，心灵的归宿；有人认为，人们生活在一个感情的世界里，为感情而生，为感情而活，亲情是一生牵挂，爱情是刻骨铭心，友情是清心明目，种种感情让人们的生活不再孤单和无聊。以上种种对情感的理解，大多是主观的、模糊的和片面的。情感的本质是人脑对价值的主观反映，其客观目的在于引导人类如何正确地认识价值、利用价值和创造价值，因此要全面、准确地揭示情感之于科尔沁草原蒙古人的意义，应该从他们生存环境的变化说起。

生活方式的改变，以及周边汉、满文化因素的不断渗透，科尔沁地区社会生活和观念习俗中的“礼数”与日俱增，并逐渐占据了上风。人赖以生存的文化环境，越来越不利于情感的自由发展；而两情相悦的爱情，更是在封建礼教和包办婚姻的双重压迫下，失去了往日的“爽朗”，变得阴郁和晦涩起来；“不吐不快”、颇为“豪迈”的表达方式，也被“欲说还休”式的含蓄所取代。清代以降，广为流传的科尔沁情歌，很能说明这一问题。情歌的内容几乎都是以男女主人公纯真的爱情开始，却又无一例外地以“有情人难成眷属”的悲剧方式结束。比如科尔沁地区男人佩戴的荷包在这一特定的情境中，扮演了一个比较特殊的角色。首先，它是爱情的一个信物，温柔美丽的科尔沁姑娘，把自己的爱以及对未来的美好憧憬一针一线地绣进荷包图案里，送给心上人，借物以喻心；其次，作为信物，它又是这种悲剧式爱情故事的一个见证。所以，在科尔沁情歌中，围绕着荷包来展开的歌词也比较多见，例如，“六根飘带六种颜色的荷包，本想送给可心人白虎哥哥表情怀。我在六月的热天里一针针缝，妈妈却给了该死的阿拉坦巴干佩戴。八根飘带八种颜色的荷包，本想赠给要好的白虎哥哥表心怀。我在八月的酷热里一针针绣，妈妈却给了短命的阿拉坦巴干佩戴。”（《白虎哥哥》）又如，“这只红缎子荷包，巴达玛给我时表过衷心。巴达玛如今已属他人，倒不如拿到山前烧成灰烬！”（《巴达玛》）再如，“精心刺绣的红缎子荷包，留给你随身戴。当我要出嫁远去的时候，看看荷包把我挂心怀。把你刺绣的红缎子荷包，撕成碎片扔到窗外，每当我想到隋玲你要离开，真想投河割断爱。”① 这些歌词的一个共同特点是，既表现了姑娘面对暴戾乖张的命运时深深的无奈，又生动地塑造了一个个欲爱不能，内心因悲痛几近崩溃的青年男子的形象。一个小小的荷包，就这样牵动着一段段生死难却的爱情。

（二）交流情感功能

因为蒙文字相对出现的比较晚，所以人们在传情达意的时候，自然也多用歌舞形式表达，首先，这种表达产生于特定音乐语言环境和社会文化背景，若脱离了该音乐语言的社会文化背景，就如同某种语言脱离了它的语义环境，失去了表达和交流的可能性。其次，民歌曲调的产生也是以该民族的语言为基础的，演唱也是用地域方言。例如，科尔沁情歌就有其民族的地域特点。运用比兴，喻体多是蒙古族人民生活中最常见的事物。又如，《韩蜜香》：“震动山峰石头的，/ 是那黑马的四蹄。/搅乱众人心绪的，/是韩蜜香的两只眼

① 《中国民间歌曲集成集》（内蒙古卷），北京：人民音乐出版社 1992 年版。

睛。”歌中用“黑马的四蹄”作喻体说明本体“韩蜜香的两只眼睛”。马蹄和眼睛，风马牛不相及，放在一起却收到了意想不到的艺术效果。又如，《采山杏》中用马驹遇到一起啃肩咬背闹着亲近作喻体来说明本体，轻轻一笔，马驹活泼、调皮的神态跃然纸上。这些自然来源于蒙古族劳动人民对马的喜爱，终日相伴，才能观察到马的各种细微特点和动态。喻体悄悄地点出了“开个玩笑”的目的。本体轻轻撂开，尽在不言中了。即便是最烈性的姑娘听了这段歌词，也无从挑剔、翻脸气恼，却已经把青年男女调笑戏闹中无法启齿或不便于启齿的话传达给了对方。通过对马的习性的描绘，构成了一个单纯而完整的画面，创造了一个使人驰骋想象，令人感到含蓄不尽的艺术境界。

马在科尔沁情歌中出现的次数颇多，而且各具形态。这与蒙古族所特有的生活密切相关。另外，我们从这些情歌中看到了草原特有的风光，起伏的沙丘、山岭、泉水、池沼、几棵老榆树、山丁子树、山花、鸟雀、芦苇等。大自然的美景在草原人民看来几乎是随手可掇的，他们经常是一景不足表意，而回环复沓，用多种画面表达心中的感情。科尔沁情歌联系生活中的这些自然景物，表达的感情是真挚的，给人的感受是清新自然的。这种寓情于景、借景抒情的手法，使歌者真挚、深厚的感情得到了极致的传达。情歌多姿多态地展现了大自然的美。大自然的气息，阅读时会像一股清泉汩汩地流进读者的心田。

（三）礼仪、祭祀功能

人生礼仪贯穿在蒙古族民歌中。礼俗歌是在特定场合演唱，带有生活风俗性、实用性的民歌，如宴歌、婚礼歌、安魂曲等。宴歌主要演唱于节日集会、招待宾客的饮宴场合。婚礼歌在婚庆上演唱，曲调热烈、欢快。这类歌曲数量大，难度高，风格多样，主人们一般愿意聘请那些有名望的歌手在结婚仪式上演唱。安魂曲是在举行葬礼时演唱。曲调悲切哀婉，庄重肃穆，多为齐唱或合唱。摔跤歌是在那达慕大会上举行摔跤比赛时演唱。每当双方摔跤手跳跃出场时，由男高音歌手领唱，其余人以固定低音式的和声予以伴唱。蒙古人的祭祀比较庄重，尤其是每年的祭敖包。“敖包”蒙古语意为土堆子或鼓包，通常设在高山或丘陵上，用石头堆成一座圆锥形的实心塔，顶端插着一根长杆，杆头上系着牲畜毛角和经文布条。在敖包上还插满树枝，供有整羊、马奶酒、黄油和奶酪等。祭祀时，由喇嘛焚香点火，诵词念经。牧民们都围绕着敖包，从左向右转三圈，求神降福。

在蒙古人的心目中，有一个至高无上的神灵，那就是长生天，蒙古人赋予它以极大的神力。“元兴朔漠，代有拜天之礼。衣冠尚质，祭器尚纯，帝后亲之，宗戚助祭。”① 在文献中，成吉思汗祭天的活动屡有所见。忽必烈即位以后，在每年六月二十四日举行祭天活动。在古代蒙古人的观念里，天和地是浑然一体的，认为天赋予人以生命，地赋予人以形体，因此，他们尊称天为“慈悲仁爱的父亲”，尊称大地为“乐善的母亲”。因为蒙古人把万物都看作神灵来崇拜，所以祭敖包不是单一的祭天、祭地或祭祖先，而是祭各种各样的神灵，是一个综合概念。

祭祀时，要赞颂祖先的丰功伟绩，赞美上天赐给草原风调雨顺。在蒙古族宗教活动中，祭祀本身就与歌舞相伴，在科尔沁地区流行的查玛舞、安代舞都是在此基础上演绎而成的。祭祀的音乐对民歌的发展也起了推动作用，尤其是后来形成的这类宗教音乐，更加拓宽了民歌所表达的领域。

（四）审美娱乐功能

审美娱乐大概是所有艺术形式最显著、最重要的一种功能了。按照马林诺夫斯基的观点，艺术满足的是人类除生物性需要之外的一些衍生需要。艺术的审美娱乐作用，主要是指通过艺术欣赏活动，使人们的审美需求得到满足，获得精神享受和审美愉悦，通过阅读作品或观赏演出，使身心得到快乐和休息。蒙古族叙事民歌大多是由真实故事演绎而来，故事流露的感情真实感人，因此艺人的演唱可以使观众得到人生的体验与灵魂的洗涤。此外，艺术审美娱乐功能还有一个更重要的作用，就是寓教于乐。通过艺术欣赏，人们不仅能满足精神上的审美需要，身心得到积极的休息，而且可以从中受到教育和启迪。

第二节　科尔沁蒙古族说唱文学与民族精神

文学反映的不仅仅是人物质层面的生活，更主要的是反映了人精神层面的生活，因此“文学是民族性格、民族精神的反映”这一命题，自然是能够成立的。王鍾陵先生在给我们讲解少数民族文学时，将蒙古族的民族精神概括为“勇猛、苍凉和英雄崇拜”。下面笔者就以此为论点，展开具体论述。

一、勇猛

据《蒙古秘史》载：“成吉思合罕之根源。奉天命而生之孛儿帖赤那，其

---

① 宋濂：《元史》，北京：中华书局1992年版。

妻豁埃马阑勒。渡腾汲思而来，营于翰难河之不峏罕哈勒敦，而生者巴塔赤罕也。”① 在这里“成吉思”一词，在蒙古文献上有记载，成吉思合罕的大祭文中就有，火经上或讲火的起源时也明白地说〔tʃiŋigis-təmər　ətʃəgtu　tʃiŋ tʃʊlʊ：n　əxtu〕（其有强铁之父，其有坚实之母），那么“成吉思”一词，亦即有铁的“强硬”之意。以其说人，可以理解为“强大”。另一个蒙古族族源的传说最早见于拉施特的《史集》，记述比较完整。《多桑蒙古史》、洪钧的《元史译文证补》都把拉施特的记述作为旁证资料加以运用。传说蒙古部落与另一突厥部发生内讧，蒙古部落战败，整个部落就剩下两男两女，一个姓氏为“捏古思”，另一个为“乞颜”。“乞颜”蒙古语为从山上流下来的狂瀑急湍，以此来比喻乞颜部落的人性格刚毅，勇猛无畏。从这两则传说故事可以看出，蒙古人祖先的名字，大多有“坚强、刚毅、勇猛”等含义，为了生存，他们用武力东征西伐，努力扩大自己的生存空间，至铁木真，蒙古人结束了原始公社制，建立了奴隶制国家，一个强盛的以军事为主导的蒙古帝国出现在蒙古高原。

蒙古帝国以其民族强悍的体魄、传统的骑射战斗力为资本，加上努力吸收东西方先进文化，特别是西方的天文、历数和炮术，积蓄四方财物，成为当时世界上的超级军事大国，灭了西夏、高丽、回鹘、金国（女真）、南宋、中亚诸国、东欧基辅罗斯诸多国家，横扫了整个亚洲和东欧，并分建元朝、钦察汗国、窝阔台汗国、察合台汗国（后三国在名义上均属大元帝国）②。可以想象，当年蒙古帝国带给世界的震撼何等巨大，带给自身民族何等的辉煌和荣耀!③ 因此，歌颂勇猛，崇尚勇猛，就不单是其民族性格的自然表现，也是其民族精神的自然体现和追求。在大量歌颂勇猛的蒙古族说唱文学中，有的是对个体的强悍性格和勇于夺取胜利的精神的歌颂，如《迅雷·森德尔》《希林嘎拉珠巴特尔》《呼日勒巴特尔》《成吉思汗》等。《史集》记载，成吉思汗的叔祖父忽图剌合汗的故事在民间就有流传。作者写道：

在合不勒汗的六个儿子中间，忽图剌合汗做了君主。他统治了一段时期。虽然他的兄弟们都是把阿秃儿，但他的力气和胆量比他们还要大。蒙古诗人们写下了许多诗颂扬他，描写他的勇敢大胆。他们说：他的声音洪亮极了，以致他的喊叫隔开七座山也能听到，就像是别座山里传来的回声，他的手如

① 道润梯布：《新译简注〈蒙古秘史〉，呼和浩特：内蒙古人民出版社 1978 年版，第 1 页。
② 参见吕振羽：《中国民族简史》，北京：生活·读书·新知三联书店 1950 年版，第 81 页。
③ 苏赫巴鲁收集整理，是《宝迪嘎拉布汗》的一种古老变体，金陵书社 1993 年版。

熊掌：他的双手抓起一个无比强大的人，毫不费力地就能将他像木杆似的折成两半，将脊梁折断……①

这显然是英雄史诗的片段。有些传说、故事是对征伐战争的歌颂，如《江格尔》《阿拉坦·嘎鲁胡》……世界上多数民族把柔弱看成女性美的特征，蒙古族却有所不同，在《嘎达梅林》中，他的妻子牧丹为了劫狱救夫，毅然放火烧了自己家的房子，亲手开枪杀死了女儿。劫狱成功，她对着丈夫唱道：

乌列毛都村如今变成一片灰烬，
我杀了幼小的天吉良来营救官人。
匪首王祥林回来总有一场恶战，
只好闯遍世界百姓家里去存身。

乌列毛都村如今化作一片灰烬，
我杀了幼小的天吉良来搭救亲人。
匪首王祥林回来总有一场鏖战，
只好游遍村屯百姓家里去安身。

女英雄的形象跃然纸上，更加显示出牧丹悲剧性格的崇高和壮美。一般来说，蒙古族歌唱中也处处可见豪爽剽悍的性格，绝少有汉族爱情诗歌中的缠绵悱恻。这一类内容可以看附录二中笔者收集的科尔沁蒙古族情歌部分。蒙古民族面对自然力的重压和“天旋地转，诸国征伐”的社会动荡，从不悲叹退缩。他们安于简朴，过着充满战斗的生活，对艰难困苦、颠沛流离的生活随遇而安，表现出惊人的适应性，像不怕风沙干旱的沙棘一样生长在沙漠戈壁里自得其乐。

勇猛是一种性格，也是一种精神。它往往与粗犷、豪迈、爽直紧密相连，往往与战争紧密相连。没有血与火，没有战争，也就难以体现勇猛，而在日常生活中，如果没有酒，没有摔跤，没有骑射，同样难以体现勇猛。因此，反映这些生活内容的说唱文学，自然会反映蒙古人在对酒、爱情、战功的追逐中的种种表现，它所采用的表达形式乃至语言，自然要与这些内容合拍，

① 拉施特主编，余大均等译：《史集》（第一卷第二分册），北京：商务印书馆 1983 年版，第 51 页。

因而同样也是刚性的、勇猛的，让人听了回肠荡气、顿生豪情，充满了生命的阳刚之气和搏击进取的豪情……

二、苍凉

成吉思汗的辉煌是以蒙古民族的惨烈牺牲为代价的。为了适应扩军征战的需要，几乎全民族的人都成了军人或公务人员，留驻在蒙古本土的人口十分稀少，传统的游牧生产衰退，生产力遭到破坏。东欧和中亚各地被占领国的反抗加速了蒙古统治的瓦解。“原先被驱使在各地为贵族服役的大量蒙古族人民，便都成了客籍居民，渐次和所在地的民族同化；经过千辛万苦回到内外蒙地区的，只是少数，而且主要是武装部队。这类回到本土的人民，虽带回了各地的文化知识和人种血液，却已丧失了原先的生产知识，留在本土的驻军与公务人员，也和他们一样。他们甚至连成吉思汗当时的社会组织和生产情况，也都遗忘了。呈现在他们面前的，只是满目凄凉的景况。”①

元顺帝以后，蒙古族便又分为三个游牧部落，即漠南内蒙古、漠西厄鲁特蒙古、漠北外蒙古。清以后，清政府对蒙古民族的分裂和镇压，使蒙古族渐渐走向衰落，成为清王朝的附属。塞北草原的辽阔、苍茫、雄浑，与蒙古民族刚劲、勇武的心理结构相感应、相融汇，形成蒙古族文学鲜明的民族风格。蒙古人伤孤独、忧离别，盼望“大团结”，这是生活在人烟稀少的草原游牧民的希望。不知有多少歌谣、祝赞词、好来宝，娓娓动听地唱出蒙古人对一切幼小生命的爱抚，蒙古民族的人性美在这里得到了特别动人的表现。这类赞颂母爱的歌谣，诉说命运遭际的孤儿歌，抚慰婴儿入睡的摇篮曲，以及劝导母畜收留弃儿的哀歌，大都流露出委婉凄凉的情调，生发出一种悲怆之感。一首拟人化的民歌《孤独的小骆驼羔》这样唱道：“寒冷的风啊呼呼地吹来，可怜我孤儿在野地徘徊，年老的妈妈我想你啊，空旷的原野只有我一个人在!”“我想妈妈泪洒尽，好似钢刀割我的心，找遍草原不见人，天寒地冻冷煞人!”从孤儿命如游丝的遭遇反衬出对生命的珍惜，渴盼着亲人团聚。这些悲怆、孤独的表达形式表现了蒙古人对生活的热爱，对生命的礼赞。只有深入民族社会生活的底层，才能真正理解这个民族所独有的精神。

蒙古族大起大落的兴衰史，无疑会在其民族心灵上留下深深的印痕，马头琴的呜咽和低沉辽远的长调在不断向人们倾诉着这种欲说还休的悲怆。苍凉的音色成了蒙古族说唱艺术中的基调，在追述自己悠久而辉煌的历史，在

---

① 吕振羽:《中国民族简史》，北京：生活·读书·新知三联书店 1950 年版，第 83 页。

反省民族的不幸，但更多的是对民族自身的生命的体验。它让人想起《三国演义》开篇那首脍炙人口的《临江仙》词：“滚滚长江东逝水，浪花淘尽英雄。是非成败转头空，青山依旧在，几度夕阳红……古今多少事，都付笑谈中。”然而，比起汉族人的历史体验和感悟，蒙古族更显执着而深沉，因为这种苍凉感对蒙古民族来说，还不完全来自其自身的历史，因为他们所生存的广漠草原那种“天苍苍，野茫茫，风吹草低见牛羊”的环境本身，就极富苍凉色彩。或许正是如此，才使得他们横刀跃马，征战四方，因为苍凉既会导致悲怆，又会产生积极进取的巨大精神动力。苍凉是一种环境，又是一种精神状态，表现在艺术中，则是一种格调和意境。这种境界极能激发人的想象力，它不是凄凉和消沉，恰恰相反，它蕴含了极大的生命创造力。在表演呼麦的艺人同时发出的三个声部里，我们见到的是一幅广袤无垠的草原和低垂于天空的灰白云层，这种震撼力是难以名状的，它让人沉静，让人沉思，却毫不衰飒，比起“是非成败转头空”和“一樽还酹江月”之类，实在厚重得多。

当然，在蒙古族说唱文学中，所表现的民族精神远不只勇猛和苍凉，比如幽默和达观就是其民族精神的又一形式。如果说幽默是智慧与善良，那么达观则是自信与开明。作为一个优秀的民族，这些精神都是不可或缺的，只不过表现在蒙古人的精神世界里，勇猛精进与苍凉沉远更显突出罢了。

三、英雄崇拜

（一）对现实英雄崇拜

英雄崇拜是每个民族都有的文学母题，但这里所说的英雄不是史诗中的“文化英雄”[①]，而是现实生活中的英雄，如果说陶格陶胡、巴拉吉尼玛”是阶级斗争中的人民英雄，嘎达梅林则是反抗外族侵略者的民族英雄。“人民”和“民族”是经常连在一起的，真正代表民族的必然代表人民，真正代表人民的也必然代表民族。然而，当科尔沁艺人在动情地歌唱这些现实生活中的英雄时，心底涌动的却是对自由的向往和对民族振兴的渴望，从而体现了深沉的社会责任感和历史使命感。他们崇尚勇敢有力者的审美观念在蒙古民歌中也比较普遍。蒙古人心目中所向往的英雄好汉都有着高大身材，臂力过人，对待人民时像温顺的牛犊，对待仇敌时像勇猛的雄狮。以这样的审美心理塑

---

① 文化英雄：为一民族或社团之理想的象征。原文参见《韦氏大辞典》。译文见马昌仪：《文化英雄论析：印第安神话中的兽人时代》，《民间文学论坛》1987 年第 1 期，第 55 页。

造的英雄，形象逼真，栩栩如生。如科尔沁蒙古族民歌《巴拉吉尼玛和扎那》有这样的唱段：

巴拉吉尼玛是英雄好汉，
两个扎撒克里他的英名横贯，
他们弟兄所到过的地方，
顶戴花翎的王爷诺颜都提心吊胆。

扎那是个孤胆英雄，
他的英名威震扎撒克衙门，
他们弟兄所到过的地方，
顶戴花翎的王爷诺颜都胆战心惊。

这首民歌赞颂了勇力过人的巴拉吉尼玛、扎那两兄弟，贬斥了胆小如鼠、腐败无能的王爷诺颜，给人以美丑分明的审美体验。这首民歌还唱道：

我们根本不惧怕死亡，
决不屈膝去做统领的劳工，
只要我们能活着出去，
用手中的长枪拼上一场。

歌颂巴拉吉尼玛、扎那两兄弟视死如归，决不与仇敌妥协的英雄气概。

在《嘎达梅林》中：

世上凡是有生命的谁个不死？
纵然在战斗中死去，
八根白骨埋山谷，
一腔热血沃大地，
美名流传，
有什么冤屈？

嘎达梅林正是在阶级斗争和民族斗争的烈火中得到锻炼，才放射出耀眼的光彩，使他成为蒙古族现代史上一个崇高、壮美的英雄典型。此外《陶格陶胡》等民歌都记述了主人公为家乡、为父老乡亲英勇奋斗的英雄事迹，塑造了主人公力量过人、机智勇敢、不畏强暴，同人民共患难的理想形象，表达了蒙古民族崇尚勇敢坚强的人物性格的审美心理，钦佩英雄勇力，为他们的成功和胜利感到欣慰和满足。

天苍苍、野茫茫的大自然与人的生活直接相关，天气的复杂变化直接影响人类的精神生活。于是，豪侠就成为蒙古人对人格美的最高标准，成为歌咏中的良好题材。这里的豪侠包括“勇敢”“好义”两层意思。所谓勇敢，便是在双方对垒，为本部族奋战之时冲锋陷阵，不惜牺牲身家性命全力以赴。这种审美观念是游牧民族曾经有过的军事掠夺的心理残迹。所谓好义，便是实心待客，扶危济困，多给少取。这是为了整个群体的生存发展对个体的要求。勇敢好义就是战争时舍身陷阵，获取战利品时廉洁不取的豪侠之气。这也就成为蒙古游牧民族审美心理的轴心。近代兴起的说唱文学，其中演唱的曲目几乎全是英雄传奇。包括大量翻译的汉族小说《隋唐演义》《三国演义》《水浒传》等，凡是演唱到描写反抗英雄和壮烈场面的片段，都会引起观众的热烈共鸣，得到观众的一片叫好。相比较而言，汉族的言情小说、稗官野史等则较少被译成蒙古文，也不见在民间广泛流传。这种基于蒙古民族审美情趣而不断进行的定向选择，集中地反映了蒙古人崇尚英雄的审美思想。它像一条红线贯穿古今，渗透到社会生活、民俗习惯和文化思想的各个方面。

（二）对文化英雄崇拜

蒙古族的史诗，是蒙古先民在其神话、传说以及原始宗教等基础上创造出来的，和其他民族的史诗一样，蒙古族史诗也为自己塑造了英雄的形象，这类史诗中的英雄应该说是“文化英雄”。长篇史诗《江格尔》将江格尔描绘成宝木巴国家的缔造者、组织者、领导者和勇士及人民赖以团结的核心。在人民心目中，江格尔是宝木巴繁荣兴旺的象征，是“理想国”的精神支柱，没有他就没有宝木巴的一切。他在创建“理想国”的过程中，招贤纳士，网罗人才，组织领导6012名勇士和500万奴隶胜利地进行了多次故乡保卫战。在江格尔的一次出走之后，残暴的西拉·胡鲁库血洗宝木巴，江格尔回到宝木巴后立即冒着生命危险消灭了敌人和鬼怪，使勇士洪古尔等起死回生，使宝木巴又发出了欢歌笑语。诗篇塑造了忠顺其主的部下洪古尔、阿拉坦策吉、萨纳拉等英雄群像。洪古尔正直、刚毅、勇敢，多次搭救江格尔的性命。在敌人的淫威面前，他仗义执言：“与其到异地外邦充当拾粪拣柴的奴仆，不如在故乡的甘泉旁边把鲜血流完！”他不投降，也不负气出走，而是以部落整体利益及江格尔安危为重，忍辱负重，把满腔怨愤化作克敌制胜的强大力量。他武艺高强，道德高尚，且从不恃强抑弱、目空一切，也不嫉贤妒能，在他的身上集中了“蒙古人的九十九个优点”，体现了草原勇士的一切优秀品质，连江格尔也夸赞他是“温暖我的太阳”，是“我上阵的弹丸和刀枪”，伙伴们更是亲昵地称呼他为“淳朴厚实的洪古尔”。洪古尔身上体现的是完美的英雄理想人格。

一个不缺少史诗的民族当然不缺乏历史，而具有历史的民族，也就当然地具有社会责任感和历史使命感，从这一角度说，科尔沁叙事民歌的历史价值，与任何一个民族文学的历史价值相比毫不逊色。由此可见，所谓历史取向，就是在肯定现实生活状态中肯定过去，憧憬未来。当然，历史取向还有一个重要内容是对现实生活状态的批判与反思，为未来历史发展指明方向。然而这是现代历史理性，用这个标准去要求古人未免苛求，科尔沁叙事民歌的历史价值取向是对现实与过去的肯定，当然，作为文学作品，它是审美的肯定。唯其如此，这样的历史取向才是有意义的，因此，历史取向与审美取向紧密相连。对现实生活没有历史的把握便没有审美，同样，对现实生活没有审美的把握也就没有历史。审美取向也即对艺术的精品取向，虽然说唱文学具有鲜明的大众性，通俗化和平民化是它的胎记，但在其逐渐发展的过程中，由于受大众和文人的参与，在文学的经典主义时代，它必然要逐步向经典看齐。犹如“诗之余”的词和开始只能在瓦肆勾栏中表演的平话、曲，它们由俗而雅，逐渐以小说和戏剧的身份步入艺术殿堂。

第三节　科尔沁蒙古族说唱文学的教育传承价值

科尔沁蒙古族叙事民歌同所有民族民歌一样，是人们经过长期的生产生活获得的共同经验，表达的是人们在生活中获得的思想体验，反映了不同区域民族的特有民风。科尔沁蒙古族叙事民歌的内容是非常广泛的，涉及蒙古族宗教信仰、时令与生活、哲理与训谕、礼仪与宴飨等。由于蒙古族的文字产生比较晚，因此关于本民族的风俗习惯大多是通过民歌形式及其他口头艺术形式进行传播的。科尔沁蒙古族叙事民歌几乎涵盖了蒙古族生活的各个方面，所以，科尔沁蒙古族叙事民歌不仅是一种民歌体裁，还是了解蒙古族文化的一扇窗口。它是用民族口头语言，演绎着人类千百年来繁衍生息的足迹。它不仅是一种音乐文化类别，更是蒙古族文化的精髓，具有极高的教育传承价值。

一、教育价值

民族文化传承不仅是一种历史责任，更是一个民族生存和发展的根基。民族文化传承有广义和狭义之别：广义是指一个国家（可以由多元民族与单一民族组成）的文化传承；狭义是指一个民族或一个区域的民族文化传承，本书运用民族文化传承的狭义概念。科尔沁蒙古族的民族文化就是其生活方式和生态环境，在现今信息时代受到很大冲击，原有的社会环境与生态环境都发生很大变化，其文化传承也受到巨大的挑战。所以转变传统的生活方式、经济方式和学习外来文化，无疑是必要的。其中，学校教育在民族文化传承中担当重要的责任与义务。“教育是培养人的一切活动，是传承社会文化、传递生产经验和社会生活经验的基本途径。从广义上说，凡是增加人们的知识和技能、影响人们的思想观念的活动，都具有教育意义；狭义的教育，就是学校教育。”① 本文所指是广义的教育。民族文化传承与学校教育两者是相辅相成的，一方面民族文化传承促进教育的发展；另一方面学校教育对民族文化传承又有一定的影响。

民族文化传承可以促进人们对本民族文化的了解，进而影响人们的思想观念、价值观念，所以具有教育作用，主要体现在：一是增强民族意识和民族精神。蒙古族民间文学艺术蕴含祖先对人生、社会、家庭等的理解，通过对民间艺术的学习，掌握传统民族文化的生产、生活方式，进而了解民族的生活发展状态、民族物质文化和精神文化，增强对本民族文化的自豪感和自尊心。民族精神是一个民族在历史长河中所孕育而成的一种精神状态，是血统、习性、文化、思想等融合一体的文化智慧。同一个民族有着相同的文化意识、民族习俗、心理认同，是民族文化的结晶。在学校教育中把传统民族文化的传承教育纳入教学计划，是造福一方学子，服务地方百姓，谋求学校教育多元化发展，为民族文化传承培养更多具有高素质后备人才的需要。二是增强知识和技能：民族文化传统大多是一门综合艺术，通过学习可以了解民族人文知识和生活知识，还可以学到各种表演技艺：说唱、表演、琴技等知识。特别是口耳相传的文化遗产，能让学生系统学习本民族语言、文学、音乐、舞蹈、礼仪等相关知识，通过系统学习才能让人们认识到本民族文化的重要价值，才能使保护与传承民族文化遗产成为他们自觉的行为。在学校教育范围内以实践带动民族文化资源的开发，有利于完善民族教育体系，丰

① 袁振国：《当代教育学》，北京：教育科学出版社2004年版，第14页。

富地域文化产业的开发与传承，推动人才培养与文化产业的结合。三是培养人们的心智水平，民族传统文化艺术的学习，必须经过系统的听说、模仿、记忆、想象等，每一种文化的训练都有一定的指向性，不同的文化传承造就了人们不同的心智发展。例如，当听到一段音乐或演唱时，就能知道是什么曲调、表现了什么内涵，这些需要长期的训练与模仿学习才可以达到。受不同的文化背景和生活环境影响，每个民族都会产生不同民族个性，蒙古人游牧生活逐水草而生存，因而形成人们爱护自然、崇敬自然的特质，游牧生活带给男人喜欢摔跤、骑马、射箭等技能，所有这些都是在民族传统文化传承中，心智能力的不断训练中提升的，也都在影响着人们的行为方式，民族文化也为学校教育提供文化艺术营养，两者是相互影响，相互促进的，共同为民族文化传承做出更大的贡献。

二、传承价值

马克思曾经说过，民歌是唯一的历史传说和编年史。科尔沁蒙古族说唱艺术的历史就是科尔沁草原的历史画卷，具有特定的时间性和空间性，并与地域环境、人文历史、民风民俗等融为一体，并与特定的传承人、受众、方言或民族语言、功能指向、价值认同、生产和生活方式等因素息息相关。叙事民歌是由广大劳动人民集体创作的，即兴演唱，反映了劳动人民生活的方方面面，记录了各个时代的历史和民俗风情等。所以，我们可以通过研究被文人书面记录下来的或者至今还被民间歌手和牧民传唱的民歌，来追溯、补全科尔沁广大游牧民的生产、生活、斗争的历史，了解各种民风民俗的起源和发展轨迹，同时叙事民歌也具有很高的人文研究价值，对学术界有重要意义。

科尔沁叙事民歌中所蕴含的蒙古族传统文化精髓的价值超越了时空，是联结着蒙古民族过去、现在与未来的精神家园。这些精髓承载着蒙古民族生存发展的历史记忆，凝聚着世代蒙古人的情感认同，解读着当今民间纯正、鲜活的生存信息。因此，挖掘与传承传统民歌就成为时代的必然，而对保护传承科尔沁蒙古族叙事民歌在当今时代的现实意义就成为现代人的共同关注点。

（一）传承科尔沁蒙古族音乐文化

历史告诉我们，任何一个民族在重大或转折性的发展进程中，都必须要对自己传统文化的价值再行认定与评估，并据此对古今文化进行整合，构建符合本民族人文精神的发展环境与模式。西方的文艺复兴和启蒙运动之所以具有全人类的意义，其共同之处就是：两者都是基于传统文化之上的继承与创新。

蒙古族民歌的历史源远流长，民歌的种类异彩纷呈，因此孕育了如今多样而独特、久远而亲切的大量叙事民歌，而民间音乐是叙事民歌发展的基础和土壤。正如中国艺术研究院田青教授所言："古往今来的大艺术家没有不对'草根艺术'保持一个尊敬的心态的。"从历史上看，蒙古族地域音乐地区风格的形成与发展，大体经历了三个阶段：13 世纪初以来，成吉思汗统一蒙古，经过忽必烈建立元朝，蒙古高原上的诸多蒙古部落最终形成了一个民族共同体。随着民族共同语言与生活习俗的形成，蒙古人所持方言与区域性音乐风格，经历了一场"由多而少"的发展过程。到了元代近百年之内，蒙古地域音乐统一的民族风格基本形成，但其中又包含着三个主要的地区风格：中部音乐风格区、东部科尔沁音乐风格区、西部斡亦剌惕（瓦剌）音乐风格区。而生活在蒙古族音乐风格代表地区之一的科尔沁人，如今对自己民族区域风格了解、知晓的人越来越少，这些民族传统文化被现代人渐已淡忘，当我们面对即将消失却滋养我们已久的天籁之声时，尊重并保护蒙古族传统民歌，普及传统音乐知识，弘扬民族民间音乐文化就成为我们必须达成的文化共识与义不容辞的文化责任。真正理性地去关注和保护性地去开发原生态民歌，既强化了自身音乐文化的归属感、文化自觉和文化认同，也为应对文化全球化提供了坚实的母体音乐战略资源，更为当前蒙古族音乐文化的创新与发展带来了源源不断的生机。也就是说，蒙古族要做好属于自己的现代音乐，首先应当学好本民族的传统音乐。正如中央音乐学院周青青教授在《中国民歌》一书的前言中写道："民歌不仅是传统民间音乐的基础，也是专业作曲家创作的基础。"因此，保护传承叙事民歌也就是在一定程度上保护了蒙古族传统地域音乐文化。

（二）科尔沁蒙古族文化的遗产价值

2008 年 6 月，科尔沁叙事民歌被中华人民共和国文化部列入国家级非物质文化遗产。我们知道非物质文化遗产的价值，在于它们是不同民族、不同区域进行交流，是各民族互相学习、取长补短的宝贵资源。各个民族、各个国家的发展道路各不相同，他们的文化各有特色，从而才构成世界文化的多样性和丰富性。在全球化趋势日益加强的今天，文化遗产就成为各个民族互相沟通、互相尊重、互相学习、互相补充的绝好教材。文化遗产的价值，还在于它是进行学术交流研究，尤其是进行历史、文化、民俗、宗教和民族学研究的重要资源。这主要体现在：①历史传承价值。从根源上来说，非物质文化遗产反映了区域民族集体生活，并长期得以流传的人类文化活动及其成果，因而具有不容忽视的历史传承文化价值。尤其重要的是，少数民族地区社会进程大多是以其民间的、口传的、野史的、活态的形式保留遗存历史文化足迹，而蒙古族文字产生得比较晚，所以各种口传艺术可以弥补正史典籍的不足、遗漏或讳饰，有助于当代科尔沁蒙古族年青一代更真实、更全面、更接近本原地去认识本民族已逝的历史及文化艺术。②民族文化基因传承、非物质文化遗产代表了一种民族符号，是民族历史发展的见证。真正打动人的、有价值的，并不是形式本身，而是形式里面蕴藏着的民族情感。越是民族的，就越是世界的。所以我们要保护本民族文化的根基，否则将在世界民族之林中丧失个性。国家确立非物质文化遗产传承人制度，目的就是确保民族特性、民族精神的代代相传，这是每一个民族都无法回避的重要任务，而非物质文化遗产作为人类文化传递和保存的生动有效的手段、工具和载体，能够很好地将民族精神等文化信息传递到每一个人、每一代人这些活生生的载体上，从而造就一个有独特文化个性和崇高民族精神的民族。确定传承人，不能轻易地对传承人的技艺进行改造，重要的是要保持传统的原汁原味。民族文化艺术的文脉不能断，传统的技艺不能断，传承人的意义关键是在于保存，是在保存基础上的创新。这些民族音乐、文学、技艺，往往是上百年甚至几千年形成的，在创造、传承的过程中，传承人就像一个个“传统的信息库”。我们有必要把非物质文化遗产传承给下一代，或者记录成影像资料，有必要留住民族的文化基因。

（三）人与自然的和谐价值

游牧文明是人类历史上同农耕文明并列的一大文明形态。蒙古族同其他游牧民族一起共同创造了独具特色的经济文化类型——游牧文化，其核心就是渗透于他们整个生产和生活方式的价值观，即他们的自然观和生态观。这种生产方式的特点，使得他们的整个经济生活处于“人—家畜—自然界—人”这样一种闭循环中。即人依赖家畜的生产力，并随牲畜的需求而游居；家畜在适应自然环境的基础上保持其种群特征，繁殖增长；自然环境依赖游牧文明以保持其原貌。对这种闭循环而言，三个元素不仅缺一不可，而且其中任一元素如若改变原貌，整个游牧文明的基础将会受到很大程度的影响。牧民们就以这种独特的生产方式，构建着草原的生态文明。文化是一个民族的灵魂，一个民族世世代代积淀成的文化传统，将长期作用于这个民族的生存与发展。音乐文化的和谐发展需要传承传统，需要个性化与多样性，需要不断创新。

首先，现代音乐文化的和谐发展需要传承传统。当保护口头和非物质文化遗产已成为世界共识的时代潮流，寓教于唱的科尔沁民歌所讴歌的“天人合一”“热爱生命”“关爱自然”等伦理道德、审美观念将会潜移默化地影响着后代的思想和行为。保护蒙古族传统民歌有利于提高现代年轻人对民族音乐文化多样性的认知程度，引发他们对民族音乐文化遗产的思考，增强传统音乐文化持有者的文化自觉和自信。只有不断探索新的历史时期民族文化艺术的适应性转型，进行接续历史与传统的文化传承，才真正有利于整个民族音乐文化的和谐发展。

其次，科尔沁叙事民歌是中华民族文化艺术大家庭中的一员，挖掘与保护蒙古族民歌的经济和文化价值，有利于丰富和发展蒙古族传统音乐文化，并促进各兄弟民族音乐文化的交流，从而有利于保护我国民间音乐文化品种的个性化和多样性，也就在一定程度上维护了我国音乐文化的和谐、可持续发展。

最后，科尔沁民族音乐文化的和谐发展更需要的是不断创新。尤其是在现代新媒体不断发展的今天，少数民族民间文化艺术发展的动力是创新，创新的基础是继承。无论是基于传统上的创新，还是源于对不同个性的借鉴，同则不继，异则相生。经过历史的冲刷依然保持旺盛生命力的蒙古族叙事民歌，将持续不断地为蒙古族音乐艺术的发展提供技术、经验和创作素材。这是由民歌来源于草原，来源于蒙古人的生活方式与民族特性决定的。

（四）促进科尔沁蒙古族文化产业发展

文化产业成为经济新秀而蒸蒸日上，这是人们寻求文化多元、生活方式多样的必然结果。在社会经济体制变革的大背景下，我们要保护民俗文化，一方面使民俗文化适应市场经济的土壤，另一方面可以缓和民俗文化和市场经济的冲突，给传统民俗文化的发展找到新的出路。少数民族文化产业的推动要依托少数民族地区特色文化资源优势，按照“选择典范、以点带面、逐步拓展”的原则，大力支持文化项目建设。

1. 选择典范

近几年，刘铁梁[①]教授提出“标志性文化”的概念。所谓“标志性文化”，是对一个地方或群体文化具象的概括，一般是筛选出一个实际存在的，

① 刘铁梁，男，1946 年 1 月生，辽宁省绥中县人，北京师范大学文学院教授、博士生导师。

体现这个地方文化特征或反映文化中诸多关系的事项①。科尔沁叙事民歌就是当今科尔沁草原文化的标志，主要体现在：第一，它是一种地域性很强的文化现象，比如在语言、音乐、说唱形式上都有科尔沁草原的地域特色；第二，是众多人参与，吸收多元文化形态而发展起来的；第三，是从清中叶流传至今的艺术形态，具有历史形态特征。

2. 以点带面

科尔沁叙事民歌展示了近现代科尔沁历史发展进程和广大蒙古族人民群众的心理诉求，并且民歌的题材具有历史生活的真实性。所以人们在传唱过程中以真人真事为基础，多叙述个人传奇故事，反映重大社会题材，因此具有一定的代表性。2007 年首届科尔沁民歌暨原创歌曲大赛共搜集科尔沁民歌 6000 多首，参与人数达 3896，其中原创歌曲 500 多首。从这些数据中可以看出民歌在草原的普及程度，每年举办一届的大赛活动，为挖掘和保护科尔沁蒙古族传统文化、弘扬传统民歌艺术做出了积极贡献。

3. 逐步拓展

地域文化艺术有一定的局限性，对遗存于少数民族边疆地区的原生态民歌及其所蕴含的文化底蕴要进行可持续性开发。首先，要从改善民间艺人的生活水平入手，因这些民间艺人是职业从事人员，生产能力差，为此大多数艺人生活窘困。其次，要改善民间文化的生态环境，随着经济快速发展，农村牧区生活环境发生了很大变化，这种变化使社会结构在传统和现代之间产生了强大的张力，给我们各个层面的社会生活带来了新的焦虑。其中的表现之一就是民俗文化焦虑，即在市场经济背景下，蒙古族传统的民俗文化感到有一种被融化、改变的危险。任何一种民俗文化的存在和发展，都必须以良好的制度化环境为载体。所以在这方面地方政府要做的事情很多，如拨出足够的经费，保护民俗文化遗产，支持民俗文化产业的发展。最后，要改变农村牧区的文化贫困状态，实现地方艺术文化产业化，最终实现地域性、民族性的文化产业、旅游经济的双赢。在 2013 年第五届“中国东北文博会”上，科尔沁草原展区以别具一格的蒙古族饮食文化、民族手工艺制品、民族服装服饰、科尔沁版画、蒙古族医药文化、科尔沁马文化、科尔沁民歌艺术等成为整个文博会的焦点。所以我们一方面要以经济腾飞与发展来促进民俗文化发展，另一方面要以传统民俗文化的发扬光大来带动经济的繁荣。

---

① 张士闪：《乡民艺术的文化解读》，济南：山东人民出版社 2006 年版。

第四节 科尔沁蒙古族说唱文学的审美价值

科尔沁蒙古族说唱文学亦是如此，它的审美取向是自觉的，是和它的生存环境相吻合的，同其他民族的民间文学一样，其审美价值取向主要表现在内容和形式两个方面。

一、内容

如前所述，科尔沁蒙古族说唱文学主要来源于蒙古族优秀的口传历史文化，主要取材于神话、传说、原始宗教、现实生活，又以现实生活的方方面面为主，因而其内容特点表现为现实性和处身性。现实性不用解释，“处身性”是借用海德格尔对人的存在方式的解释，即人意识到自己存在状态的可能性。人是通过艺术活动才具有这种可能性的，人也正因为有这样的处身性，才感受到生活的艰辛和生命的可贵，科尔沁蒙古族说唱文学以粗犷的气势、豪迈的风格肯定和歌颂友谊、爱情，这就是他们对自己生存状况的理解。或许有人以为这种理解是粗浅的，然而，正是这种远眺而不近视的眼光，表达了蒙古人之所以为蒙古人的本真。文学的内容其实是人的内容，民族文学的内容其实是民族的内容，文学的选材，正是一个作家或一个民族审美观念的直接体现。

美丽富饶的大自然为蒙古人提供了丰富的生活资料。然而，那变幻莫测、离奇古怪的狂风暴雨、惊雷闪电、悬崖峭壁、山崩洪水等自然现象，也给蒙古人带来极大的神秘和恐惧之感。同时，他们又不能不依赖大自然，从自然界获取各种生活资源。在这种既依赖又恐惧的错综复杂的矛盾心理中，蒙古人认为大自然的力量是无穷无尽的，大自然所包含的概念是神秘莫测的，所以他们信仰大自然和大自然的一切，并祈求大自然所有的神灵保护、救助他们。

蒙古族最崇拜的大神就是天，把天称为“腾格里”。腾格里最初是指物质的天，后来渐渐演化为天神。他们把腾格里看作诸神中的第一位神，最高的主宰神，同时又是“上界”“天堂”“神祇”之统称。下面一则是天地生成的神话：

在很久很久以前的太古，天地还没有分开，世界尽是混沌一片，像云一样地在模模糊糊的状态下静静地浮动着。这种状态延续了非常非常长的时间，恐怕有几千年、几万年甚至几亿年那么久吧。

从宇宙那样长时间的胎动中生出了黑白和清浊，不久，清的和明亮的部分漂浮起来变成了天，浑浊的和阴暗的部分沉积下来变成了大地。这里就不用说，天地的划分要经过多么长的时间了。

由清的和明亮的部分形成了天，以七星天（dolon odun tengri）为中心，被分成九十九个天，并生出最高神帕尔昆·查干（Delquen Sagan），接着，以东方四十四尊为首，西、南、北三方的天神加在一起，生出了九十九尊腾格里（Tengri）。而且，在这些腾格里的下面有着几千万尊布尔汗（Burkan，意为佛，即指神灵——译者注），在天上是一片和平景气和繁荣辉煌。

那时候，大地犹如浮在水面的游鱼，没有边界，没有草木，也没有生命，一片荒凉的状态。于是。天上的众神固定了大地的四角，从天上播下草木、生物，大地才得以逐渐形成。

就这样，天上的众神给地上世界送来了和天神一模一样的人类，这就是叫做玛拉特（Marat）的民族。他们生活在地上的世界里，为了民族的繁衍，经营着游牧业，而天上的和平也移植到了人间，这个地上的世界没有罪恶，没有疾病，草木茂盛、生物繁殖，玛拉特人过着幸福、快乐的日子。[①]

神话是人类文学样式之源。在人类历史的长河中，按思维的发展，蒙古人同其他民族的古人一样，对生活的渴望和生存条件的需求，对包括自己在内的神秘世界的认识，都是从同一个逻辑起点开始的，都有过与其他古老民族相类似的文化原型。蒙古族虽未留下神话传说的专书文集，但从蒙古历史典籍一鳞半爪的记载中，从古老萨满教的传说、祈祷词以及丰富的民间口头艺术创作中，仍可探索到他们所经历的原始文化发展的每一个历史阶段。蒙古人的天神崇拜也正是他们处身性的体现。

二、形式

科尔沁蒙古族说唱文学的形式美主要表现为色彩瑰丽、音韵铿锵，意象飞动、格调健朗。

① 满都呼主编：《中国阿尔泰语系诸民族神话故事》，北京：民族出版社 1997 年版，第 145 页。

（一）色彩瑰丽、音韵铿锵

色彩最广泛、最生动、最直接地反映着一个民族的审美心理。蒙古族崇尚白、蓝、黄，忌讳黑色。这种色彩观念的形成与蒙古族的生活环境、历史、宗教、文化和心理是密切相关的。蒙古族生活在辽阔的草原上，天上飘动着白云，地上是白色的羊群，住的是白色的蒙古包，吃的是奶干、奶酪、奶豆腐等白色的乳制品，饮用的是马奶酒。这些构成日常生活中最主要生活资料的都是白色的，自然形成对白色的特殊爱好。白色象征着圣洁和吉祥：羊群一片雪白，这是牲畜健壮的毛色，预示着丰收的年景。洁白的蒙古包，银光闪烁，展示着和平幸福的景象。祭天和盟誓，要把洁白的鲜奶对天弹洒，以表忠诚。招待亲朋好友，献上甘美的奶酪，表示主人的盛情。“白发的母亲”在民歌中代表着慈爱、祝福和长寿。白缎的哈达献给宾客，表达着美好的祝愿。新年——蒙语称为“正月”，也叫查干萨日（蒙古语）。在文学作品中出现的“纯洁的心”（查干思特勒）、“好心肠”（查干萨那）是对心地善良、道德高尚者的美称。可见，白色寄托着蒙古人的美好祝愿、生活理想。

对蓝色的崇尚可以追溯到古代萨满教的影响。萨满教一直是蒙古社会普遍信仰的宗教，渗透到蒙古社会的各个领域，也沉积到蒙古文化的深层结构中，必然影响着这个民族对色彩观念的形成。蒙古牧民的一切幸福取决于天神的赐予，对头顶蓝天、脚踩绿地的草原蒙古人来讲，蓝色代表着希望、理想。史载：“鞑靼民族之信仰与迷信……皆承认有一切主宰，与天合名曰腾格里。”① “腾格里”即为“长生青天”。古时蒙古国人用蓝色织物制作国旗，把自己的军队叫做“蓝旗军”。同样，把帝王的宫殿称为“青宫”，把历史称做“青史”“青史演义”“青册”等。蒙古族希望自己的民族，像永恒的蓝天一样永存并繁荣兴旺。

黄色通常被理解成宗教感情的符号。喇嘛教在蒙古地区兴盛之后，尤其是清朝之后，政权强化了神权，黄色成了神圣佛教的标志。因此，在绝大多数情况下，蒙古人认为黄色是高贵和神圣的象征。在蒙古史诗中把英雄们的坐骑叫做“黄骠马”，他们穿的盔甲称金盔，甚至把高贵的家族叫做“黄金家族”。笔者参观坐落于内蒙古伊金霍洛旗的成吉思汗陵园，三个镶嵌黄色琉璃瓦的蒙古包占据了整个陵园的四分之三，大殿内顶装有金色的宝顶，正中是五米高的成吉思汗坐像，头戴金盔，身披铠甲，显示出黄金家族的威严和崇高。

---

① 多桑著，冯承钧译：《多桑蒙古史》（上册），上海：上海书店出版社2001年版，第31页。

蒙古人比较忌讳黑色。英雄史诗中黑色代表恶魔出没的地方。在文学作品中，人们常用“哈日沙那”（蒙古语，意为黑心）、“布祖乌格”（蒙古语，意为脏话）来形容黑暗角落中的恶人。民间艺人嘲笑剥削者王公贵族为一群“黑跳蚤”。作为民族审美意识的否定形式，黑色和丑恶互为表里。黑色代表着凶险、残暴、恶劣和危险。谚语有云：“肮脏的脸，洗了可以干净；黑毒的心，刮了也不干净”，“金子越磨越亮，木炭越洗越黑”。

塞外草原素有“歌海”“诗乡”之誉。蒙古民族用自己真挚、朴素、自然的语言表达他们的感情、赞美他们的生活。从史传文学《蒙古秘史》，到神话传说、英雄史诗、祝词、赞词、说书、好来宝等口头文学和书面文学都显示出鲜明的民族风格和地方特色。就蒙古语而言，本身即很有节奏和韵律，是一种音乐性很强的黏着语。韵文最显著的特征是押头韵，即并列的诗行均以相同或相近的元音的声母构成第一个音节。严格的格律诗不仅押头韵，而且头、中、尾三韵并押，听起来铿锵共鸣，意味隽永。并列诗行要讲究对仗整齐，字数相当，词类对应，重音相同。每个诗节大多由四行诗组成，诗节之间或联韵，或换韵，重叠反复，层层推进，造成强烈鲜明的音乐效果。

蒙古族说唱文学在广义上的韵文有多种多样的体裁和美学趣味。英雄史诗雄浑瑰丽、气势宏伟。抒情歌谣刚健清新、娓娓动听。宴歌庄严肃穆，婚礼歌气氛热烈，好来宝节奏明快、幽默活泼。

（二）神采飞扬 格调健朗

蒙古族以“马背民族”而著称。在蒙古族文化传统中，马是英雄的象征。在没有现代交通工具之前，马是蒙古高原人们出远门的最佳工具。马以其自强不息、奔驰千里、神采飞扬的形象，深为蒙古人所喜爱，逐渐升华成英雄豪杰的象征。俗语说：“木匠爱锯，蒙古人爱马”，马是蒙古族人民的骄傲，在蒙古人眼中具有功利和审美的双重价值，牧民心目中的马同勇猛、矫健、昂扬、潇洒、忠义、赤诚等审美意象紧密相连，对马的钟爱胜于自己的儿女，蒙古人常讲的一句话：“愚蠢人夸自己儿女，聪明人夸草原良骥。”显然在蒙古人心中的‘骥’，已不是普通的马，而是才士，是德才兼备的英雄。“赛马途上知骏马，摔跤场内识好汉”，蒙古族爱马夸马，几乎到了无处不有马，无处不见马的地步，也真正验证了艺术是生活的再现。请看一首《骏马赞词》：

它那飘飘欲舞的轻美长鬃，
好像闪闪发光的宝伞随风旋舞；
它那炯炯发光的两只眼睛，

好像结缘的金鱼在水中游玩；
它那宽敞而舒适的鼻孔，
好像天上的甘露滴满了宝瓶；
它那聪颖而灵敏的两只耳朵，
好像两朵妙莲盛开在雪山顶上；
它那震动大地的响亮回音，
好像右旋海螺发出的美妙声音；
它那宽阔无比的胸膛，
好像巧人纺织的吉祥结；
它那潇洒而秀气的尾巴，
好像胜利在随风飘动；
它那坚硬的四只圆蹄，
好像转动宝石念珠的金轮；
这匹马一身具备了八吉祥徽，
无疑是一匹举世无双的宝马。
……
它向前奔跑的时候，
如同欢乐的彩鸾在空中飞旋。
它纵身驰骋的步态，
好像吃饱的兔子在原野上撒欢。
它飞奔的速度，
飞过路旁来不及看，
奔驰起来四蹄一尘不染。
——好似欢跳的黄羊，
又像出笼的飞鸟。
刚掖下后摆，
就驰过了十重山岭；
刚掖下前襟，
就跨过了七座山峰。
它比出弦的飞箭还快，
比飞翔的雄鹰还猛。[1]

① 节选自《花的原野》（蒙古文）1986年第4期，第55页。

赞美之词用到极致，赞词中蒙古民众按照自己的审美情趣和价值观念描绘了心中完美的伙伴。首先人们赞叹马的体态之美“它那飘飘欲舞的轻美长鬃，好像闪闪发光的宝伞随风旋舞”，接着马的神态和风度又惹他们喜爱，浮想联翩。但让蒙古人心醉神迷的还是马的神速敏捷，那种风驰电掣般的飞动之美：“飞过路旁来不及看，奔驰起来四蹄一尘不染。——好似欢跳的黄羊，又像出笼的飞鸟”，“刚掖下后摆，就驰过了十重山岭；刚掖下前襟，就跨过了七座山峰。它比出弦的飞箭还快，比飞翔的雄鹰还猛”。蒙古人自古流传着封“神马”的习俗。这种马由于沙场立功、赛场夺魁或其他原因享受特殊待遇，被主人放生，披挂飘逸的彩带在草原上漫游，没有人敢去捕捉它，乘骑它。因为它被人视为神物，是一种超脱任何世俗功利的自由精神。马是蒙古族人民骄傲的意象，渗入了蒙古人的血液中，逐渐升华成了英雄豪杰的象征。

源于对生命的追求，健壮的体魄成了蒙古民族审美的具体可感形象。无论是犁耕农业民族、锄耕农业民族还是处于狩猎、游牧阶段的民族，健壮的体魄都是维系生产和生活的重要前提。蒙古族关于人的形体美的尺度是丰富而具体的。他们对人的总体性的体貌要求是丰满健壮，即结实的体魄、圆润的脸庞、健康的皮肤、发达的四肢等。这种审美观念的价值取向，无疑源于生活的艰辛。因为只有拥有健壮的体魄才能应对大自然的挑战，才能在不尽的挫折和磨难以及不停的迁徙中，保持整个民族的兴旺。

古往今来，蒙古族就是一个尚武的民族，历来很重视和热爱体育活动。在古代严酷的自然环境里，必须要有强壮的体魄、高超的武艺、坚强的毅力，才能担负起繁重的牧业生产和参与内外战争。生存和生产生活的需要，使他们从日常生活中提炼出适于增强体力和提高技能的体育锻炼项目，赛马、射箭、摔跤是蒙古族男子汉必须具备的三项技能。在每年一度的那达慕上，摔跤场面热烈而壮观，选手们身穿特制的摔跤服装，脖子上系着五颜六色的飘带，威风凛凛。比赛前要有祝赞手高唱《摔跤手赞》：

从七勃里（古代里程单位）挥舞而来，
震得山摇地动；
从七勃里挥舞而来，
踏得上川颤抖；
咆哮着挥舞而至，
越舞越有力气。
……
他有雄狮般的力气，

他有巨象般的身躯。
这摔跤手的技巧啊，
实在令人惊奇！

这种力与美的较量，集中体现了蒙古人健康、向上的民族性格。一位学者曾经提出：“人格精神的美是美的源泉，自然美、艺术美和社会美，只有以人格美为底蕴，才能发出夺目的光辉。”蒙古民族审美的终点，无一例外都是本民族的社会实践生活。他们社会实践生活的目的是为了人，并以人的生存为基础，维系整个民族的生存和发展。为了把人当作目的，他们将审美的最高价值定位于对理想人格的追求上，将人格美作为社会美的灵魂来对待。正是由于审美意识服务于社会实践，蒙古族审美观念中的社会功利性质往往显得十分直接。大多数情况下，审美观念与实用观念的功利性总是混在一起而分不开，在人们的心目中，真实的、善的也就是好的和美的。在社会生活中，“真、善、美”既是蒙古民族追求的最高人格精神，也是各民族群众所推崇的道德规范。对蒙古人来说，“真”并非某种抽象的概念，而是一种充分表现在民族、家庭和人的行为过程中的价值体现。他们心目中的“真”便是社会生活中的真诚与守信，并视为人的道德修养的起点和人格美的基本规范。每个人都要对自己的言行负责，对自己的良心负责，要有一颗真诚、坦荡、守信的心，并以这颗心来面对自己的家庭和其他人。待人诚恳、为人诚实、真心助人等都是“真”的具体表现。蒙古族是热情善良的民族，热情好客、诚信待人是民族文化中的优良传统。看见从远方来的客人他们会感到由衷的高兴，要以最隆重的礼节、最丰盛的物品予以款待。怠慢客人不仅是一件丢脸的事，而且会让自己和家族蒙羞。诚信是蒙古族人格精神美的又一规范，也是“真”的一个侧面。诚心诚意、言行一致，是每个蒙古人公认的行为准则。

集体主义原则是蒙古族审美判断中“善”的范型。蒙古民族是一个饱经忧患，经历过许多艰难曲折的民族，面对来自自然和社会的种种压力，全体族人必须齐心合力，将整体利益置于第一位，才能维护民族的生存和发展。因此，在他们的审美观念中，总是以集体利益为出发点和目的，以集体利益为评价善恶的最高标准，以自我牺牲为最高的精神境界。民族大家庭中的成员，具备了这样的道德素质，就是至善的人，也是至美的人。这种美德在《化铁出山的传说》中得到印证。故事梗概如下：

大约在成吉思汗出生前两千年，北方草原的蒙古部落与另一突厥部落起内讧，蒙古部落的人惨遭杀害，只剩下两男两女逃进只有一条羊肠小道的深山里，他们在这里繁衍生息。久之，感到地狭人稠，拥挤不堪，而昔日的小路堵塞，无路可通。于是众人聚集，准备了大量煤炭木柴，宰杀了七十牛马，剥下整张的皮做成风箱，架起煤柴，七十只风箱一起鼓风煽火，烈焰飞腾，直至山壁熔化。此举不仅获铁无数，而且通道打开，他们便一起迁徙到广阔的草原。①

这篇传说将蒙古人的“善”升华到了极致，达到美的境界。所以这篇传说被世世代代的蒙古人广为传唱。“善”作为一种道德规范，在蒙古族的历史上曾经有过多样的表现形式。如图腾、禁忌、风俗、礼仪等。在鬼神崇拜中，他们用“善”与“恶”来区分亡灵。在社会心理中，他们对“善有善报”深信不疑。在民族习俗中，他们以“善”作为尺度来判断是非好坏。凡助人为乐、与人为善、父慈子孝、热情待客都是“善”的、好的，值得嘉奖倡导的，与之相反者都是恶的、坏的，必须谴责的。在社会生活中，追求“善”这样一种审美价值取向，并不需要过多地靠强力的、威胁的手段去维护，而是靠族众的内心信念和社会舆论来维护。当民族内部出现个人与社会、个人与个人之间的矛盾时，“善”的道德规范便成了一种特殊的调节手段。在社会舆论、风俗习惯、榜样感化等作用下，人们内心的善恶观念、情感和信念，便会自动调适已经出现的矛盾。在蒙古族的审美价值取向中，理想的格调、健朗的人格精神是他们追求的最高价值的美，“真”与“善”则是这种人格精神的具体体现。由此可见，蒙古族的审美活动已经不仅是情感的心理体验，也已开始与道德伦理精神在深层的底蕴上联系起来。

科尔沁蒙古族说唱文学就是一部本民族的“有声历史书”，记录了不同历史时期草原人民的生产、生活及风俗等社会风貌，体现着当地民俗文化的性格特征。蒙古族人民不但在不同的社会发展进程中不断创造着具有本民族特点的音乐文化，而且引进、保存和发展了其他民族和地方的音乐文化，承载着科尔沁草原的文化品牌个性和多维审美价值取向。

结语：科尔沁蒙古族说唱文学研究的新目标

科尔沁蒙古族说唱文学，有着鲜明的地域特色。叙事民歌、胡仁乌力格尔、好来宝、英雄史诗是科尔沁蒙古族说唱文学的精髓。深入研究和准确概括科尔沁蒙古族说唱文学，探讨该文学的诸多因素，不仅为其他民族了解科

① 拉施特主编，余大钧等译：《史集》（第一卷第一分册），北京：商务印书馆 1983 年版，第 251 – 253 页。

尔沁蒙古族说唱文学艺术，也为研究地域文学提供了新的范本，为创建少数民族民间文艺学提供了参考价值。

新中国成立以来，民族地区的社会、经济和文化发生了极大的变化，并在多方面影响着少数民族传统文化的变化方向和方式。当然，民族文化的变迁不是线性的，而是十分复杂和曲折的。在新中国不同的历史时期，少数民族传统文化的变迁状况也不尽相同。

由于互联网的普及，市场经济的冲击以及身怀绝技的艺人不断谢世，许多经典曲目已呈现出后继乏人的状态，尤其是一些年轻人受利益的驱使，不愿献身民间艺术，使科尔沁蒙古族民间艺人队伍逐渐减少、艺术水准也不断下降。这不仅是艺术工作者探求的问题和艺术本身需要解决的问题，也是科研人员应该思索的问题，问题的核心是民族艺术应该怎样在社会变革的年代，找到自己发展的道路，使它在尊重本民族艺术规律、艺术要求的基础上发展壮大。因此，如何深入研究民间文学，如何从理论高度来运用和把握研究少数民族文学，这也是摆在学者面前的严峻问题。

“让文化遗产都活起来”，这是2013年习近平总书记在中共中央政治局集体学习时的重要讲话中提出来的。习近平总书记指出要让收藏在博物馆里的文物、陈列在广阔大地上的遗产、书写在古籍里的文字都活起来。文化遗产不是束之高阁的古董、秘不示人的宝贝，文化遗产不是远离百姓、没有生命的化石，而是直接关系民生幸福指数的文化大餐。2011年2月25日通过公布的《中华人民共和国非物质文化遗产法》，在第一章第六条中指出：“国家扶持民族地区、边远地区、贫困地区的非物质文化遗产保护、保存工作。”这些为少数民族地区保护与开发文化遗产提供了参考，也是科尔沁蒙古族说唱文学深入研究的新目标。

附　录

附录一　“纪念曲艺大师琶杰100周年诞辰大会”纪实

这是笔者参加2002年“纪念曲艺大师琶杰100周年诞辰大会”纪实，但是当年采访的一些艺人现已去世，颇感沉痛，为此笔者把当年的会议记录及采访附录如下，以慰藉逝去的民间艺人的亡灵，也希望召唤更多人加入保护民族文化、传承民族文化的队伍，为民族艺术的繁荣尽微薄之力。

一、会议记录

2002年11月7日，笔者参加了“纪念曲艺大师琶杰100周年诞辰大会”，大会在琶杰的故乡，享誉海内外的“民族曲艺之乡”扎鲁特旗举行。大会由通辽市市委宣传部部长张万忠主持，内蒙古自治区有关领导阿古拉、阿云嘎、王明义、傅泽彬，中国社会科学院民族文学研究所副所长朝戈金，中国文学艺术界联合会副主席、中国曲艺家艺术协会分党组书记刘兰芳参加了这次大会，刘兰芳在大会上发言，对琶杰这位民间曲艺大师给予高度评价，充分肯定了琶杰为中国民间艺术所做出的贡献。大会由北京大学东方文学研究中心副教授陈岗龙博士为纪念曲艺大师琶杰诞辰100周年作专场学术报告，题目是“曲艺大师流芳青史”。报告从四个方面介绍了琶杰的一生：一是琶杰艺术生平简述；二是国内外学术界对琶杰及其作品的研究情况；三是新时代的人民歌手；四是琶杰为民族民间文化事业做出的杰出贡献。陈岗龙博士和中央民族大学副教授朝克图博士，为大会献上他们共同撰写的研究琶杰的学术专著——《琶杰研究》，用新的理论和新的角度全面、系统、深入地研究了琶杰的生平思想和艺术创作，这是第一部研究民间曲艺大师琶杰的专题学术著作。

接着，大会举行了为两位民间曲艺大师琶杰、毛依罕的塑像揭幕仪式，然后开始进行“琶杰杯”全国乌力格尔、好来宝大赛。到会参加比赛的民间艺人共62名，笔者录制了全部演唱曲目，并在大会期间采访了一些民间艺人，对每位参加比赛的艺人的演唱风格做了详细记录和录制。

二、琶杰简介

1．生平

1902年2月13日，琶杰出生于内蒙古通辽市扎鲁特旗毛道苏木乌日根塔拉嘎查。他是蒙古族民间著名艺人，自幼喜爱说唱艺术，师从著名民间艺人朝玉邦和根敦莽古斯（原名根敦，因他以演唱《镇压莽古斯的故事》出名，所以人们尊称他为根敦莽古斯），学习演唱好来宝和乌力格尔。他9岁时被选为灵童送到庙里当了一名小喇嘛，天资聪颖的他很快成为众喇嘛中成绩最好的一个。14岁时他已经掌握了很多佛教经文，并且在30岁开始学习蒙古文，这些为其在今后成为一名杰出艺人打下了坚实的基础。1945年8月，日本投降，扎鲁特旗建立了人民政府，琶杰被选为村长。1947年，他组织了扎鲁特旗民间艺人培训班，1949年，扎鲁特旗成立说唱艺人协会，被选为协会领导小组组长，编写演唱了大量歌颂中国共产党，赞美家乡的好来宝和民间故事。1950年，他参加了第一届内蒙古民间艺术大会，并任执行委员。1956年，他被调入内蒙古说书厅工作。在说书厅工作期间，他不仅从事好来宝和乌力格尔的创作演唱，还投入民间文化的收集整理工作。1955年2月25日，他光荣加入了中国共产党，1958年7月，参加全国艺术工作者大会，见到了毛泽东主席。1960年，他调到中国科学院内蒙古分院语言文学研究所，录制了长达80个小时，8万多行的《琶杰格斯尔》和《镇压莽古斯的故事》等珍贵的口头文学资料。1962年4月7日，著名说书艺人琶杰在北京逝世。为了表彰他对蒙古族史诗研究工作的贡献，1991年11月在北京召开的全国《格萨尔》艺人命名大会上，中华人民共和国国家民族事务委员会、文化部、中国社会科学院和中国民间艺术家协会追认他为杰出的《格萨尔》艺人，同时他美丽的家乡扎鲁特草原也被内蒙古自治区命名为“民族曲艺之乡”。1998年中国曲艺家协会、内蒙古文联和哲里木盟党委、扎鲁特旗人民政府在琶杰的家乡竖碑纪念这位杰出的民间艺人。

2．作品风格

琶杰从18岁开始说书。创作、演唱、表演了大量好来宝和乌力格尔。他说：“我这个胡尔齐（说书艺人）从18岁开始就说旧书，到了1946年，才转向说新书，当时革命故事不多，我就把那些反对革命、背叛民族的败类和响马串成故事，说给乡亲们。”① 因此他的作品可以划分为内蒙古自治区成立之前和成立之后两个部分。

第一部分：主要是演唱汉族的旧书。包括由《三国演义》《水浒传》《隋唐演义》《东汉故事》《西汉故事》等改编为蒙文的乌力格尔，以及在蒙古族民歌的基础上，根据草原现实生活改编的《凶猛的哈日》《白虎哥哥》《旧社会》《农民桑布》《婚礼赞》《骏马赞》《山河颂》等。其中《凶猛的哈日》是历代胡尔齐久唱不衰的经典作品。在《旧社会》的演唱中，他因个人的体会，声情并茂地展示了他的表演才华及运用语言的天分。他的这些作品很快在科尔沁草原上流传开来。纳·阿斯日勒图同志在其著作《评价著名胡尔齐琶杰》中这样说：“将旧书搁置一边，把志趣移向现实，革命英雄人物和革命斗争成为他作品的主要描写对象。”他在说唱艺术的道路上迈出了可喜的第一步。

第二部分：1947 年内蒙古解放。他的家乡开展了轰轰烈烈的土地改革运动，琶杰这时的作品，紧贴当时的社会生活，反映当时的社会现状。如土地改革时期的《少女》《自己的婚姻自己做主》；抗美援朝时期的《扬根思》《黄继光》《中朝友谊》；反映身边生活的《两只小羊的对话》《家乡越看越可爱》《幸福的生活》《巴音敖包》等，深受当地百姓的喜爱。琶杰创作了大量赞词、祝词、颂词。因为他本人经历了新旧社会，所以他在运用这个古老的民歌体裁时，赋予其全新的内容。如《歌唱共产党》《共产主义战士们》《新年祝词》《献给国庆节》等。这部分创作作品的主要特点就是：①全新作品——从现实生活中集中概括出艺术典型；②修改作品——重新评价和改写过去的英雄人物和传记，赋予他们时代感；③加工作品——补充和整理蒙古族和汉族的历史故事。可以说琶杰的作品是当时社会现实的一面镜子。

琶杰的演唱风格特点是：时代性、民族性、通俗性。

第一，时代性。琶杰的大量作品，不仅贴合时代的脉搏跳动着，还伴随社会的步伐前进着。如《歌唱共产党》中唱道：“太阳照射的地方，必定是光芒万丈；共产党诞生的地方，无疑是革命最兴旺。”表达了翻身牧民们对共产党的无比热爱、无比感激之情。例如，琶杰 8 岁时给王爷家养鸡放鹅，有一次他养的小鸡被老鹰叼走了，就被福晋狠狠地毒打了一顿。这些生活经历，使他在创作时更加贴近时代。

第二，民族性。多年的演艺生涯和生活经历，造就了他独特的演唱风格，用诗一般的语言讲故事，用歌一般的曲调来烘托，刚柔相济，文野分明，刻

① 乌·苏古拉编辑：《琶杰作品选》，呼和浩特：内蒙古人民出版社 1983 年版。

画形象，描绘场景，细腻真诚。琶杰的每篇作品都深刻感人，这与蒙古人的性格是分不开的。蒙古人世世代代生活在辽阔的蒙古高原，生活环境和自然环境造就了他们豪迈的个性。而民间文学是他们自己心声的流露，倾注了他们的思想感情，并与他们的生活息息相关，因而在演唱时能引起共鸣。

第三，通俗性。通俗性是由其本体特性派生出来的，是一个相对的概念。从发生学角度看，说唱原本就是一种俗文艺，是从平民生活的土壤里孕育生长起来的，其中一个重要的特征就是表达方式的口语化。人们在日常生活中几乎天天说话，久而久之积累了大量丰富生动的口语词汇，形成了适合口语表达的多变句式。而这些词汇和句式，说之上口，听之入耳，好懂易记，质朴率真，这是书面语所不及的。琶杰在演唱《牧童哈敦巴特尔》时唱道："小巴特尔操起身边的套马杆，跨上矫健的雪青马，直冲大灰狼的天灵盖甩去，不过套马杆登时断了两截；他匆匆取出右边的脚蹬，使出浑身的力气砸时，由于用力过猛，未能坐稳鞍桥，倒在了野狼身上；狼拖他而远去，他跨狼而心急，两耳只听风呼啸，眼前又见刀出鞘，牧童亮出蒙古刀，要与野狼决斗。"这些描绘都来自蒙古人的现实生活，使人们听起来倍感亲切，耐人寻味。

三、参加大会演唱艺人的说唱风格

（参加表演的艺人共62个人，下文是以表演顺序排列）

1. 劳斯尔（1946— ），演唱曲目《女英雄苏布道》

内蒙古通辽市扎鲁特旗人，师从著名民间艺人琶杰。他于1983年考入内蒙古民族师范学院蒙文系（现改为内蒙古民族大学），是扎鲁特旗文化馆专业说书艺人，被人们称为"大学生胡尔齐"和"知识分子胡尔齐"。他具有深厚的学养功底、扎实的演艺技巧，并形成自己独特的演唱风格，为说唱艺术的发展开辟了新的途径。他在赤峰艺术学校开设说唱文学课程，终生以说书为职业，好学善用，故他说唱的故事完整，情节曲折，以幽默、丰富而见长，唱起来优美婉转，有较强的感染力和表现力。

2. 吐希雅拉图，演唱曲目《大唐故事》

内蒙古通辽市科尔沁左翼后旗人。他用民歌的曲调来说唱故事，增强了说唱文学的内涵和深度，语言精确，叙述故事段落清晰、层次分明，注重细节的描绘，尊重原著，强调历史的真实，音乐用民歌、民间曲调的变化体，从而受到观众的喜欢。

3. 七十三，演唱曲目好来宝《琶杰颂》

内蒙古通辽市扎鲁特旗巴雅尔吐胡苏镇人。他演唱的曲调旋律优美、动听，表现的人物形象、生动。他以大众化的口语和俗语陈述故事，善于用夸张、比兴的手法，具有轻快活泼的风格。他对节奏的快慢、音量的大小以及情感、情绪的变化，要求极严。

4. 杨森扎布，演唱曲目《楚国的故事》

内蒙古兴安盟科尔沁右翼中旗人。他演唱的特点是充分利用蒙古语言的灵活性，在演唱中加入大量的民间俗语、谚语。他以民歌的形式演唱故事，语言精确，演唱内容更加贴近民俗风情，适合百姓的审美情趣，听起来更加亲切、生动，转调自然，表现得恰如其分。

5. 冬日布桑布，演唱曲目好来宝《罕山颂》

内蒙古通辽市扎鲁特旗格日朝鲁苏木艺人。他演唱的特点是以诗文的韵律要求语言，以诗文的节奏来规范音乐，曲调和谐、融洽。这种演唱方式既丰富了语言，又加强了曲调变化，使好来宝生动、感人。他善于运用夸张、比兴的手法，曲牌运用较好，合情合理，能够达到抒发感情的目的。

6. 五向，演唱曲目《秦香莲审案记》

内蒙古兴安盟科尔沁右翼中旗人。他演唱时多用民间的俗语和谚语，节奏平稳，听之如涓涓细雨，沁人心脾。曲调、节奏运用恰当、和谐。演唱的声音随着故事情节起伏变化，把人物表现得活灵活现、引人入胜。讲述故事时把原著稍加改动，加入自己的情感，赋予了神奇的色彩。语言有力，表现力强。曲牌大多用民间曲调，观众易于接受。

7. 齐铁红，演唱曲目《家风颂》

辽宁省阜新蒙古族自治县说唱艺人。他以通俗的语言为主要表现手段，从民间文学中挖掘素材，并把这些运用到演唱当中，通过演唱把很深奥的一些哲理通俗化，增强了说唱文学的内涵和深度。他的演唱语言精练，表达精细，曲调讲究少而精，说得很巧妙，唱得有味道，说唱结合，语言和曲调融为一体，听来入耳，品来味浓。在这次大赛中，他获得了好来宝演唱二等奖。

8. 张·德力格尔，演唱曲目《青年牧马人吉日嘎拉的故事》

内蒙古扎鲁特旗白音宝力高苏木芒哈嘎查人，1954 年生，他师从艺人劳斯尔，在继承前人说书的基础上，又具有自己的特色。他的演唱风格缓急适中，善于运用铺陈、旁描的表现手法。旁描是说唱中常用的一种表现手段，是从远到近，或者从侧面到中心，层层逼近，一步一步地展示故事情节，使观众逐渐进入故事情节。他说书不多，但对说书艺术理解得深刻、透彻，他还善于学习其他艺人的长处，融入自己的理解，是一位有一定文化修养的民间艺人。在这次大赛中，他获得了乌力格尔演唱二等奖。

9. 东日布，演唱曲目《新村颂》

内蒙古通辽市开鲁县老艺人。他演唱的特点是注重语言规律，充分利用蒙古语言的节奏和形象性，增强故事情节的感染力。他说唱时旋律变化不大，但感情饱满、表达人物性格特征恰如其分，注重语言的大众化，用乡土气息较浓的乡音讲故事，从而逼真贴切。在这次大赛中，他获得了乌力格尔演唱优秀奖。

10. 巴图乌力吉，演唱曲目《王晓卉的英雄事迹》

内蒙古科尔沁左翼后旗艺人。他演唱的曲调单一，但选用的曲调旋律优美、动听，叙述故事段落清晰、层次分明，在段与段的衔接处采用音乐过渡，把音乐同叙述故事巧妙结合起来。他演唱时嗓音洪亮，吐字清晰，语言丰富，幽默诙谐，趣味性强。

11. 照日格图，演唱曲目《绿化家乡》

内蒙古扎鲁特旗白音芒哈苏木艺人。他演唱的特点是情景交融、人事相融。善于运用夸张、风趣的表现手法，把人物和事件表现得淋漓尽致，形象鲜明，他的演唱以说为主，以唱为辅，以幽默风趣的语言吸引观众，故事情节丰富多彩，具有浓郁的乡土气息和生活气息，他善于用谚语、俗语说明事由，解释生活，曲调大多用演化而成的说书调。

12. 达胡白雅尔，演唱曲目《将军之子廷·巴特尔》

内蒙古扎鲁特旗白音芒哈苏木艺人。他演唱的特点是语言丰富多彩，旋律优美动听，曲调、节奏运用恰当、和谐，演唱的声音随着故事的情节起伏变化，人物形象有血有肉。他用大众化的语言讲述故事，用逼真的语言刻画人物形象，他的演唱，故事结构严谨，段落层次分明，形容词语简练，把人物表现得活灵活现。在这次大赛中，他获得了乌力格尔演唱一等奖。

13. 朝鲁，演唱曲目《达尔汗胡尔齐们的贡献》

内蒙古通辽市科尔沁左翼后旗吉日戈愣镇艺人。他演唱的特点是语言淳朴精练，语言大众化，多用方言和口语，尤其陈述故事时，乡土气息甚浓，引用民间谚语恰当，刻画人物、描绘情景十分形象，曲调变化多样，旋律感很强，具有民间艺人白锁柱胡尔齐的风格。

14. 白乙拉，演唱曲目《大西梁》

内蒙古通辽市印刷厂退休工人，早年参军，退伍后来到通辽印刷厂，1980 年被邀请到通辽市蒙语说书馆说书两年，在这里接受了系统的训练。他的说书风格情绪饱满、精神振奋，气韵生动、潇洒豪放，善于运用铺陈的手法，在复杂的环境中展示人物的性格，语言逼真、形象、简练。在这次大赛中，他获得了好来宝演唱三等奖。

15. 杨铁龙，演唱曲目《父母恩情颂》

辽宁省阜新蒙古族自治县佛寺镇喇嘛沟村人。他演唱的特点是强调语言的叙述性，以唱为主，以叙为辅，在舒缓的乐曲中把语言与音乐充分结合起来，有一定的感染力。他强调音乐的感染力，人物的思想感情多以音乐来渲染，借用民歌的形式来充实丰富故事，语言多用谚语格言和口头文学，注重道白的韵律和节奏。他在对故事的连接和环境的描写上，具有独特的表现方法。

16. 布仁巴雅尔，演唱曲目《命运新坐标》

内蒙古通辽市库伦旗艺人。他演唱的特点是多用方言和俗语，语言流利爽口，绝无拖沓，曲调流畅优美，入耳悦心，叙述故事的中间，加一些小幽默和笑话，增强了娱乐性，获得妙趣横生的艺术效果。在这次大赛中，他获得了乌力格尔演唱二等奖。

17. 布和额尔敦，演唱曲目《兴旺发达的巴雅尔胡苏镇》

内蒙古通辽市扎鲁特旗兴旺发达的巴雅尔胡苏镇艺人。他演唱的特点是语言简练、节奏平稳，在传统旋律中加入现代音，含蓄与夸张相结合。他的演唱具有浓厚的生活气息，语言大众化，具有乡土气息。在本次大赛中，他获得了好来宝演唱三等奖。

18. 那仁满都拉，演唱曲目乌力格尔《马连山救玄德》

内蒙古通辽市扎鲁特旗毛道苏木艺人。他演唱的特点是音乐旋律优美，乐曲和语言相互补充，琴技娴熟，口齿伶俐，陈述故事具有哲理性和逻辑性，俗中见雅，雅中见俗，人物活跃，形象逼真，伴唱音乐具有节奏稳健、韵律清晰的特点。

19. 舍乐，演唱曲目乌力格尔《刘石宝征南》

内蒙古通辽市扎鲁特旗乌奴格其苏木艺人。他演唱的特点是曲调舒缓、自然，音乐的装饰性比较强，人物刻画鲜明生动。叙述故事强调烘托气氛，在复杂的环境中展示人物的性格。他以通俗的说唱为主要表现手段，从口头文学中吸取营养，加以改造利用，因而语言淳朴，哲理性强，观众喜闻乐见，他往往利用汉族大鼓书的曲调，烘托气氛，渲染环境，令人赏心悦目。

20. 乌恩宝音，演唱曲目好来宝《赞胡琴》

内蒙古通辽市扎鲁特旗乌奴格其苏木艺人。他演唱的特点是语言精练、前后呼应，曲调舒缓柔美，描绘形象生动，旋律优美，烘托气氛主要靠音乐，但不足之处是曲调单一，显得松散。

21. 海青，演唱曲目乌力格尔《凤兰抱儿记》

内蒙古通辽市科尔沁右翼中旗艺人。他演唱的特点是音乐与故事情节和谐统一，抒情和叙事并重，说唱故事就像唱歌一样优美，语言充满了音乐美，有刚有柔，有节有律，演唱的曲调注重变化，具有戏剧化、性格化的特点，语言风格具有前辈艺人海宝的特点。

22. 满都拉，演唱曲目好来宝《醉鬼》

内蒙古通辽市扎鲁特旗乌力吉木仁苏木艺人。他演唱的特点是故事具有现实意义，音乐与情节配合融洽、和谐一致。故事的真实性强，生活气息浓。艺人演唱时情绪饱满，语言蕴含哲理，有一定的教育意义和现实意义。

23. 唐森林，演唱曲目乌力格尔《陶格陶呼》

吉林省前郭尔罗斯艺人。他演唱的特点是语言丰富生动，具有地方特点，刻画人物形象鲜明。演唱善于捕捉人物的心理状态，描绘得淋漓尽致。在这次大赛中，他因没调好音乐的调式，所以影响了演唱效果。

24. 哈斯达来，演唱曲目好来宝《格斯朝鲁颂》

内蒙古通辽市扎鲁特旗朝鲁苏木艺人。他演唱的特点是充分利用传统好来宝的曲调和民歌的演唱方式，把两者结合起来，叙事采用通俗、直白的口语，使描绘的人物、事件生动感人。其曲调大多选用民歌的曲调，也少量用民间的曲调，根据人物的形象和情节的要求设计音乐，听来显得丰满。

25. 齐宝德，演唱曲目史诗《镇压莽古斯英雄》

内蒙古科尔沁右翼中旗两支箭苏木艺人，他师从内蒙古科尔沁左翼中旗老艺人道尔吉，在道尔吉的指导下，艺术上取得了很大的进步，并且在广播电台录制了很多蒙古语说唱故事。他演唱的特点是故事人物形象生动，情节复杂曲折，引人入胜。语言富于表现力，旋律优美，节奏舒缓，感情真挚饱满，尽力发挥四胡的协助作用，演唱的形式归于“英雄史诗类”，音乐和语言融为一体，全篇以唱为主，很少道白，唱得自然有序。他有创造能力，可以把长篇改短，也可以把短篇改长，是科尔沁一带为数很少的演唱英雄史诗的民间艺人。

26. 勤海，演唱曲目好来宝《醉鬼》

内蒙古科尔沁左翼中旗艺人。他演唱的是传统的好来宝节目，但演唱具有自己的特点，语言充满激情，讲究韵律，强调音乐与语言的和谐统一，保持发扬了好来宝的演唱特点——合辙押韵，具有著名艺人毛依罕的说唱特点，不足之处是演唱时音调没有调试好，影响了演唱效果。

27. 呼格吉勒图，演唱曲目乌力格尔《萨都拉杀夫的故事》

内蒙古科尔沁左翼后旗艺人。他演唱的特点是语言精练，故事情节交代简明，善于描写人物的特征及人物的动作，语言有表现力，音乐与情节配合融洽、和谐一致。

28. 拉布珠尔，演唱曲目好来宝《喜欢好来宝》

内蒙古通辽市扎鲁特旗阿尔昆都冷苏木艺人。他演唱的特点是语言具有诗歌的韵律，对民间谚语和俗语的运用，有自己的独到之处，不是生搬硬套，而是根据语言的需要来安排，为新的内容服务。他善于运用对仗，并且多用口语和地方方言，不足之处是曲调单一，显得松散。

29. 包朝格柱，演唱曲目乌力格尔《买卖人头的结果》

吉林省前郭尔罗斯艺人。他演唱的风格是善于抓住观众和说书人之间的互动关系，使大家的情绪异常热烈，他的演唱语言精练、结构分明，有一定的感染力，旋律和节奏融洽和谐，根据故事的情节变化，选用不同的曲调，以适应需要，音乐多为民间曲调，没有太多的变化，演唱效果比较好，在这次大赛中，他获得乌力格尔演唱三等奖。

30. 巴特尔，演唱曲目好来宝《歌颂珠日河牧场》

内蒙古通辽市科尔沁左翼中旗珠日河牧场艺人。他演唱的特点是具有浓郁的家乡气息，善于在故事情节中表现人物的性格特征，善于借景抒情，语言丰富，旋律优美，叙事如诗如画，引人入胜，以比兴的手法描绘山川美景，具有强烈的感染力和吸引力，通篇具有诗歌美和音乐美。

31. 贺喜格桑，演唱曲目好来宝《中国马王赞》

内蒙古通辽市库伦旗艺人。他演唱的特点是语言淳朴，注重用大量的民间俗语和口语来表达故事情节，讲究词汇的音韵和准确性，以大众化的语言讲故事，多用比喻、夸张的手法，描摹景致、刻画人物，运用曲牌朴素无华、平淡自如，在平淡中加入幽默，演唱具有奈曼旗艺人扎拉申的风格。

32. 图布沁白乙拉，演唱曲目好来宝《琶杰说唱艺术赞》

内蒙古通辽市扎鲁特旗艺人。他是本次参赛选手中年纪最小的一个，16岁，因是新时代的艺人，所以语言具有时代感和新鲜感，善于运用大量的口语和方言，具有通俗、易接受的特点，语言活泼轻快、幽默诙谐，不足之处是曲调变化不多，节奏处理不够熟练。

33. 照日斯图，演唱曲目乌力格尔《韩小玉拜师》

内蒙古通辽市科尔沁左翼后旗八胡塔苏木玛尼嘎查艺人。1956 年生，他从 20 岁起就拜师学习说唱艺术，师从艺人张・德力格尔，刻苦学习琴技和说唱技巧。他说唱的特点是旋律平缓，节奏缓慢，注重语言的变化，善于运用俗语和方言表现人物的性格特点。他的演唱，强调音乐的感染力，人物的思想和情感多用音乐来渲染，善于把传统说唱同现实生活结合起来，根据情节的需要，对固定的说书用语进行加工、发展，增强感染力。

34. 色那，演唱曲目好来宝《铁犛牛》

内蒙古通辽市扎鲁特旗乌力吉木仁苏木艺人。他演唱的特点是注重语言的艺术性和表现性，注重传统好来宝的音乐特点，对节奏的快慢、音量的大小、情绪的变化要求很严。他善于运用夸张的语言刻画人物，描写情节层层深入，具有强烈的艺术感染力。

35. 陈永贵，演唱曲目好来宝《金扇子的故事》

内蒙古通辽市科尔沁左翼中旗艺人。在当地是很有影响的民间艺人，他演唱的特点是善于运用方言和俗语，语言大众化，常用夸张、比喻的手法描绘景致和人物，语言精练、有力，曲调运用丰富，根据情节和人物的要求选择不同的曲调，音乐与语言和谐统一。

36. 查干，演唱曲目好来宝《赞颂曲艺大师琶杰》

内蒙古通辽市扎鲁特旗乌力吉木仁苏木艺人，1942 年生于扎鲁特旗乌力吉木仁苏木宝力高嘎查。他是一名退休教师，在演唱中充分发挥自己的优势，加强语言的修饰性，他对人物、民俗了解深刻，言之有物，不足之处是旋律单一，叙事平淡。

37. 齐嘎日迪，演唱曲目乌力格尔《钟布茹姑娘》

吉林省前郭尔罗斯蒙古族自治县艺人。他演唱的是由流传在扎鲁特旗一带的叙事民歌《钟布茹姑娘》而改编的故事，演唱的特点是注重曲调的艺术性，叙述语言如诗一样，颇具韵律，伴唱曲调似见景闻情，悠扬动听，情节结构安排恰当、准确。

38. 韩代钦，演唱曲目好来宝《赞新风》

内蒙古通辽市扎鲁特旗文化馆艺人。他演唱的特点是善于运用大量的民间俗语、谚语和格言说明情理，启迪观众，语言精练，表达精细，曲牌变化不大，演唱中常穿插一些教育人的词句，对人物的刻画和重点情节的描绘独到，具有一定的教育意义。

39. 桑布，演唱曲目乌力格尔《美梦成真》

内蒙古通辽市扎鲁特旗嘎海吐镇艺人。他的演唱具有老艺人扎那的风格，善于运用曲调的转化来衔接故事，显得层次分明、结构严谨，语言大众化，具有乡土气息，声音、曲调和谐优美，演唱感情饱满，具有很强的感染力。

40. 温都日呼，演唱曲目好来宝《老牧民的心声》

内蒙古通辽市扎鲁特旗格日朝鲁苏木艺人。他演唱的特点是曲调和音乐和谐，旋律缓慢，优美动听，说唱并重，善于运用比喻、夸张的手法，强化了艺术效果。语言运用十分自如，描摹形象活灵活现，曲牌运用严格，该用的就用，绝无累赘，演唱语言和伴奏音乐，都符合故事情节和人物性格，艺术效果清新、活泼。

41. 甘珠尔，演唱曲目乌力格尔《梁、唐、晋》

内蒙古兴安盟科尔沁右翼中旗布敦花苏木巴音塔拉嘎查艺人，他师从民间老艺人布仁巴雅尔。他演唱的特点是故事思路清晰、结构宏伟，刻画人物、场景十分形象、精细，注重故事发生的时代背景，讲究历史真实，表现人物内心活动，往往加入自己的思想感情，叙述淡雅，语言丰富多彩。善于运用相同、相近或相反的事物来衬托事物、人物等，达到鲜明、生动的艺术效果。同时也善于运用渲染的手法，以突出人物形象，语言大众化，曲牌民歌化，以说为主，以唱为辅。在这次大赛中，他获得了优胜奖。

42. 额尔敦朝古拉，演唱曲目乌力格尔《在党的关怀下茁壮成长》

内蒙古兴安盟科尔沁右翼中旗艺人，他是兴安盟科尔沁右翼中旗著名的民间艺人布仁巴雅尔的孙子，从小受艺术熏陶，跟随爷爷学习民间说唱技巧，很快成长为有一定天赋的说书艺人。他在电台和电视台录制过很多胡仁乌力格尔。他演唱的特点是语言精练，善于运用谚语和格言，以最精辟的语言作为故事的开端，抓住观众，展开情节。旋律和节奏和谐统一，曲牌丰富，变化多样，善于根据故事的情节选取音乐，对固定的说书专用词语进行加工。在这次大赛中，他获得了乌力格尔演唱三等奖。

43. 那木吉拉，演唱曲目乌力格尔《罗通出征》

辽宁省阜新蒙古族自治县艺人。他演唱的特点是注重故事的真实性，语言大众化，故事情节善于运用曲调的转化来实现，显得自然流畅。他用乡土气息很浓的语言讲故事，用朴实无华的词句表现人物的内心世界和自然环境，曲牌具有地方特色，扣人心弦，个性鲜明，易于表现，感染力强，具有说书艺人宝音那木呼和乌斯呼宝音的说唱风格。

44. 浩特老通拉嘎，演唱曲目乌力格尔《刘宝双的故事》

内蒙古通辽市扎鲁特旗格日朝鲁苏木艺人。他演唱的特点是讲究段落层次的清晰，讲究文字与词章的内涵，陈述故事讲究“实”，有物有情，根据人物和环境的需要调整字句，语言显得丰富，但在演唱过程中声音和音乐不和谐，影响了演唱效果。

45. 扎拉申，演唱曲目乌力格尔《控诉法轮功》

内蒙古通辽市奈曼旗古日本花牧场艺人，1950 年生，他从小喜欢讲故事，在多家电台、电视台演播、录制了大量的胡仁乌力格尔和叙事民歌。他演唱的特点是善于运用民间俗语和谚语，细腻地刻画人物和场景，他善于创新，对传统的说书调会根据内容做适当的调整，从而使得故事的情节、结构更加严密、紧凑。他注重道白的韵律和节奏，对故事和环境的描写，具有独特的表现手法，唱段优美，使人觉得耳目一新。在这次大赛中，他获得了乌力格尔演唱三等奖。

46. 班布拉，演唱曲目好来宝《歌颂成吉思汗》

内蒙古通辽市广播电台专业说书艺人，1961 年生于科尔沁左翼中旗，1976 年选调进入哲里木盟广播电台（现为通辽市广播电台），他师从著名的民间艺人贡嘎和特木热，在两位恩师的教诲下，他的演唱技艺提高很快，多次在内蒙古、通辽、赤峰、呼伦贝尔盟等地的电台和电视台录制、录音叙事民歌和说书演唱片段。他演唱的特点是敢于创新，充分利用民间音乐和民族语言，以吟诵的形式讲唱故事，对情节、细节的描绘常运用“好来宝”的表现手法，具有很强的表现力。在音乐的使用上，他强调节奏明快、刚柔并济，充分表现人物的喜怒哀乐。在这次大赛中，他获得了好来宝演唱三等奖。

47. 陶力套，演唱曲目乌力格尔《唐代故事选》

内蒙古通辽市扎鲁特旗毛道苏木荷叶哈达嘎查人，1934 年生，他拜民间艺人萨仁满都拉、扎那两位为师，20 世纪 50 年代末被扎鲁特旗蒙古说书馆聘为职业说书艺人。他演唱的特点是无论是新书，还是旧书，其叙事方式都接近“好来宝”的说唱方式。语言讲究整齐、押韵，擅长运用比兴的手法描绘景致、刻画人物。曲牌运用得当，故事层次分明，形象生动，擅长抒情和歌唱，有一定的感染力。

48. 哈斯其木格，演唱曲目好来宝《赞美家乡》

内蒙古电视台记者，她是这次参赛的女胡尔齐之一，毕业于赤峰市艺术学校“胡尔齐班”，是劳斯尔的学生。她演唱的特点是语言丝丝入扣，充满了哲理性，音乐清新淡雅，活泼中不失沉稳。在这次大赛中，她获得了好来宝演唱二等奖。

49. 巴雅斯拉，演唱曲目好来宝《怀念先辈胡尔齐们》

内蒙古通辽市扎鲁特旗文化局干部，他从小喜欢演唱好来宝，他演唱的特点是情绪饱满、节奏明快，词汇讲究韵律，强调整齐。其语言充满韵味，具有强烈的抒情性。音乐优美，旋律自如。在这次大赛中，他获得了好来宝演唱三等奖。

50. 五十六，演唱曲目乌力格尔《哭喜传》

内蒙古通辽市扎鲁特旗嘎亥吐镇艺人。他善于将民间笑话、格言和谚语融为一体，结合故事情节交错运用，相互渗透，语言幽默诙谐，善用夸张，具有独特的叙事风格。

51. 扎西尼玛，演唱曲目好来宝《赞摔跤手》

内蒙古通辽市扎鲁特旗巴雅尔胡硕镇艺人。他演唱的特点是善于运用夸张、比兴的手法描绘人物，语言大众化，具有乡土气息，嗓音洪亮，吐字清晰，语言具有表现力，音乐运用好来宝的曲调，具有民间艺人琶杰的演唱风格。

52. 王明海，演唱曲目乌力格尔《宋朝故事》

内蒙古通辽市扎鲁特旗乌奴格其苏木艺人。他演唱的特点是善于运用典籍典故来描绘故事，语言精练，肖像描绘精确，心理描写细微，动作与形态的表现比较适度，全篇故事情节紧凑，节奏鲜明，表现力强，音乐节奏随着故事情节而变化，旋律优美动听，具有艺人海宝的风格。

53. 海鹰，演唱曲目乌力格尔《秦宋南征》

内蒙古通辽市扎鲁特旗乌力吉木仁苏木艺人。他是一位年仅 21 岁的艺人，具有艺人白锁柱的演唱风格，以“好来宝”的演唱方式叙述故事，讲究语言的韵律，故事层次分明，节奏轻快和谐，情节变化多用音乐来转换，内容丰富，具有较强的表现力。

54. 萨其拉图，演唱曲目乌力格尔《陈忠乃当兵》

内蒙古通辽市扎鲁特旗乌兰哈达苏木艺人，他师从艺人劳斯尔。他演唱的特点是具有地方语言特色，用通俗的语言表达深奥的道理，多用夸张、比喻的手法表现人物，以观众易于理解的民间曲调来装饰故事，曲牌运用朴实无华，使用得当。故事层次分明，有血有肉，具有一定的表现力。

55. 嘎达，演唱曲目乌力格尔《秦王上朝》

内蒙古通辽市扎鲁特旗巴音芒哈苏木艺人。他演唱的特点是音乐和语言和谐统一，嗓音洪亮，吐字清晰，虽然学艺不长，但演唱层次鲜明，善于运用大众化的语言讲述故事，音乐也具有一定的感染力。

56. 古入，演唱曲目乌力格尔《五祭南唐》

内蒙古通辽市扎鲁特旗前德门苏木诺干朝鲁嘎查艺人。他演唱的特点是嗓音洪亮，吐字清晰，语言丰富，叙事和抒情并重，说唱故事就像唱歌一样优美，语言充满了音乐性，有柔有刚，有节有律，以丰富的民谚和俗语刻画人物形象，曲牌多用民歌旋律，讲究表现力和感染力，节奏鲜明，层次段落清晰。

57. 乌日图，演唱曲目乌力格尔《薛松征东记》

内蒙古通辽市扎鲁特旗乌力吉木仁苏木艺人。他善于运用大众化的语言，描写人物与环境形象、生动，在叙述过程中善于把握人物的内心世界，善于在矛盾冲突中展示人物的性格，音乐节奏明快、豪放，具有白锁柱的演唱风格，唱段优美，使人感到耳目一新，在讲述中加以一定的笑话和幽默故事，增强了娱乐性，获得妙趣横生的艺术效果。

58. 扎木苏，演唱曲目乌力格尔《霸王呼延甲》

内蒙古通辽市扎鲁特旗道老杜苏木艺人，1942 年生。他演唱的特点是语言充满感情，力于刻画，曲牌选择恰当，善于运用民间俗语和谚语，地方特色较浓，对自然风光的描写和人物的刻画具有独到之处，演唱时感情投入，语言和旋律和谐、动听，具有白锁柱的演唱风格。

59. 好毕斯，演唱曲目好来宝《中国马王》

内蒙古通辽市科尔沁左翼后旗艺人。《中国马王》是一首在 1992 年创作的作品，当时科尔沁左翼后旗的骑手——扎那，在全国马术锦标赛上获得“中国马王”的称号，为此科尔沁左翼后旗的文艺工作者编写了这首好来宝。好毕斯本人是乌兰牧旗演员，在演唱中具有舞台表演的风格，动作夸张，曲调独特，语言刚劲有利，人物活跃，旋律动听，形象逼真，伴唱音乐具有节奏稳健、韵律清晰的特点。在这次大赛中，他获得了好来宝演唱特别奖。

60. 额斯朝鲁，演唱曲目好来宝《美丽的扎鲁特旗草原》

内蒙古通辽市扎鲁特旗格日朝鲁苏木艺人，他是著名说书艺人却吉嘎瓦的儿子，从小就接受民间艺术的熏陶，掌握了一定的说书技巧。他演唱的特点是琴技娴熟，口齿伶俐，旋律动听，感情真挚，嗓音洪亮，语言具有表现力。

61. 毛胡，演唱曲目好来宝《赞抗洪英雄》

内蒙古通辽市扎鲁特旗前德门苏木艺人，她是参加这次大赛的女艺人之一。她演唱的特点是即兴发挥，用淳朴的语言讲述发生在身边的真实故事，具有人物鲜明、故事真实的特点，她采用好来宝的演唱方式把人物刻画得形象生动，她善于运用大众化的语言，描写环境，乡土气息较浓，得到在场观众的好评。

62. 李双喜，演唱曲目乌力格尔《白虎哥哥的故事》

内蒙古电台专业说书艺人，他 1955 年生于内蒙古通辽市科尔沁左翼中旗花胡硕苏木哈嘎庙嘎查，1985 年毕业于内蒙古民族大学蒙文系（函授班）。他演唱的特点是勇于创新，在掌握本民族文化传统的基础上，善于把学到、了解到的表演技巧运用到演唱当中，善于运用丰富的民间谚语和俗语，细腻刻画场景和人物，以说为主，以唱为辅，表情和动作相配，语言和曲调互衬。在这次大赛中，他获得了乌力格尔演唱特别奖。

附录二　科尔沁蒙古族情歌的收集整理概述

2001 年和 2002 年夏季，笔者回到科尔沁草原，一同跟随笔者的老师内蒙古民族大学教授诺敏对科尔沁民歌进行了收集整理，前后用时两年多，翻译、整理、编辑出具有一定代表意义的科尔沁情歌 150 多首。

一、《科尔沁情歌》研究概述

科尔沁草原上的情歌，在民歌中占有很大的比重。爱情是人类生活中的一个重要侧面，最容易激起人们炽热的情感。情歌反映了人们在恋爱过程中各种辛酸苦辣的滋味和情绪的变化。

以前，劳动人民经常处于水深火热之中，只有在对自己心爱的人倾诉心情时，才可以享受短暂的幸福和欢乐。因此，唱情歌也是生活的一种需要。在劳动生产中，有时唱唱情歌，还可以缓解疲劳，消除烦恼，使沉重的心灵得到暂时的慰藉。

科尔沁草原上的情歌艺术性很高，别具特色，这是经过无数代人民群众集体加工，不断锤炼的结果。其中有相当一部分情歌可以说是民间艺苑中的珍品。科尔沁情歌以其淳朴而又热烈的情感，生动地刻画了蒙古族各种女性形象。这些情歌在大胆的抒情中表现了年轻姑娘热烈爽朗的性格，所表达的恋爱心情细致曲折，生动真实。在这些情歌中，女主人公虽然具有不同的个性与遭遇，但感情都是淳朴真切的。

尽管情歌主要反映的是男女之间的情爱，但它跟广泛的社会生活、社会制度、婚姻制度、伦理观念、宗教信仰、人民的生活习俗，以及一个民族所特有的心理素质、审美观念等有着各种各样的密切联系。可以说，一首歌通过一个特定的生活侧面反映了现实生活。

这本《科尔沁情歌》收入情歌百余首，是从流传在科尔沁草原上的 4000 多首传统民歌中严格筛选出来的。为阅读方便，按内容大体分为五辑。

第一辑，主要是对爱情的向往，对意中人的赞美，恋人之间的试探、追求以及初恋等内容的歌，也包括了少量反映妇女生活的歌，如《绣枕头》等。

第二辑，主要是表现热恋和感情深厚等内容的情歌。

第三辑，主要是关于离别、送别、相思、盟誓和等待等内容的情歌。

第四辑，主要是失恋、被遗弃以及爱情遭到恶势力的干涉、摧残和破坏等内容的情歌。这一辑里的情歌多是痛苦哀婉的。

第五辑，表现不正当的情爱关系，如三角关系、喇嘛偷情等内容的歌，有的情歌反映了被欺骗后的觉醒。这一辑内容比较复杂。人的合理要求不合理地表现出来，是社会原因造成的。从中可以看到当时社会的不合理与黑暗。

内蒙古自治区地域辽阔，不同地区的蒙古族民歌有着不同的风格特色和不同的演唱技法。在蒙古族民歌的海洋中，我们可以看到：昭乌达盟抒情短歌为数众多，内容颇为丰富。《浩德格沁》的词曲，别致而新颖。呼伦贝尔盟、锡林郭勒盟等地的民歌则以激动人心的长短调著称于自治区内外。阿拉善、额济纳等地区还保存着经院之歌，许多歌曲宗教色彩浓厚，曲调还明显保留着某些古典音乐的特点，颇具研究价值。伊克昭盟的鄂尔多斯、巴彦淖尔盟的乌拉特等地区的抒情短歌占主流，多为两句一段的歌，在演唱上采用长调，装饰音极其优美动听，内容丰富，异彩纷呈，另外，还保留着为数众多的语言优美的祝酒歌和描述蒙古族婚礼古老程序的婚礼歌。

科尔沁草原上的歌，叙事歌为其主流。长篇叙述歌如《嘎达梅林》《巴拉吉尼玛和扎那》等自不必说，即便是短歌也大多有故事情节，情歌也不例外。有许多情歌是长篇叙事诗在流传过程中被人遗忘而残留的片段，有的就是长歌的选段。科尔沁情歌最少具有两段词，每段四句，共八句。不足八句的歌，在我们阅读过的4000多首科尔沁各类民歌的原稿中还没发现。另外，在演唱上几乎不见长调，更无丰富的装饰音。据此鉴别是否是科尔沁民歌，并不是难事。

科尔沁情歌，内容丰富多彩，形式完美而独特。

首先，从原文的格律上看，科尔沁情歌格律特殊。每行的音节数目不要求相同，但每行的重音数目要求一致，音韵的安排，有时也像汉文那样押脚韵，但主要是押头韵。所谓的押头韵，即在一节的诗行中，每行的第一个音，要求同元音或同辅音，或者元/辅音相近。韵尾则不严格要求。这种特殊的格律，尤其是押头韵的民歌，唱起来有一种特殊的音韵美。不过，这是翻译所不能表达的。蒙文译成汉文，失去了原来的格律，节奏难以体现，音韵就更难保留了。

其次，科尔沁情歌大多以四行为一节，上下两节重叠复沓，事实上八行构成一个意义上的段落。在许多情况下，上下两节重叠，构成一个段落，自成可以独立的一首歌。这是科尔沁情歌的典型形式。重叠复沓，是指在同一内容的基础上上下两节的语句重复，有的更换了一两个词，有的是换了韵。演唱者利用这种复沓可以深切地表达思想感情，也便于记忆和联想。这是一种有效的艺术手段，收到一唱三叹的效果，淋漓尽致地表达主题。反复复沓并不是原地踏步，而是诗意有发展，内容向前推进了，思想感情加深了。这种重叠复沓式，常常能增强诗歌音韵的美感，使歌者唱之动情，听者闻之泪下。这大概也正是民间诗歌有别于作家创作而独具魅力的原因之一。

再次，科尔沁情歌的另一个突出特色是，巧妙地运用了比兴的表现手法。古往今来，从南到北，在我国各兄弟民族的民间情歌中，运用比兴手法非常普遍。这是民间情歌特有的个性。情歌表现的是情，抒发的是男女之间的微妙感情。这情是一种看不见、摸不着的无形的东西。情歌通过比兴的表现手法，使这种无形的情附丽于具体事物，无形变为有形，抽象变为具体。短小的形式，容纳了丰富的内容，这是比兴的妙用。情歌激情的自然流露，如风行水上，它直接摄取自然景物，创造出适于表达主题的生动画面。这恰恰适合于表现男女间热烈而又含蓄的脉脉温情。当然，情歌中也不乏直抒胸臆的赋体之作，但为数不多。除此之外，科尔沁情歌又有其民族的地域特点。运用比兴，喻体多是蒙古族人民生活中最常见的事物。如《喜鹊叫喳喳》中用喜鹊眼馋筐里的肥羊肉，老鹰眼馋檐下的奶酪作喻体，来说明主体。作者的思想感情通过这些景物触发起来，又通过这些景物表达了出来。眼前景，眼前物，作者顺手拈来，为主体增加了丰富的色彩，形象鲜明，内容深远，达到艺术和内容的高度统一。

最后，马在科尔沁情歌中出现的次数颇多，而且各具形态。这与蒙古族特有的生活有密切关系。另外，我们从这些情歌中看到了草原特有的风光。大自然的美景在草原人民看来几乎是随手可取的，他们经常是一景不足表意，而回环复沓，用多种画面表达心中的感情。阅读这些情歌，无疑是一种美的享受。

附带说明一两个具体问题。

科尔沁情歌中经常出现“莲花”，这大概与宗教有一定联系。喇嘛教寺庙中多以莲花为装饰。喇嘛教把莲花视为最美最圣洁的花。所以蒙古族人民常以莲花为喻体来说明最美好的事物。另外，情歌中还常以“太阳里的松树”“月亮里的紫檀树”作比兴（赋体有时也用），带有浓厚的神话色彩。这大概跟佛经、神话传说有一定关系。汉族神话认为太阳里有金乌，月亮里有桂树。蒙古族则认为太阳里有松树，月亮里有紫檀树。有人译作“阳光下的松树枝”“月亮下的紫檀树”，这是不正确的。

除此之外，我们从这个集子中不难看出，有些情歌还局限于比较狭小的精神境界，消极的传统观念还占据着相当的地位。然而，我们也相信，在民间诗歌发展的历史长河中情歌这一类别必将有新的进展，常唱常新。在新的历史时期必将产生思想境界更高、更为优美的情歌。科尔沁情歌在演唱上有一定的技法，虽不见长调，也很少见丰富多彩的装饰音，但配合乐器演唱起来也十分悦耳动听，很具魅力，是诗和音乐的高度结合。一首歌一经传唱，很快就传遍广大地区。科尔沁传统情歌的脚本往往是不固定的，同一首歌有时会发现几种不同的异文，有时甚至是十几种。

《科尔沁情歌》收入的歌，翻译时所据原文来源有二。其一，公开出版的蒙文民歌集：《蒙古民歌一千首》（五卷），《蒙古民歌五百首》（上、下册），《蒙古民歌集》，《叙事歌》等。其二，资料本、油印本、手抄本以及相当一大批原始记录稿。编者从中严格筛选，并审慎地加以整理，经过翻译，分辑编成了这个集子。其中还有一部分是从出版的《科尔沁民歌》《蒙古族民歌选》中选出来编入的。

在此，向我们提供蒙文原文材料的好毕图、包长明、满吉拉、叁布·拉诺日布、赛因额尔德尼、乌恩宝音、斯琴高娃、包金华、那钦等诸同志表示感谢。如果没有这些同志提供原始资料，这个集子是无从编辑的。为了不辜负这些同志对我们的期望，我们对所有的稿件都严肃对待，力求不漏掉一首好歌。但由于我们的水平、学识有限，谬误、缺点、纰漏、不当之处在所难免，望专家、读者不吝赐教。

附录三　科尔沁蒙古族叙事歌调研

在科尔沁草原上，蒙古族叙事歌相当多，可以说形成了一个丰富灿烂的叙事民歌群。十九世纪中叶到二十世纪三四十年代，近一个世纪的时间里，科尔沁地区的蒙古族叙事歌发展到一个全盛时期，不仅数量多，而且题材丰富，出现了美不胜收的繁荣局面。

这些科尔沁蒙古族叙事歌以现实主义的创作方法真实地反映了当时的社会现实，展现了科尔沁农牧民的苦难生活，热情地歌颂了不畏强暴、敢于斗争的英雄人物，像一幅绚丽多彩的社会历史画卷展现在人们面前。这些科尔沁叙事歌的大量出现，正是当时民族矛盾、阶级斗争日益尖锐的必然反映。

从思想内容看，科尔沁蒙古族叙事歌所反映的生活面非常广阔，有劳动人民的生活、斗争，杰出的英雄人物，重大的社会事件，甚至民族的风俗、习惯、礼仪等。而其中最突出、最鲜明的主题，乃歌颂人民群众的起义斗争。这类叙事歌饱含人民对英雄壮烈牺牲的崇敬和痛悼的感情，真实地描绘了人民群众起义斗争的英勇事迹。怀念英雄，用叙事歌的方式讴歌英雄，到处传唱英雄的事迹。

20 世纪初，科尔沁草原大量土地被开垦，单一的游牧经济结构变成既有牧业又有农业的多种经济结构。牧场大量被放垦，只是满足了王公上层的奢欲，广大牧民失去了赖以生存的牧场，便开始了反抗放垦牧场的斗争。在科尔沁草原上，反抗放垦牧场的武装起义，最早发生于光绪三十二年（1906）。郭尔罗斯前旗的陶格陶胡为反对封建军阀勾结王公势力掠夺蒙古族地区的土地，率领牧民举行了武装起义，随后转战科尔沁草原各旗，给封建官府和王公贵族以沉重的打击。在寡不敌众兵败之后，陶格陶胡转移到喀尔喀蒙古地区。有关陶格陶胡起义的蒙古族叙事歌《陶格陶胡》流传至今。

1929 年，科尔沁左翼中旗爆发了以嘎达梅林为首的武装起义。嘎达梅林的起义，与陶格陶胡的起义具有同样的性质，也是为了反抗放垦牧场，正如歌中唱的“反对王爷的嘎达梅林是为了蒙古人民的土地”。起义军转战科尔沁草原各旗的昭乌达盟。其范围之广，影响之大，前所未有，可以说是达到反抗放垦牧场斗争的高潮，但起义军遭到残酷镇压，嘎达梅林战死。下面整理的《嘎达梅林》就叙述了这一事件的全过程。

这些事实说明，开垦者流入蒙古族地区，改变了原来的经济结构，推动了社会的进步和发展；而蒙古族人民反对放垦，保存赖以生存的牧场，进行不屈不挠的斗争是正义的，也是合理的。这就是历史的辩证法。

抨击封建婚姻，歌颂忠贞的爱情，可以说是近现代科尔沁地区蒙古族叙事歌中另一常见的主题。蒙古族民歌中，情歌非常丰富，由情歌铺陈其事，便发展成为有头有尾的具有一定故事情节的叙事歌。叙事歌中的男女主人公以纯真的爱情开始，其结果是无可挽回的悲剧结尾，如《金珠》《达那巴拉》《韩秀英》等。另外，继母虐待前妻子女，为争夺财产继承权而引发家庭矛盾，在蒙古族叙事歌中也有所反映。

毋庸置疑，科尔沁地区的蒙古族叙事歌有着辉煌的成就。那么，它是怎样发展起来的呢？在蒙古族形成的历史进程中，史诗曾经相当繁荣，有过它的黄金时代。蒙古族的史诗，是蒙古族先民在其神话、传说、故事以及原始宗教等基础之上创造而产生出来的。史诗反映了一个民族童年时期的理想与愿望。曾经在科尔沁草原上风靡一时的《镇压莽古斯的故事》（又译《平魔传》）便是其代表之一。无疑，如果按民间文艺学的概念来区分，这属于英雄史诗。对近现代蒙古族叙事歌稍作考察，便不难发现，它与英雄史诗有着不容割断的渊源关系。无论是内容、风格，还是手法，民间叙事歌都在不同程度上保存着英雄史诗的痕迹。例如英雄史诗《格斯尔汗大战九头魔王》选段和叙事民歌《嘎达梅林》[①] 选段比较：

①

格斯尔汗与魔王短兵交锋，
刀光闪闪，杀生不断。
十三个回合不见输赢，
你进我退，我撤你攻。

格斯尔汗“哇呀”一声，
把千斤神斧横空，
魔王“啊”的一声吼叫，
舞动魔箭抵挡斧攻。

箭斧撞击，飞溅火星，
魔王又把万斤魔棒握在手中，
格斯尔汗手疾眼快以斧迎接，
棒斧相交，阵阵寒风。

① 因所选版本不同，此处《嘎达梅林》选段与前文略有区别。

格斯尔汗越战越勇，
只打得魔箭魔棒失灵，
魔王这时“嗷”地嚎叫，
变成了二十一只乌鸦精。

二十一只乌鸦精口吐咒语，
呼唤来乌鸦又把天日蒙，
直扑向格斯尔的头顶，
想叨瞎格斯尔的眼睛。

格斯尔把身一抖，
变成二十一个自己的身形，
二十一个格斯尔汗口吐咒语，
转眼唤来满天的火鹰。

火鹰在天空翻飞追撵，
把乌鸦精烧得掉下天空，
魔王一见大事不好，
格斯尔汗趁机甩出长绳。

老鹰被长绳捆得紧绷绷，
格斯尔汗搭箭拉弓，
只听“嗖”的一声箭杆离弦，
命中了乌鸦精的长毛前胸。

神箭头从乌鸦精的胸中穿过，
又冲向异地的罕山高峰，
箭头穿豁了罕山的脊梁，
格斯尔汗留下了降妖的美名。

② 杀人的噩耗传遍前后各旗，
牡丹无意中听到了这消息。
牡丹下决心舍身劫牢救亲人，
只因为前生有缘结发为夫妻。

杀人的消息传遍左右各旗，
牡丹意外地听到了消息。
下决心砸牢劫狱救官人，
只因为命中注定结发是夫妻。

牡丹叫来了侄儿阿木尔郎，并邀请了额仁苏和村、伊森格日村、张杰锡伯村的亲戚朋友，大家议定砸牢劫狱营救嘎达梅林。

马群里选出了最好的马，
十响钢枪的枪口擦拭干净，
十兄九弟议定营救嘎达梅林，
砸牢劫狱救出被判死罪的亲人。

马群里选出了骏马良骥，
九响钢枪的扳机揩拭干净，
九兄十弟共议搭救嘎达梅林，
劫牢砸狱救出判了死刑的亲人。

众人做好了劫狱的各项准备。牡丹走进屋里去看三岁女儿田吉良。“这幼小的孩子该怎么办呢？孤零零撇她一人在家吧，又没别人照管；带上她怎么能行？托给亲朋，我们劫牢砸狱是弥天大罪，岂不要牵累亲朋？张督军的灰衣军一旦打过来，即便杀不死我们夫妻，女儿迟早也要被害。”牡丹反复思量，下了决心：“为营救丈夫出狱，就顾不得女儿了。与其让敌人杀害，倒不如自己杀了。”

这两个选段在格式上基本是一样的，只是民间叙事歌在新的历史条件下有了更新和发展，更加贴近人们的现实生活，更加符合人们审美情趣的需要，改变了史诗的全韵体，变为韵散结合，以抒情的歌唱为主，以叙事的说讲为辅。这种独特的形式成为科尔沁叙事民歌最基本的也是最典型的形式。这种有说有唱，韵散结合的形式比较灵活，能够充分发挥诗歌的特长。

同时，我们也应该看到，民间抒情短歌对民间叙事歌的影响，抒情短歌哺育和滋养了民间叙事歌的形成与发展。有人持民间叙事歌脱胎于抒情短歌的论点，细推究起来是不无道理的。考察和回顾每一首民间叙事歌产生和发展的过程，可以有力地说明这一点。在一首叙事歌形成之前，具有叙事歌内容的各种各样的唱词已在民间流传。从搜集到的资料看，同一首叙事歌的异文差别很大，有的唱词简单，有的唱词把各类人物唱词都列齐全，而且穿插人物背景介绍以及承上启下的讲解。叙事歌的发展经历了一个由简到繁，逐步完备的过程。

叙事民歌中浓重的抒情恰好构成了它的鲜明特色。这一特色是叙事歌在其发展中，从民间抒情短歌吸取了丰富的营养而形成的。这样，便可以“展其放”而“骋其情”，直抒胸臆，以情动人。

科尔沁蒙古族叙事歌以叙事为主，讲述一个完整的故事，但并不是单纯地讲述故事，平铺直叙。叙事歌在流传中总是处于变动状态，然而不管叙事歌怎样演变，唱词却始终是其基础与骨干，说讲只是一种补助手段。叙事歌在叙事时常常插入大段的抒情段落，这种抒情段落穿插在情节发展和人物刻画以及环境气氛的描写等各个方面。在唱词的处理上，根据人物性格和情节的发展变化，采取了独唱、对唱以及演唱者叙事抒情相结合的演唱形式。独唱和对唱，通过直抒胸臆和人物间感情的交流，展示了人物的不同性格和特有的精神面貌。而演唱者叙事抒情的唱段则烘托了人物，增强了气氛，推进了情节的发展。下面一首叙事民歌就是两人对唱的歌曲。

苏木茹昂嘎①

桑杰嘛嘛

太阳里的松树啊，
如果枝杈拖地该多好！
让我跟温顺的苏木茹昂嘎，
结成终生夫妻吧，老佛爷！

---

① 《苏木茹昂嘎》这首歌，由著名艺人琶杰 1930 年创作。

苏木茹昂嘎 1905 年生于左翼扎鲁特的哈腾里一个牧民家里。她从小聪明伶俐，长得俊俏，是远近闻名的好姑娘，曾引起许多小伙子的注意。当时，诺彦庙的喇嘛医桑杰走街串户为人治病，遇到苏木茹昂嘎姑娘，二人产生了爱情。父亲看出了女儿的心意，便把女儿嫁给了本村的青年胡道凌嘎。桑杰嘛嘛没有娶到苏木茹昂嘎，爱情被无情地拆散了，万般无奈，便去找著名艺人琶杰，说明来意，详细诉说了事情的经过，要求编成歌来唱。艺人琶杰便创作了《苏木茹昂嘎》这首歌。一经演唱，便传遍了各地。

苏木茹昂嘎 1926 年生一子，取名达日杰。达日杰现住扎鲁特旗格日朝鲁苏木的哈腾艾里。苏木茹昂嘎 1940 年身故，时年 36 岁。

桑杰嘛嘛后来的下落无人知晓。（本条注释由巴图提供蒙文原稿）

月亮里的紫檀树啊，
如果枝杈拖地该多好！
让我跟美丽的苏木茹昂嘎，
做一对永不分离的夫妻吧，老天爷！

佛殿上的香烟虽然那么轻，
一缕缕却能缈缈升九天。
可爱的苏木茹昂嘎虽然年少，
折磨起人来痛彻心肝。

庙堂里的香烟虽然那么轻，
一缕缕却能袅袅到九天。
美丽的苏木茹昂嘎年纪轻轻，
折磨起人来搅碎心肝。

众人

桑杰嘛嘛骑着铁青马奔跑，
查干花的大道上一溜烟尘。
纤巧的苏木茹昂嘎，
向他摆动着黄色的纱巾。

桑杰嘛嘛骑着银鬃马奔驰，
宝如花的大路上尘土飞扬。
白净的苏木茹昂嘎，
站在厢房下手搭凉篷翘望。

看那一路飞扬的尘土，
苏木茹昂嘎认出了铁青马。
站起身翘足远望，
来到门前的正是桑杰嘛嘛。

看那四散飞扬的尘埃，
苏木茹昂嘎认出了银鬃马。
手搭凉篷仔细望，

来到门前的恰是桑杰嘛嘛。

骑铁青马的桑杰嘛嘛，
来到大门前下了马。
苏木茹昂嘎扔下碗筷，
跑上去迎接桑杰嘛嘛。

骑银鬃马的桑杰嘛嘛，
来到屋门前下了马。
苏木茹昂嘎光着袜底，
跑上去迎接桑杰嘛嘛。

桑杰嘛嘛

松树枝头上落着的
不是白蛉子，而是布谷鸟。
跟温柔的苏木茹姑娘，
没有一起谈笑真懊恼！

山丁子枝头上落着的
不是花蝴蝶，而是布谷鸟。
跟美丽的苏木茹姑娘，
没能一起笑闹心烦恼！

风儿里并没有刨土的镐，
大路上怎么尘土随风飘？
我还没有摸透她的性情，
怎么对她如此怀想难勾销？

风儿里并没有扬场的锨，
沟壑里怎么烟尘冲云霄？
我还没有摸透她的脾气，
怎么对她这般流连难忘掉？

线香燃起的烟虽然轻，

却能升上蓝天通神明。
我还没有摸透她的性情，
她的影子却搅得我心不宁。

紫檀信香的烟虽然轻，
却能袅袅升上苍穹通天庭。
我还没有摸透她的脾气，
她的模样却扰得我心不静。

苏木茹

从身边路过的桑杰嘛嘛，
满身散发着檀香的气味。
我嫁的丈夫胡道凌嘎，
满身都是儿马子的尿味。

从身前走过的桑杰嘛嘛，
满身散发着麝香的气味。
我嫁的丈夫胡道凌嘎，
满身都是公山羊的尿味。

叙事歌中的抒情成分也就成了刻画故事中人物感情、性格、心理状态的最好手段。如果说史诗和早期叙事歌很少有人物心理活动描写的话，这一时期的叙事歌则借助大量抒情诗句达到了展示和抒发人物内心世界的目的。民间叙事歌增加了抒情色彩，有浓重抒情成分，这就构成了诗意的美，使叙事歌的发展到了臻于完美的阶段。

科尔沁蒙古族叙事歌的这种韵散相间，带有浓重抒情色彩的特点，是在民间说书的影响下发展起来的，跟民间说书的兴起有直接关系。百余年来，科尔沁草原上，民间说书蓬勃发展。民间艺人既说唱由汉文古典名著移植的《三国演义》《东周列国志》《西游记》和《水泊梁山》等，也演唱英雄史诗《镇压莽古斯的故事》，当然还编唱现实生活中的故事以及流传在人民口头上的传说故事。草原上的民间艺人身背四弦琴，在各地演唱流传的民歌，经过他们的加工整理和再创作，各种题材的叙事歌民便逐渐形成了。民间艺人口中的叙事民歌摆脱了全韵体形式，采用说书的手法把一段落道白插入其中，使叙事民歌的形式生动活泼，演唱时所用曲调也有了更大的选择余地，比较自由灵活，更加丰富多彩了。

科尔沁蒙古族叙事歌除了韵散相间，具有鲜明的抒情色彩之外，其韵文，也就是歌唱部分具有和抒情短歌同样的特殊格律。每行的音节数目不要求相同，但每行的重音数量却要求一致。音韵的安排，同短调民歌一样是要求押头韵的。

科尔沁蒙古族叙事歌虽然篇幅较长，但其诗行的安排仍然保持着抒情短歌的基本特点。例如《韩秀英》，通篇每一小节四行，上下两小节重叠，形成段落，各个段落也可独立成歌。全篇由四十首这样的段落连缀而成。歌与歌之间是以道白，即叙述来连接的，是唱一段，讲一段，再唱再讲的形式。

民间歌手特别善于从生活的海洋里选取人们最熟悉的事物引类譬喻，“借物发端”，民间抒情短歌中常用的比兴、夸张、排比、拟人等手法，在叙事歌中得到更为充分的应用。

科尔沁蒙古族叙事歌还常常根据表现的需要，不断变换比喻，明喻、隐喻、借喻，随处可见，色彩斑斓，层出不穷。明喻大多是为着表达哲理的需要，像格言、谚语般言简意赅。采用隐喻、借喻，既概括了复杂的生活内容，又表达了隐微曲折的思想感情。这些比喻的妙用，令人回味，发人联想，为叙事歌增添了光彩。

科尔沁蒙古族叙事歌中，往往在段落的开头先用一两句话描写周围的景物或主人公正在进行的动作，以引出下面的歌词。这种兴句，有的与后面的诗意有关系，有的无关系。但在许多情况下能产生巧妙的作用，或比喻，或象征，或传达气氛，加强了作品的艺术效果。

总之，科尔沁蒙古族叙事歌不仅数量多，多方面地表达了人民的心声，表达了人民的理想和追求，而且艺术成就也较高，继承了科尔沁蒙古族民歌的优秀传统，具有鲜明的民族色彩和浓郁的生活气息，在我国民间文学的宝库中闪烁着耀眼的光辉，占有相当重要的地位。科尔沁叙事歌是一宗极为丰富而又宝贵的文学遗产，不仅是蒙古族人民为中华民族优秀文化所做出的特殊贡献，也为研究蒙古族的历史和生活提供了珍贵的资料。

附录四　科尔沁蒙古族长篇叙事民歌《嘎达梅林》异文整理

一、嘎达梅林

嘎达梅林，蒙古族，名那达木德，因在家排行最小，所以人们昵称他为“嘎达”。嘎达18岁那年到旗卫队里当兵，他为人耿直、热情，富有正义感，很快被提拔为军务梅林（卫队中官名），从此被称为嘎达梅林。

科尔沁草原水草丰美，是天然的放牧场，但王公贵族为了个人利益，勾结东北军阀张作霖，招租放垦、出卖土地，使广大牧民失去了赖以生存的牧场，流离失所。1929年，广大牧民在嘎达梅林的组织下组成请愿团，到沈阳请愿，却被逮捕，押往王府监狱，后被救出。随后他们武装起义，提出“打倒达尔罕王，从军阀手中夺回自己家乡土地”的口号。起义军发展到1200多人，但终究寡不敌众。在1931年4月9日的一次战役中，嘎达梅林在西拉木伦河北岸洪古尔渡口（现在科尔沁左翼中旗舍伯图附近）跃马飞渡，不幸中弹牺牲，年仅40岁。起义虽然失败了，却唤醒了广大牧民。人们为了怀念、歌颂他，便创作了《嘎达梅林》。从传唱开始至今，有29种异文，情节亦有所出入，下面就是笔者根据诺敏老师提供的资料整理的一种异文，道尔吉演唱，道尼日布扎木苏录制，为研究者提供比较。

嘎达梅林被押解回达尔罕旗，监押在王府监狱。达尔罕王下令严守机密，不得走漏消息，并派王祥林接替了带兵梅林的职务。秘密处死嘎达梅林的官印文书接二连三地传下来，很快传遍了前后左右各旗。嘎达梅林的妻子牡丹听到了这一消息。

杀人的噩耗传遍前后各旗，
牡丹无意中听到了这消息。
牡丹下决心舍身劫牢救亲人，
只因为前生有缘结发为夫妻。

杀人的消息传遍左右各旗，
牡丹意外地听到了消息。

下决心砸牢劫狱救官人，
只因为命中注定结发是夫妻。

牡丹叫来了侄儿阿木尔郎，并邀请了额仁苏和村、伊森格日村、张杰锡伯村的亲戚朋友，大家议定砸牢劫狱营救嘎达梅林。

马群里选出了最好的马，
十响钢枪的枪口擦拭干净，
十兄九弟议定营救嘎达梅林，
砸牢劫狱救出被判死罪的亲人。

马群里选出了骏马良骥，
九响钢枪的扳机揩拭干净，
九兄十弟共议搭救嘎达梅林，
劫牢砸狱救出判了死刑的亲人。

众人做好了劫狱的各项准备。牡丹走进屋里去看三岁女儿田吉良。“这幼小的孩子该怎么办呢？孤零零撇她一人在家吧，又没别人照管；带上她怎么能行？托给亲朋，我们劫牢砸狱是弥天大罪，岂不要牵累亲朋？张督军的灰衣军一旦打过来，即便杀不死我们夫妻，女儿迟早也要被害。”牡丹反复思量，下了决心：“为营救丈夫出狱，就顾不得女儿了。与其让敌人杀害，倒不如自己杀了。”

“杀”的念头一时间涌上心头，
十响手枪压上了子弹；
解开衣襟抱起女儿，
牡丹给孩子喂奶泪珠涟涟。

“杀”的主意一时布满心胸，
九响手枪推上了子弹；
解开纽扣抱起亲生女儿，
牡丹给孩子吃奶泪珠涟涟。

十响手枪对准女儿前胸，

天真的孩子咧嘴笑盈盈；
见女儿笑盈盈生身母怎能禁受啊，
手中枪滑落在地倍伤情。

不是母亲跟女儿有仇冤，
只因不幸灾难降人间；
你父亲梅林就要被处死，
无奈何杀亲生救父亲出樊笼。

女儿如果对生身母有怨恨，
救出你父亲之后再来投胎转生；
救出你父亲之后如果再来投胎转生，
到那时跟父母一起讨还血债把账清！

女儿如果对母亲有恨怨，
搭救你父亲之后再投胎我身；
搭救你父亲之后再来投胎我身，
到那时跟父母一道报仇雪恨！

牡丹数说完心里的话儿，情绪突变，
捡起地上的手枪对准女儿前胸；
怎忍心迎面射击啊，这是独根苗，
紧闭双眼扣动了扳机。

牡丹说完最后的话儿，神色突变，
拿起地上的手枪对准女儿心胸；
怎忍心当面射击啊，这是独生女儿，
闭紧双眼扣动了扳机。

手指一动手中枪声响，
子弹穿透了田吉良的胸膛。
睁开眼女儿气已断，
牡丹“天啊”一声倒在地中央。

牡丹杀死亲生女儿，昏厥过去。闻枪声，众人跑来，救醒牡丹，问道："你怎么这样做!"牡丹答道："带上这小东西，战场上是无法厮杀的。托给谁，就会给谁带来牵累。留下她，迟早也要死在敌人之手。与其让敌人杀害，倒不如自己杀了!"

众人见牡丹如此坚决，斗志更加激昂，为砸牢劫狱营救嘎达梅林做好了出发的准备。午夜过后，众人一齐跪在佛像前宣誓。

义重如山的关羽雕像前，
众人跪一排宣誓对神明：
如能搭救嘎达梅林出牢笼，
后庙上请僧诵念金字甘珠尔经。①

义重如山的关羽塑像前，
九兄十弟跪一排宣誓向神明：
如能营救嘎达梅林出牢监，
前庙上请僧诵念玉字丹珠尔经。②

牡丹一把火烧了庭院房屋，趁天还没亮，率众人直奔达尔罕王的办事衙门去。太阳快出山的时候，来到了乌力吉图洼地，停下来稍作休息，进一步磋商打法。有人提议一哄而进。牡丹说："我们不能贸然冲进王府。敌众我寡，要防备意外。我先进去探听动静，如果人少，没有戒备，我们立即动手。以鸣枪为号，便向里冲。"大家同意牡丹的话。牡丹身着长衫，内藏短枪，向办事衙门的大院走去。

牡丹环视四周，却不见一个旗兵。"这是怎么回事?"牡丹摸不准情况，正在犹豫，恰遇一正在担粪的打更人，向他打听，原来是王祥林率领旗兵打土匪去了。

牡丹迈步进了办事公房，只见乌力吉巴图、哈斯敖其尔两人正仰脸躺在炕上，见牡丹进来，虽然认识，却未加理睬。牡丹从怀里掏出二两大烟土，进前向二人问安，他俩才起来给牡丹让座。

---

① 甘珠尔经：佛教经典之一，即蒙文、藏文大藏经的两个组成部分之一，意为佛语部。
② 丹珠尔经：佛教经典之一，即蒙文、藏文大藏经的两个组成部分之一，意为论部。

牡丹

前天妹妹我听说，哈斯敖其尔哥哥，
听说要处决你弟弟嘎达梅林；
要处决请向妹妹我说明情由，
我牡丹作为妻子怎能不带来棺椁！

昨天妹妹我听说，乌力吉巴图哥哥，
听说要处死你弟弟嘎达梅林；
要处死请向妹妹我说明原因，
我牡丹作为妻子怎能不载来棺椁！

哈斯敖其尔、乌力吉巴图

处决的公文下来了整十道，
梅林兄弟判处死刑确是实情；
为兄长我们两个有什么本领，
能通融怎能不营救弟兄！

死刑的官印文书下来了整九道，
梅林兄弟要处决确是实情；
为兄长我们有什么本领，
有办法怎能不搭救弟兄！

演唱者

牡丹听说“处决”二字脸色变，
手伸进怀掏出了十响手枪；
二人傲慢无礼想也没想到，
干瞅着逼上来的枪口胆战心惊打哆嗦。

牡丹闻听“死刑”二字立时模样变，
手伸进腰掏出了九响手枪；
二人趾高气扬料也没料到，

干瞪着对准胸口的枪六神无主打哆嗦。

哈斯敖其尔道：“牡丹妹妹，不要跟哥哥开玩笑。动枪动炮，这是闹什么？”牡丹逼进一步，道：“废话不必说，快去打开监门！如敢说个‘不’字，先让你俩尝尝这个！”哈斯敖其尔又打鬼主意。

哈斯敖其尔

“免刑”的官印文书刚刚才来，
十天内放回兄弟嘎达梅林。
已免灾，妹妹你何必动怒劳神，
说死刑原是玩笑话看你啥神情。

“免刑”的官印文书昨天才来，
九天内放归兄弟嘎达梅林。
已解难，妹妹你何必动气伤神，
说死刑原是逗笑话看你啥神情。

牡丹

动听的话说多少也不中用，
我杀了亲生女儿来拼命。
如果不快快去打开监门，
这支十响手枪不答应。

中听的话说多少也没用，
我打死了独生女儿来拼命。
如果不去快快打开牢门，
这九响手枪卡断你们喉咙！

演唱者

牡丹紧握手枪身后跟，
俩协理踉跄跄前边行。

二人乖乖开了牢门上的锁，
判了死罪的人们一齐冲出牢门。

牡丹紧握手枪一步步紧紧跟，
乌力吉巴图、哈斯敖其尔前面行。
二人乖乖开了监门上的锁，
判处死刑的囚犯一哄冲出监门。

牡丹枪逼乌力吉巴图、哈斯敖其尔二人开了监牢门，放出了嘎达梅林、赛查、海明、舍仍尼玛、僧嘎日布等人。牡丹立即向乌力吉图洼地方向鸣枪，发出信号。埋伏在那里的众人冲了进来，与嘎达梅林相见，大家欣喜万分。众人用办事衙门的枪支、弹药、马匹武装了自己，撤离了王府。嘎达梅林要返回乌列毛都村，牡丹上前阻止。

牡丹

乌列毛都村如今变成一片灰烬，
我杀了幼小的田吉良来营救官人。
匪首王祥林转来总有一场恶战，
只好闯遍各地百姓家里去存身。

乌列毛都村如今化作一片灰烬，
我杀了幼小的田吉良来搭救亲人。
匪首王祥林回来总有一场鏖战，
只好游遍村屯百姓家里去安身。

嘎达梅林

乌列毛都村怎能不使我留恋？
掌上明珠的女儿怎能不使我心痛？
为了祖祖辈辈居住的达尔罕旗土地，
逐敌人出草原拼上一条命！

乌列毛都村怎能不使我眷恋？

心尖上的女儿怎能不使我心疼?
为了世世代代居住的达尔罕旗土地,
驱敌人出家乡豁出宝贵生命!

嘎达梅林率众人往北进发,到达土谢图旗[1]边界时,与百户长查干喇嘛率领的旗兵相遇。查干喇嘛认为这些人是为保卫家乡土地而奔走的好人,是英雄好汉,不仅没有堵截,反而赠送了许多枪支弹药。嘎达梅林的队伍到了北山脚下的嘎海图、尼玛拉吉等地,与洪顺、天刚等部会合,人数超过了千人。嘎达梅林被推举为起义军首领。

演唱者

谁曾想枯木逢春又抽新枝条,
谁曾想判死罪的嘎达又活命。
众弟兄推举他为起义军首领,
拥戴他送美名“报国中堂托天[2]”。

谁曾想朽木逢春又伸新根须,
谁曾想判了死罪的嘎达得重生。
众伙伴推举他为起义军首领,
拥戴他送绰号“报国中堂托天”。

从监牢里营救了自己亲人,
坚强的牡丹英名四处传颂。
众弟兄夸奖她是女中豪杰,
拥戴她送绰号“双阳公主”,人人称颂。

从牢笼里搭救了自己亲人,
忠贞的牡丹英雄事迹四处传颂。
众弟兄钦佩她勇敢刚毅,
拥戴她送绰号“双阳公主”,远近驰名!

---

① 土谢图旗:亦作图什业图旗,是科尔沁右翼中旗的俗称。
② 报国中堂托天:这六个字在歌中是用蒙文拼写的汉语,还原为汉语后是否是这几个字,有待进一步考订。

附录五 各地民歌收集整理调查报告

这些采访调查，大多是笔者利用寒暑假走访各地收集而来的，因此时间有些出入。

时间：2011 年 7 月 4 日—2011 年 10 月 30 日。

对象：采访民间艺人 89 名。

地点：科尔沁左翼中旗、后旗，扎鲁特旗，库伦旗，奈曼旗。

科尔沁左翼中旗：7 月 4 日 保康。

召集小型会议：主要是文联主席、文化局局长、文化研究室研究人员，共 7 人。

内容：科尔沁左翼中旗现有 33 个民间艺术团，其中大多是由各地民歌手或民歌爱好者组成。会议人员介绍了民歌及相关艺术情况，并重点介绍了一名 40 岁的女艺人马云塔娜，她可以唱 150 首左右的民歌，这在现有的民间艺人中比较少见。这 33 个民间文艺团体，以演唱科尔沁叙事民歌为主；全旗各类小型文艺演出队伍有 68 个（分布在苏木嘎查村等地），可以达到 85% 的村落有文艺团体；文艺团体规模 10 ~ 30 人；在节假日基本可以表演。

7 月 11 日，宝龙山镇 调查状况

在当地（业余）的演出团体有 3 ~ 4 个，我们主要采访了“宝龙山镇科尔沁老年艺术团”。当天专场演出的主要节目是民歌和民间乐器。老年团团长是 69 岁的老干部韩中泉，他介绍说每个节假日都会在当地表演节目，场地和费用由镇政府支付，演出服装和排练费用也由其资助。演出的主要有：42 岁的海那顺，表演民歌《苏敬如日嘎》和《色仁布司令》等；另一位艺人是 39 岁的陈永贵，他是宝龙山镇哈萨尔艺术团成员，特邀请来表演节目，演出好来宝《成吉思汗赞》，民歌《杨玲花》《嘎达梅林》，这位歌手能唱能说，表演能力很强，且可以自拉自唱，是一位难得的全能艺人，演唱吐字清晰，经常在大型活动或旅游景点参加表演；第三位歌手是孟宝明（53 岁），他演唱科尔沁左翼中旗民歌《阿力昂嘎》《白玉兰》；第四位歌手是杨哈日胡（60 岁），他演唱后旗民歌《诺恩吉雅》；第五位歌手是浩毕斯嘎拉吐（45 岁），他也是宝龙山镇哈萨尔艺术团成员，说唱了《封神演义》片段，科尔沁民歌《元顿哥哥》《韩秀英》；第六位歌手是那顺白乙拉（55 岁），他演唱后旗民歌《包金花》《新小》《达那巴拉》；第七位歌手是李扎那（59 岁），他演唱民歌《朱宝山》《阿如达哈拉》；第八位歌手是宝龙山镇科尔沁老年艺术团的女子合唱队，她们演唱《元顿哥哥》《辽阔的草原》，并且乐器合奏《八音谱》；最后是海那顺即兴演唱好来宝。

演出后，我们继续采访。

那顺白乙拉：共唱5首歌，《达雅波尔》、《苏木茹昂嘎》（两种唱法）、《满亮》、《察哈尔八旗》。这位歌手可以唱80多首歌曲。他的演唱特点：用三弦演奏，吐字清晰，演唱时感情饱满，声音浑厚，演唱风格绵延舒缓，回味悠远，他掌握了科尔沁民间民歌演唱传统风格，比较有地方特点，是掌握三弦伴奏演唱人之一。

杨哈日呼：演唱3个节目《色丹姑娘》《八音谱》《何英花》。这位歌手可以用三弦高、低、中四胡演奏。

孟宝明：演唱节目《白玉兰》。他可以完整演唱科尔沁民歌50～60首，他的表演能力强，节奏明快，音域宽广，吐字清晰，可以边唱边说。

李扎那：演唱节目《万丽》，唱得比较完整。

韩英歌、陈永贵：两个节目，《白虎哥哥》和《白玉兰》。

该老年艺术团艺术顾问包色兴格，是科尔沁左翼中旗宝龙山镇文化服务中心退休干部，常年热心服务于老年艺术团体。

今后可以深入采访的艺人：三各、吴乌云塔娜、孟宝明、那顺白乙拉。

采访中我们了解到，科尔沁左翼中旗自兴吐中学老师白龙（28岁），可以唱呼数；陈白锁（40岁），科尔沁左翼中旗道兰它步曼吉诺尔嘎民间歌手，可以演奏民歌。

总结评论：科尔沁左翼中旗歌手中模仿查干巴拉歌手的比较多，比如：歌手基本可以边唱边说，表演时声音高亢，科尔沁左翼中旗民歌分为九种：①时政歌（祭祀、祭敖包、盛典等）；②英雄事迹；③期盼美好未来；④爱情；⑤宗教（佛教、萨满教）；⑥婚俗歌；⑦悲剧歌；⑧抗议歌；⑨诙谐、幽默。

我们整理收集的民歌，主要存在以下五个问题：

第一，科尔沁民歌用汉语翻译262首。

第二，吉林民歌（前郭尔罗斯归属科尔沁，现归吉林省）81首。

第三，扎鲁特民歌30首。

第四，科尔沁右翼前旗民歌100首。

第五，汉蒙不重复的民歌473首。

需要翻译收集的民歌（蒙译汉）：

（1）扎鲁特民歌116首。

（2）新奈曼民歌10首。

（3）旧奈曼民歌26首（与新奈曼民歌合计共36首）。

（4）阿鲁科尔沁民歌92首。

（5）查干巴拉民歌74首，940段，1760行。

（6）乌恩宝音出版收集民歌31首，800段，3200行。

（7）斯琴高娃收集整理5首，151段，604行。

（8）乌力吉昌收集整理出版20首，434段，1036行。

（9）库伦民歌119首，1058段，4232行。

总共需要翻译民歌493首，这些民歌收集出版需要16开本，4000多页。

2010年12月22日　我们一行两个人来到扎鲁特鲁北镇采访。

被采访人：拉希奥斯尔、包日吉巴、占柱、东清。

地点：扎鲁特旗创编室办公室。

12月23日，我们去阿日昆都冷苏木白音查干嘎查和查干朝鲁吐嘎查采访：

被采访人：尼玛奥斯尔、色音白雅尔、桑都冷、苏木布乐。

演唱曲目：以扎鲁特长调民歌为主，包括：《祭祀山鹰》《婚礼歌》《酒宴歌》。

当晚我们还前往阿日昆都冷苏木哈来养土嘎查采访。被采访人：斯琴（男）牧马人，有200头马群。他演唱了《白虎哥哥》等新歌。

第二次去扎鲁特旗，2011年7月6日，前往扎鲁特旗：

我们采访了巴吐达来父亲苏道（72岁）；他演唱的主要是扎鲁特旗民歌：《婚礼歌》《四季歌》《酒宴歌》等。他曾是嘎查会计，后任书记；在旗牧业局工作六年后退休，平时喜欢拉四胡，唱好来宝，同时也利用工作之便到苏木嘎查采访民间艺人，学习各类演唱方法，丰富自己的演唱技巧，自娱自乐。

2011年7月7日，我们前往阿日昆都冷苏木白音查干嘎查；苏木布乐（76岁）、巴拉丹道尔吉（75岁）二位艺人演唱扎鲁特民歌：《阿拉坦宝古道》《圣帝成吉思汗》《漳河的水》《八代传》。

苏木布乐说：《圣宴四首歌》是他曾经演唱的曲目。另外他又演唱了《本布来》《沼泽地的二棵怪柳》。

之后，我们又采访了阿日昆都冷苏木白音查干朝鲁吐嘎查的额尔敦白乙拉（47岁）。牧马人，他擅长唱长调。曲目：《遥望蒙古草原》《三匹黄骠马》。

科尔沁左翼后旗采访记录：2011年6月13日。

地点：努古苏合镇边界嘎查；被采访人：德日格尔荣贵（31 岁）。

曲目：《杨玲花》，之后演唱了好来宝、乌力格尔。他随伯父学习演唱，其伯父是当地著名民间演奏家，擅长高、低音四胡。德日格尔荣贵演唱时声音高亢，吐字清晰，音乐欢快，感情饱满；善用比喻，唱腔技巧强。好来宝演唱语言丰富，押韵，词曲配合得当。

2011 年 9 月 5 日。

被采访人：额尔敦奥其尔（63 岁），甘其卡镇人，退休干部；爱人菊花（61 岁），爱好文艺。

地点：艺人家中，主要叙述了自己从事演唱的经历，他从小受家庭的影响，父亲、叔叔都是民间艺人，在此环境下，耳濡目染也就慢慢喜欢上了说唱艺术，工作之后视野更加开阔，学习了各类民间艺人的演唱特色，所以他的演唱具有多家之长，词汇丰富，格调清新。

曲目：《达那巴拉》《诺恩吉雅》。

随后又采访了艺人：希日莫宝鲁（63 岁）、唐巴特尔（61 岁）、吉日嘎拉吐（52 岁）、张乌力吉（59 岁）、达日滚（59 岁）、孟和（65 岁）、卓格逊巴雅尔（69 岁）、洪兰（59 岁）、莲花（59 岁）、吴英（64 岁）、乌日吐（57 岁）。这些艺人是科尔沁左翼后旗民间艺术团第一小组成员。每个人都会 10 多首长歌，其中莲花可以完整演唱 30 多首科尔沁民歌，当时由科尔沁区电台、电视台进行专场录制。

这些艺人同时表演民间器乐曲：《莫德来玛》《八音谱》《何银花》，表演进行了 40 多分钟。

表演曲目：

（1）洪兰、莲花、吴英：《乌兰哥哥》《巴拉吉尼玛和扎那》。

（2）唐巴特尔、乌日吐、希日莫宝鲁。三人表演乐器，曲名：《奥黛夫人》《韩秀英》《乌云丹》。

这些艺人中，乌日吐、洪兰是一家；吴英、卓格逊巴雅尔是一家；额尔敦奥其尔和菊花是一家。演出结束后，我们单独采访了莲花，并让她演唱了 3 首长调：《沼泽地里的柳条》《格日姑娘》《吉塔拉草滩的锦鸡》。

库伦旗民歌采访记

时间：2011 年 9 月 6—7 日。

地点：库伦旗阿其玛社区民间艺术团，人员有 17 人。

随同采访人员：库伦旗文化局副局长奥根、乌兰牧旗团长；乌兰牧旗文化馆副馆长特木热。

（1）演唱者：包其木格　　曲目：《杨玲花》《都莱玛》。

（2）演唱者：包金泉　　　曲目：《却吉排长》。

（3）演唱者：沙仁　　　　曲目：《春梅》《满亮》。

（4）演唱者：包七两　　　曲目：《白鹰》。

（5）演唱者：宝兰　　曲目：《吉木色昂嘎》《乌兰哥哥（嘎凡仁钦）》。

（演唱特点：嗓音洪亮、词语清晰、曲调舒缓。库伦地区地域风格浓厚）

（6）演唱者：巴特尔　　　曲目：《南梁段子》《红缎子荷包》。

（7）演唱者：满德日凡　　曲目：《库伦民歌》《小龙哥哥》《那昂斯拉》。

（8）演唱者：赵仁钦　曲目：《那木思来》（库仑地区代表性叙事民歌）。

（9）演唱者：天山　　　　曲目：《摇篮的故乡》（库伦旗新歌）。

（10）演唱者：阿又拉贵　　曲目：《满亮》（自弹自唱，使用乐器四胡，同时用三弦伴奏）。

（11）演唱者：包其木格　　曲目：《乌尤黛》《达古拉》《洪连长》。

奈曼民歌采访记

时间：2011 年 9 月 8 日。

地点：奈曼旗大沁塔拉镇。

随同采访人员：奈曼旗文化馆馆长王占虎、副馆长塔那。

采访地点：洪古尔镇民间艺术团，该团共有 10 人。

（1）演唱者：扬金花　　　曲目：《诺恩吉雅》《道尔吉拉布哈》。

（2）演唱者：齐白锁　　　曲目：《来小》。

（3）演唱者：包海玉　　　曲目：《白玉兰》。

（4）演唱者：阿力塔　　　曲目：《诺恩吉雅》。

（说明：第一个表演节目《诺恩吉雅》是十个人伴奏演唱表演。后一个表演节目《诺恩吉雅》是独唱，伴奏：高低音四胡、三弦）

（5）演唱者：赵雪梅　　　曲目：《吐尔基山》。

（6）演唱者：朝克吐（70 岁）　　曲目：《达雅波热》。

（7）演唱者：陶克涛呼　　曲目：《陶克涛》（四胡边弹边唱），由文章、隋玲单独采访。

（8）演唱者：包冷那达木德　曲目：《万里》。（演唱风格：诙谐幽默、轻松自如）。

（9）演唱者：扬金花　曲目：《乌尤黛》《天上的风》。

（10）演唱者：齐白锁　曲目：《南柴段子》（后续段）。

（11）演唱者：李月　曲目：《好来宝》《新小》（民歌，即兴发挥）。

（12）演唱者：包海玉　曲目：《赞歌献给党》。

（演唱特征：嗓音高亢洪亮、感情饱满、吐字清晰）

（13）演唱者：张宝山　曲目：《嘎达梅林》。

（14）演唱者：该团10个人共同表演节目　曲目：《诺恩吉雅》、《桑杰》（苏木茹）、《韩德日玛》、《奈曼大王》、《万里》。

下午14点前往奈曼旗古日本花特木吐斯嘎查。

被采访人：张希布（78岁），民间艺人。他可以唱100多首民歌，大多已遗忘。

演唱曲目：①《高小姐》；②《白棠》；③《斯吉雅》；④《天赐恩德》；⑤《抗战八年》；⑥《张玉玺》；⑦《天上的风》；⑧《岱日拉查好来宝》；⑨《包尔朝劳僧》（该艺人解释：此歌发生在古尔本当地，当地确有其人）。

扎鲁特旗叙事民歌采访记录

时间：2011年8月29日。

地点：扎鲁特旗鲁北镇。

被采访人：布仁门德（56岁）；斯日滚其木格（44岁）；包玉玺（52岁）

1. 布仁门德

他是扎旗格日朝鲁葛木白音宝力高嘎查人，曾供职于阿日昆都冷苏木。1988年任白音宝力高苏木文化站站长，1998年任白音宝力高苏木副苏木达，2000年调任阿日昆都冷苏木副书记，2001年退休。

他17岁开始学习表演民歌，他的舅舅是著名民歌表演艺术家萨仁满都拉，也跟随其他艺人努力学习演唱民歌，如跟随长调歌手赵德宝学习。

布仁门德1996年在内蒙古大学文学院蒙文函授学习。他当时表演了7首民歌：①《黄骠马》；②《春寒料峭》；③《四季》；④《两棵山川柳》；⑤《漳河的水》；⑥《涌泉》；⑦《蒙古姑娘》（歌曲内容为怀念蒙古姑娘贩盐途中，遇害身亡。当时盐是贵重食物，为了解决民众的饮食，当地每年都派一些人去押运食盐。由于社会不稳定，押运途中常有命案发生，因此当这个蒙古姑娘前去押运食盐途中不幸身亡时，人们用演唱的方式来怀念她，慢慢地这个歌曲就流传开来；此歌产生于格日朝鲁草原，当时草原肥沃，适合流牧。传说，布仁门德的舅舅邀请艺人传唱此曲，此艺人是僧人出身，通晓蒙、汉、藏三语，又精通《易经》，他手写的《易经》流传于世，此人也掌握大量扎鲁特民歌，他是元颂葛根活佛的徒弟，但此僧人的名字至今无人知晓）。

2. 斯日滚其木格为扎鲁特格日朝鲁苏木宝茹胡硕嘎查牧民

演唱曲目：①《阳光普照》；②《神圣皇帝时代》；③《圆顶的山峰》；④《九木茹》（九木茹是流行于达拉尔河两岸的民歌，达拉尔河位于阿鲁科尔沁和格日朝鲁边界河）。

她还演唱了四首婚礼歌（扎鲁特地区婚礼用）：①《神圣成吉思汗》；②《沼泽地里的柳条》；③《眼光》；④《圣洁的花》。

她先是跟随大伯哥（松西扎布，73 岁，曾在内蒙古军区歌舞团工作，她的妹妹是阿鲁，在科尔沁乌兰牧旗工作）学习。

塔木色冷，40 岁。她也跟随母亲乌日吉木色（69 岁）学习当地民歌。

3. 包玉玺为扎鲁特文化馆文艺辅导员

演唱曲目：①《沼泽地里的柳条》；②《诺恩吉雅》；③《白虎哥哥》；④《吐尔基山》；⑤《努力格尔玛》。

演唱特点：嗓音高亢，节奏明快，表演能力强，她曾是扎鲁特旗乌兰牧旗独唱演员。

2011 年 8 月 30 日上午，采访扎鲁特旗老年艺术团（由四胡协会成立的艺术团之一）。

被采访人：

（1）根荣（56 岁），曾是扎鲁特旗乌兰牧旗独唱演员。

演唱曲目：①《西苏梅林》；②《乌尤黛》；③《白虎哥哥》。

（2）沙日娜（48 岁）。

演唱曲目：①《小龙哥哥》；②《金珠儿》。

（3）德力格尔（64 岁），他曾任扎鲁特旗物资局副局长，现已退休，四胡能手。

演唱曲目：①《万里》；②《南花》。

（4）拉西敖斯尔，扎鲁特旗文化局局长，已退休。

演唱曲目：《圣主保佑》。

拉西敖斯尔，扎鲁特旗乌兰牧旗团长，是著名的说唱艺术家，琶杰艺人的侄儿，深得老艺人的真传，也继承了琶杰的好来宝技术、演唱陶力的技巧，擅长即兴创作表演好来宝。他出版了《好来宝》《赞礼词》等书，在内蒙古民俗文化节小有名气；20 世纪 60 年代曾被毛泽东、周恩来等国家领导人接见并一起合影留念，周恩来在酒桌上曾对他说："你们是马背上的文艺轻骑兵，应该回到农村牧区多演唱，多宣传党的文艺政策，牧民群众是欢迎你们的。"

时间：2012 年 2 月 23—24 日。

地点：扎鲁特旗毛道苏木嘎查。

被采访人：白音巴特尔（他是扎鲁特旗著名歌手道布敦扎木苏的徒弟）。

道布敦扎木苏（1920—1999），兄弟 4 人，他 8 岁在扎鲁诺颜庙堂当喇嘛（班弟），20 岁离开寺庙放牧，后成家立业，他有 3 个儿子，6 个女儿。他从小擅长演唱好来宝，是乌力格尔的能手，15 岁拜琶杰为师，系统学习表演艺术，以演唱唐宋历史故事为主，能拉会唱，也能演唱扎鲁特民歌，尤为擅长长调民歌，精通四胡，演技娴熟。

演唱风格：嗓音高亢洪亮，曲调变化多端，语言短小精悍，词汇丰富，口齿伶俐，是具有扎鲁特风格的艺人，当地牧民称他为“哈布他盖”尔齐（幽默诙谐）。

白音巴特尔：44 岁，拜道布敦扎木苏胡尔齐为师，学唱 30 多首扎鲁特民歌。

演唱曲目：①《四海》；②《沼泽地里的柳条》；③《鸿雁》等。

参考文献

一、蒙古文

［1］沙·毕拉：《论蒙古文化》，北京：民族文化出版社 1992 年版。

［2］瓦尔特·海希西：《蒙古历史和文化》，海拉尔：内蒙古文化出版社 1986 年版。

［3］策·达木丁苏荣：《蒙古秘史》，呼和浩特：内蒙古人民出版社 1957 年版。

［4］亦·满昌：《新译注释〈蒙古秘史〉》，呼和浩特：内蒙古人民出版社 1985 年版。

［5］胡日查巴特尔、乌力吉：《蒙古萨满教祭祀文化》，海拉尔：内蒙古文化出版社 1991 年版。

［6］道润梯步校注：《卫拉特法典》，呼和浩特：内蒙古人民出版社 1985 年版。

［7］策·达木丁苏荣：《蒙古古代文学一百篇》（四卷本），呼和浩特：内蒙古人民出版社 1979 年版。

［8］散布拉登德布编：《蒙古民俗民间文学》（新蒙古文），乌兰巴托：国家出版社 1987 年版。

［9］罗布桑丹毕坚赞：《黄金史》，海拉尔：内蒙古文化出版社 1998 年版。

［10］呼日勒沙等：《科尔沁萨满教研究》，北京：民族出版社 1998 年版。

［11］山·嘎丹巴、达·策仁索德诺姆编：《蒙古民间文学精华集》，呼和浩特：内蒙古人民出版社 1984 年版。

［12］宝力高：《蒙古佛教文化研究》，海拉尔：内蒙古文化出版社 1998 年版。

［13］乌·那仁巴图等：《蒙古佛教文化》，海拉尔：内蒙古文化出版社 1997 年版。

［14］乔吉：《蒙古佛教史》，呼和浩特：内蒙古人民出版社 1998 年版。

［15］内蒙古自治区社会科学院《蒙古族哲学社会思想史资料选编》编辑委员会编：《蒙古族哲学社会思想史资料选编》（1－4 卷），呼和浩特：内蒙古教育出版社 1987、1988 年版。

［16］朝鲁·巴拉吉尼玛口述，波·特古斯整理：《阿斯尔海青》，呼和浩特：内蒙古人民出版社 1979 年版。

［17］戴鸿义、鲍音：《北元史》，海拉尔：内蒙古文化出版社 1991 年版。

［18］散布拉登德布：《蒙古传说》，海拉尔：内蒙古文化出版社 1987 年版。

［19］尹湛纳希：《青史演义》（蒙文版），呼和浩特：内蒙古人民出版社 1979 年版。

［20］那木吉拉：《蒙古神话比较研究》，北京：民族出版社 2001 年版。

［21］朝克图：《“胡仁乌力格尔”研究》，北京：民族出版社 2002 年版。

［22］萨·阿力玛斯：《好来宝研究》，呼和浩特：内蒙古人民出版社 1990 年版。

［23］却吉嘎瓦：《蒙古族传统好来宝》，呼和浩特：内蒙古教育出版社 1997 年版。

［24］仁钦道尔吉、好必图：《蒙古书习语》，通辽：内蒙古少年儿童出版社 1988 年版。

［25］《内蒙古当代文学丛书》编委会编：《琶杰和毛依罕好来宝选》，呼和浩特：内蒙古人民出版社 1987 年版。

［26］乌·苏古拉编辑：《琶杰作品选》，呼和浩特：内蒙古人民出版社 1983 年版。

［27］却吉嘎瓦、叁布·拉诺日布：《宝迪嘎拉布汗》，北京：民族出版社 1990 年版。

［28］仁钦道尔吉、道尼日布扎木苏、丁守璞编：《蒙古民歌一千首》（蒙古文），通辽：内蒙古少年儿童出版社 1984 年版。

［29］道尔吉：《玛尔郎的故事》，呼和浩特：内蒙古人民出版社 1984 年版。

［30］吉日木图编辑：《格斯尔的故事》，呼和浩特：内蒙古人民出版社 1985 年版。

［31］其木德道尔吉：《英雄格斯尔》，呼和浩特：内蒙古人民出版社 1959 年版。

［32］其木德道尔吉校对、整理：《格斯尔可汗传》（上、下册），呼和浩

特：内蒙古人民出版社 1985 年版。

［33］莫纳编辑整理：《阿斯尔莫日根汗的故事》，海拉尔：内蒙古文化出版社 1990 年版。

［34］波・特古斯整理：《阿斯尔查干海青》，呼和浩特：内蒙古人民出版社 1979 年版。

［35］宝音贺西格、托・巴达玛：《江格尔》（上、下册），呼和浩特：内蒙古人民出版社 1982 年版。

［36］仁钦道尔吉、道尼日布扎木苏搜集整理：《那仁汗传》，北京：民族出版社 1981 年版。

［37］乌斯呼宝音：《乌斯呼宝音作品选》，呼和浩特：内蒙古人民出版社 1984 年版。

［38］朝克图、陈岗龙：《琶杰研究》，海拉尔：内蒙古文化出版社 2002 年版。

［39］尼玛：《语言巧匠》，呼和浩特：内蒙古教育出版社 1988 年版。

［40］包玉林编曲，包玉林、白音那编辑：《说书调》，呼和浩特：内蒙古人民出版社 1981 年版。

［41］拉西敖斯尔：《程咬金的故事》，通辽：内蒙古少年儿童出版社 2002 年版。

［42］斯琴高娃：《凤弯的故事》，呼和浩特：内蒙古教育出版社 1997 年版。

［43］道尼日布扎木苏：《嘎达梅林》，海拉尔：内蒙古文化出版社 1990 年版。

［44］达・阿拉坦敖其尔：《扎那　巴拉吉尼玛》，海拉尔：内蒙古文化出版社 1986 年版。

［45］劳斯尔：《青史演义好来宝》，通辽：内蒙古少年儿童出版社 2002 年版。

［46］拉西敖斯尔：《嘎嘎艾鲁》（好来宝选），通辽：内蒙古少年儿童出版社 1990 年版。

［47］业喜忠乃：《我的家乡好》（好来宝集），呼和浩特：内蒙古人民出版社 1983 年版。

［48］乌恩宝音：《好来宝》，沈阳：辽宁民族出版社 1991 年版。

［49］白音那：《蒙古族当代好来宝选（1947—1987）》，呼和浩特：内蒙古人民出版社 1987 年版。

［50］宝音套格套：《蒙古镇好来宝选》，海拉尔：内蒙古文化出版社

1988 年版。

二、汉文

[1] 王鍾陵：《中古诗歌史》，南京：江苏教育出版社 1988 年版。

[2] 王鍾陵：《中国前期文化—心理研究》，重庆：重庆出版社 1991 年版。

[3] 王鍾陵：《文学史方法论》，苏州：苏州大学出版社 1993 年版。

[4] 王鍾陵：《神话与时空观》，石家庄：河北大学出版社 1995 年版。

[5] 王鍾陵主编：《二十世纪中国文学史论文精粹》（5 卷本），石家庄：河北教育出版社 2000 年版。

[6] 王鍾陵主编：《20 世纪中国文学史文论精华》（5 卷本），石家庄：河北教育出版社 2000 年版。

[7] 赵尔巽主编：《清史稿》，北京：中华书局 1982 年版。

[8]《清实录》，北京：中华书局 1986 年版。

[9] 范晔：《后汉书·乌桓传》（卷九〇），北京：中华书局 1959 年版。

[10] 宋濂：《元史》，北京：中华书局 1992 年版。

[11] 韩儒林主编：《元朝史》（上、下册），北京：人民文学出版社 1986 年版。

[12] 林斡：《匈奴史》，呼和浩特：内蒙古人民出版社 1979 年版。

[13] 林斡：《突厥史》，呼和浩特：内蒙古人民出版社 1988 年版。

[14] 林斡：《东胡史》，呼和浩特：内蒙古人民出版社 1989 年版。

[15] 林斡：《匈奴通史》，呼和浩特：内蒙古人民出版社 1986 年版。

[16] 道润梯布：《新译简注〈蒙古秘史〉》，呼和浩特：内蒙古人民出版社 1978 年版。

[17] 余大钧译注：《蒙古秘史》，石家庄：河北人民出版社 2007 年版。

[18] 额尔登泰、乌云达赉校勘：《〈蒙古秘史〉校勘本》，呼和浩特：内蒙古人民出版社 1980 年版。

[19] 荣苏赫、赵永铣等编：《蒙古族文学史》（1－4 卷），呼和浩特：内蒙古人民出版社 2000 年版。

[20]《蒙古族简史》编写组：《蒙古族简史》，呼和浩特：内蒙古人民出版社 1985 年版。

[21] 志费尼著，何高济：《世界征服者》（上、下册），呼和浩特：内蒙古人民出版社 1985 年版。

［22］朱风、贾敬颜译：《汉译蒙古黄金史纲》，呼和浩特：内蒙古人民出版社 1985 年版。

［23］萨囊彻辰著，道润梯布译校：《蒙古源流》，呼和浩特：内蒙古人民出版社 1980 年版。

［24］仁钦道尔吉：《〈江格尔〉论》，呼和浩特：内蒙古大学出版社 1994 年版。

［25］降边嘉措：《〈格萨尔〉与藏族文化》，呼和浩特：内蒙古大学出版社 1994 年版。

［26］朗樱：《〈玛纳斯〉论析》，呼和浩特：内蒙古大学出版社 1991 年版。

［27］刘亚湖：《〈原始叙事性艺术的结晶〉——原始性史诗的研究》，呼和浩特：内蒙古大学出版社 1991 年版。

［28］谢·尤·涅克留多夫著，徐昌汉等译：《蒙古人民的英雄史诗》，呼和浩特：内蒙古大学出版社 1991 年版。

［29］石泰安著，耿昇译：《西藏史诗与说唱艺人的研究》，拉萨：西藏人民出版社 1993 年版。

［30］多桑著，冯承钧译：《多桑蒙古史》（上、下册），上海：上海书店出版社 2001 年版。

［31］拉施特主编，余大钧译：《史集》（1－3 卷），北京：商务印书馆 1983 年版。

［32］色道尔吉、梁一儒、赵永铣编译评注：《蒙古族历代文学作品选》，呼和浩特：内蒙古人民出版社 1980 年版。

［33］《马克思恩格斯全集》（第 42 卷），北京：人民出版社 1979 年版。

［34］泰·满昌：《蒙古萨满》，呼和浩特：内蒙古人民出版社 1990 年版。

［35］钟敬文：《新的驿程》，北京：中国民间文艺出版社 1987 年版。

［36］钟敬文：《钟敬文民俗学论集》，上海：上海文艺出版社 1998 年版。

［37］钟敬文：《民俗学概论》，上海：上海文艺出版社 1998 年版。

［38］钟敬文：《民俗文化学：梗概与兴起》，北京：中华书局 1996 年版。

［39］刘魁立：《刘魁立民俗学论集》，上海：上海文艺出版社 1998 年版。

［40］伍蠡甫主编：《西方文论选》（上卷），上海：上海译文出版社 1979 年版。

［41］秋浦主编：《萨满教研究》，上海：上海人民出版社 1985 年版。

［42］乌丙安：《神秘的萨满世界》，上海：上海三联书店 1989 年版。

［43］乌丙安：《中国民俗学》，沈阳：辽宁大学出版社 1985 年版。

［44］陈汝衡：《宋元说书史》，上海：上海文艺出版社 1979 年版。
［45］卢明辉：《清代蒙古史》，天津：天津古籍出版社 1990 年版。
［46］杨堃：《民族新概论》，北京：中国社会科学出版社 1984 年版。
［47］郑天挺主编：《清史》，天津：天津人民出版社 1989 年版。
［48］郭沫若主编：《中国史稿地图集》，北京：中国地图出版社 1996 年版。
［49］王钟翰主编：《中国民族史》，北京：中国社会科学出版社 1994 年版。
［50］施维达等：《民族文化学》，北京：中国社会科学出版社 1998 年版。
［51］马林诺夫斯基著，费孝通等译：《文化论》，北京：中国民间文艺出版社 1987 年版。
［52］C·恩伯、M·恩伯著，杜杉杉译：《文化的变异——现代文化人类学通论》，沈阳：辽宁人民出版社 1988 年版。
［53］托马斯·哈定著，韩建军、商戈令译：《文化与进化》，杭州：浙江人民出版社 1987 年版。
［54］乔治·E·马尔库斯、米开尔·M·J·费彻尔著，王铭铭、篮达居译：《作为文化批评的人类学（一个人文学科的实验时代）》，北京：生活·读书·新知三联书店 1998 年版。
［55］姚斯、霍拉勃著，周宁、金元浦译：《接受美学与接受理论》，沈阳：辽宁人民出版社 1987 年版。
［56］云峰：《蒙汉文学关系史》，乌鲁木齐：新疆人民出版社 2000 年版。
［57］高丙中：《民俗文化与民俗生活》，北京：中国社会科学出版社 1994 年版。
［58］满都呼主编：《中国阿尔泰语系诸民族神话故事》，北京：民族出版社 1997 年版。
［59］夏建中：《文化人类学理论学派》，北京：中国人民大学出版社 1997 年版。
［60］熊坤新：《民族伦理学》，北京：中央民族大学出版社 1997 年版。
［61］蔡志纯等：《蒙古族文化》，北京：中国社会科学出版社 1993 年版。
［62］顾章义：《世界民族风俗与传统文化》，北京：民族出版社 1989 年版。
［63］乌兰杰：《蒙古族古代音乐舞蹈初探》，呼和浩特：内蒙古人民出版社 1985 年版。
［64］德勒格：《内蒙古喇嘛教史》，呼和浩特：内蒙古人民出版社 1998

年版。

［65］王迅、苏赫巴鲁：《蒙古族风俗志》（上），北京：中央民族大学出版社 1990 年版。

［66］刘丽川：《民俗学和民俗旅游》，上海：同济大学出版社 1990 年版。

［67］郗慧民：《西北民族歌谣学》，北京：民族出版社 2001 年版。

［68］覃光广：《文化学辞典》，北京：中央民族学院出版社 1988 年版。

［69］汉斯立克：《论音乐的美》，北京：人民音乐出版社 1982 年版。

［70］黑格尔：《美学》（1－3 卷），北京：商务印书馆 1979 年版。

［71］列维·施特劳斯著，俞宣孟等译：《结构人类学》，上海：上海译文出版社 1999 年版。

［72］R－布朗著，夏建中译：《社会人类学方法》，济南：山东人民出版社 1988 年版。

［73］陈高华、史卫民：《中国民俗通史》（元代卷），上海：上海文艺出版社 2001 年版。

［74］斯钦巴图：《江格尔与蒙古族宗教文化》，呼和浩特：内蒙古大学出版社 1999 年版。

三、外文

［1］VIDCH A J & S M LYMAN. “Qualitative methods：their history in sociology and anthropology”. in N K DENZIN & Y S LINCONED. Handbook of qualitative research. Thousand Oaks：Sage，1994.

［2］MEAD M BLACKBERRY WINTER. My earlier years. New York：Pocket Book，1975.

［3］KUPER ADAM. Anthropology and anthropologists：the modern British school. London：Routledge & Kegan Paul，1983.

［4］CHEUNG S C H. On The South China track：perspectives on anthropological research and teaching. Hong Kong：The Chinese University of Hong Kong，1988.

后　记

这本书是在我博士论文的基础上修正而成，毕业之后几次想动笔修改出版，都疲于教学工作及杂事，耽搁延误至今，说来也是很惭愧。这次恰逢暨南大学出版社申请到2017年度国家出版基金资助项目——“多元一体视域下的中国多民族文学研究”丛书，收录本人拙作，甚是感谢。

其实在3月初我就接到出版社编辑给我的任务，务必在5月底前交出初稿。接到任务后我就把当年答辩时候的记录又翻出来，认真细读各位老师提出的修改意见，在原有框架基础上，增加删减部分内容，使其更加贴近文学艺术发展的脉络。导师王鍾陵先生说：“文学进程，从来都是和民族心理、民族思维和发展过程相一致的。”[①] 这就是说文学艺术的发展不是独立于民族文化和心理思维之外的，因此要想深入地研究地域文化，尤其是少数民族的民间文化艺术，就应把研究的视角放置在整个民族思维发展的流变中去认真观察、思考，这样才可以把握这种文体的演变进程。

这本书是我从事科尔沁蒙古族民间文化研究工作的一个小结，也是我向科尔沁草原人民递交的一份答卷，也是为我去世的父母及外婆献上的一份薄礼。在此书出版之际，我还要感谢我的恩师诺敏老师（他也是我母亲的老师），他是一位可亲可敬的老师。虽不幸去世，但他严谨、认真、广博的学养，给我留下了深刻记忆，其敬业精神着实让我感动不已，此书也是对他亡灵的一种慰藉。

我还要真诚感谢领我步入少数民族文学领域的老师，他们是内蒙古通辽市民族文化研究所的所长叁布·拉诺日布老师、白翠英老师，北京大学东方语言研究中心的陈岗龙教授，中央民族大学的朝克图教授，中国社会科学院民族文学研究所所长朝戈金所长、《民族文学研究》刊物原副主编汤晓青教

---

① 王鍾陵：《文学史新方法论》，苏州：苏州大学出版社1993年版，第33页。

授、内蒙古文化出版社的编辑扎木苏老师……他们的支持、鼓励和帮助，是我终生难忘的。

最后我还要感谢我的博士导师王鍾陵教授，他为我的拙著出版亲自作序，我在此诚挚祝愿导师、师母身体安康，阖家幸福。

少数民族地域文学研究的道路还很长，尤其是随着现在传媒技术的不断发展，为传统文化传播传承带来机遇，我将不断学习，用现代科学技术的最新研究成果，拓展民族文化研究的视野。同时我将牢记老师、亲人和朋友们的希望和嘱托，不管前面的路多么漫长、曲折和不平，我将坚定不移地走下去。

何红艳
2017 年 8 月于工大斛兵塘畔